Oceani. 233

Dello stesso autore
presso La nave di Teseo

Gioventù che muore
Gente di mare
Un gatto attraversa la strada
Cribol

Giovanni Comisso
Giorni di guerra

Prefazione di Paolo Di Paolo

Postfazione di Benedetta Centovalli

Con una nota di Giacomo Carlesso

La nave di Teseo

La nave di Teseo desidera ringraziare
l'Associazione Amici di Giovanni Comisso e Vittorio Sgarbi

ISBN 978-88-346-1790-8

Prima edizione 1930
Prima edizione La nave di Teseo giugno 2024

Sommario

9 Corpi
Prefazione di Paolo Di Paolo

Giorni di guerra
17 1914
21 1915
53 1916
72 1917
142 1918

177 La radice quadrata della vita
Postfazione di Benedetta Centovalli
197 Nota
di Giacomo Carlesso
205 Appendice critica

Corpi

Prefazione di Paolo Di Paolo

Se c'è un dato di concretezza, dove la vita diventa simile a un sogno cupo, a una favola triste e minacciosa, è il corpo. Il corpo che "c'è e c'è", dice una poesia – e non trova riparo. La guerra è fatta di corpi maschili pressati, sfiniti dall'incertezza e dall'attesa, segnati dalla fame e dalla paura; capaci – in una tregua che può durare anche solo una mezzora – di riaversi, di recuperare vitalità e allegria. La spinta della giovinezza: contemplata con irritazione da chi si sente sul punto di perderla.

Non c'è un solo lembo del corpo che chiamiamo umano che Giovanni Comisso non richiami o descriva. In fondo, sa che dove si cancella la speranza, dove prevale lo sgomento e l'odio si arma, resta comunque il corpo. Tanto più vivo se si tasta, riconoscendosi stupefatto e sopravvissuto davanti al cadavere dell'amico o del nemico; più vivo se avverte ancora la sete, la fame, perfino il desiderio sessuale. O grevemente, qualche voglia minima: una boccata di fumo, un sorso di vino.

I *Giorni di guerra* di Comisso fanno un inventario anatomico dei corpi alla prova della furia della storia. I denti! Bianchi e forti, mostrati in un sorriso tirato. Le mani! Annerite e magre ("uscivano come sterpi dalle maniche consunte"). Le gambe! "Indurite", paralizzate. La nuca! La pelle che pare quella di un vecchio. La gola! Che si dissecca, o che canta. Gli occhi! "Insipidi sforzati", timidi, "dilatati e sempre in allarme". La fisiologia! Le lacrime, il sudore. Le ferite, i segni della scabbia. Il prurito. I dolori reumatici. L'insonnia che si coglie nel pallore. Non c'è pagina in cui il corpo non riveli ciò che le parole traducono male o in ritardo: benché la sfida di questo reporter lirico è per l'appunto quella – lo notò Giuseppe De Robertis alla pubblicazione del volume, nel 1930 – "quel suo trasferire in fantasia le cose che vuol narrare, come fosse un inventare dal principio, un inventar tutto". Indubitabile: "È un annotare perpetuo, che dà a chi legge una febbre e sensi più pronti".

La densità da diario o meglio da annuario (si procede per anni fatali: 1914, 1915, 1916...) affolla, come sempre sarà in questo autore, le pagine di dettagli. La sua felicità espressiva, il suo talento hanno anche questo di notevole: nell'imperfetto ("Verso la fine del 1914 mi trovavo in campagna...") non smette di palpitare il presente. Un presente ferito, lacerato:

> Quale tristezza, il tramonto, in quelle sere affocate, visto attraverso le sbarre delle finestre del nostro dormitorio. Vedevo la pianura distendersi lontana fino ai monti vicini al mio paese. La vita per me e per tutti ormai era cambiata. Il dormitorio alla notte si faceva mezzo vuoto, si andava a dormire all'aperto e i pochi rimasti accendevano una candela accanto al proprio pagliericcio che pareva una tomba. Si smaniava, ci si rivoltava e si dormiva appena qualche ora sul finire della notte. Ogni giorno

scendevano i feriti e quelli meno gravi venivano portati subito alla stazione per andare in Italia. Dolci negli occhi, fatti sereni, felici di essere portati via, li osservavo come li tiravano fuori dalle ambulanze, distesi nelle barelle. Uno pallidissimo, mezzo nudo, aveva a un dito un anello con un'ametista e pareva volesse sorridere.

C'è un prima e c'è un dopo, un confine fra la vita com'era e la vita com'è – la vita in guerra. Le stagioni seguitano ad avere il loro corso (la meteorologia ha una grande parte in queste pagine), il tempo scorre, la barba cresce; il giovane Comisso, sotto il carico del suo grosso zaino e trascinando a mano una bicicletta procede verso il fronte. Al mattino lo sveglia il trombettiere. Spia l'orizzonte, avanza trasognato, spaventato. Ripete a sé stesso, incredulo: "Dunque siamo in guerra!"

Il suo ruolo speciale è quello di centralinista telefonico; e ha qualcosa di maestoso e di involontariamente poetico il gesto di correre per un luogo stendendo un filo – "gli altri si curavano di posarlo tra i rami degli alberi lungo la strada".

La scena in cui i ciliegi pieni di "frutta gonfia dolcissima" diventano inconsueti e attraenti tralicci mi ha fatto pensare a una fotografia scattata nei pressi di Kiev durante la guerra in Ucraina, nella primavera del 2022. C'è un operaio intento a ripristinare una linea elettrica. C'è un nido di cicogne – che non sanno cosa sia una linea elettrica: per loro è solo una curiosa evidenza del paesaggio, e un sostegno all'architettura domestica. È un incontro tra il primordiale e l'artificio umano: e anche se la situazione – come nella scena descritta da Comisso – non è bellica, espone una verità della guerra. Il primordiale e l'artificio, la tecnica. Ma le cicogne non sanno. Ignorano la funzione dell'elettricità e le ragioni dei lampi cupi, il fumo nerissimo, il fragore del conflitto fra umani. Un poeta come Giacomo Leopardi, messo di fronte a quell'immagine, ne trarrebbe materia per una ulteriore operetta morale. Un dialogo filosofico tra la cicogna e l'elettricista. Lui che ripara un artificio umano distrutto da mano umana. Lei che teme per il suo nido. Entrambi che guardano giù, sulla terra, dove pare impossibile "mansuefare la ferocia degli uomini".

Comisso descrive la fragile beatitudine di quell'arrampicata sui ciliegi-traliccio come una tranche de vie che contraddice la durezza di ciò che accade appena oltre: anche l'orrore ha le sue pause, le sue zone di respiro e di oblio. In questo senso, *Giorni di guerra* è un titolo, nella sua trasparenza semplice, che dà al giorno, al suo durare, il valore che avrebbe in un poema esiodeo, o comunque in un classico grecolatino – orizzonte a cui Comisso guarda costantemente.

Il centralinista in guerra, in una delle pagine più toccanti, pensa alle *Nuvole* di Aristofane – un senso di solitudine estrema, il rombo di un motore, l'odore di olio bruciato, la notte umida intorno, il desiderio di chiudere gli occhi e dormire; di tornare all'infanzia. Dalla cabina di una teleferica, il giovane soldato guarda le stelle; il pensiero corre alla commedia greca tradotta a scuola "poco prima di partire per la guerra":

> io pensavo alle *Nuvole* di Aristofane, alla caduta delle stelle, alle loro prospettive, alle *gallinelle*, a quella malinconia che mi aveva avvicinato così immediatamente a mia madre e a mio padre, ai sibili come d'insetti rabbiosi e a quel

passare dolce e leggero sopra la profondità che non potevo immaginare.

Comisso trova così la risposta a una domanda che la storia, brutalmente, si incarica di riformulare di continuo: che cosa accade a un corpo condannato a vivere una guerra? Che cosa accade ai suoi sentimenti? Come vengono trasformati? Come riesce a tenere viva, se ci riesce, la sua parte umana? Lo scrittore afferra in volata l'ineffabile e lo traduce – lo sguardo di chi, nella notte alta, riconosce la terra da una distanza che sembra abissale.

Giorni di guerra

1914

Verso la fine del 1914 mi trovavo in campagna a Onigo di Piave, ospite d'un vecchio amico della mia famiglia. Una sera, di ritorno dai colli, trovai un telegramma per me: era mio padre che mi richiamava a Treviso, per raggiungere il reggimento a cui ero stato destinato. Partii quella sera stessa.

Il vecchio ospite prevedeva che anche l'Italia sarebbe entrata in guerra e nell'abbracciarmi, accanto alla sua barba bianca, piangeva e mi raccomandava di fare ogni cosa di buona volontà, perché così mi sarebbe pesata meno. "Io li ricordo gli austriaci quando erano accampati qui, sotto a Cornuda, nel 1866: avevano bei calzoni bianchi. E certi favoriti imponenti. Quando sarai al campo ricordati di questo vecchio qualche volta e scrivi."

Lasciai tutto commosso quella villa solitaria tra i colli, nella notte, accompagnato fino alla stazione da un contadino mio compagno di giochi, che mi rischiarava il viottolo con una lanterna appesa al bastone. Con lui e con altri tra quelle colline e sui ghiaioni del Piave, tutte le domeniche dopo il Vespro, ci si divertiva a fare la guerra graffiandoci e strappandoci i vestiti. Ora, partivo per fare il soldato sul serio e forse anche la guerra.

Venni destinato a un reggimento del genio di residenza a Firenze. I sergenti della mia compagnia erano così brutti e bestiali da costituire un tipo umano al quale non ero abituato. Uno dormiva proprio vicino alla mia branda col compito di vigilare la camerata. Aveva una voce odiosa.

"Su, su, sveglia, signorini, volete dieci giorni di prigione?" gridava ogni mattina mentre il più dolce dei sonni giovanili, nutrito dall'aria di Firenze che già sentiva la primavera, ci teneva indecisi tra il rimanere distesi e l'alzarci. Si chiamava Lepre, piccolino con un volto di gatto rognoso, pieno di macchie rosse, con occhi insipidi sforzati in una tensione di volersi imporre con lo sguardo. Un altro, basso, forte, sanguigno, rosso e bruno nel volto, aveva occhi nerissimi, ma divergenti e pareva che ci osservasse anche quando guardava altrove. La loro voce era stridente e frenetica nell'uno, pastosa con toni di gravità, pronta a rivelarsi violenta e ostile, nell'altro. Il capitano e gli altri ufficiali della compagnia invece ci trattavano con cordialità e quasi con affetto.

Non ci tormentavano mai, anzi, sembravano preoccupati di tenerci allegri. Un tenente napoletano giovane e grassoccio, ci consigliava d'amoreggiare con le contadine di Fiesole, invece di cercare le donne della città che sostavano sulla strada alla nostra uscita. A un soldato che si chiamava Falcone, soleva dire: "Io vi farò diventare un aquilone." Il capitano era sempre nervoso, come preso da grandi responsabilità, ma tradiva talvolta una segreta simpatia per noi tutti.

Si parlava spesso della guerra che sconvolgeva l'Europa e ci si domandava se anche l'Italia avrebbe finito col parteciparvi: qualcuno diceva che ciò sarebbe avvenuto di sicuro a primavera. Ogni minimo indizio era spiato. Un giorno si vide arrivare in magazzino due carri di fasce grigio-verdi; poi un nuovo tipo di borraccia. Quando la primavera cominciò a fiorire sui colli, andammo a fare i tiri in Val di Mugnone. I peschi erano tutti rosa. Finiti i tiri, il capitano disse agli ufficiali: "Bisogna animare questi ragazzi, perché dobbiamo portarli in Austria." E decisero d'offrirci da bere. Qualcuno aveva inteso queste parole e furono commentate in piccoli gruppi. Venne il vino e fece il suo effetto. Nel vicino bosco di cipressi fingemmo assalti alla baionetta, parecchi si ubriacarono e finirono a rotoli giù per i declivi. Il capitano stizzito cercò di porre riparo distribuendo giorni di prigione. L'aria era limpida tra gli olivi; cantavamo a squarciagola, la polvere e il caldo non ci stancavano e alla porta della città ci vollero altre minacce di prigione per rimetterci per quattro e farci tacere.

Altro indizio di guerra vicina ci fu dato dal tenente napoletano. Questi indicandoci i suoi baffi folti, disse che dovevamo lasciarci crescere i nostri come i suoi, per fare paura agli austriaci, ma non fu possibile ubbidirlo: i nostri baffi erano ancora una peluria rada e irregolare. Quasi ogni domenica vi erano dimostrazioni per la città e si doveva montare di picchetto ai consolati di Germania e d'Austria con tanta noia, perché perdevamo così la nostra libertà domenicale, che era la sola.

Abitava a Firenze un cugino di mia madre, vecchio colonnello a riposo, reduce dalle guerre dell'Indipendenza. Le domeniche, quando non ero di picchetto, andavo a colazione da lui. Abitava in una piacevole casetta alla periferia, viveva con una governante, una paesana che doveva mantenergli vivo il ricordo delle vivandiere dell'esercito piemontese, aveva una vasta collezione di pipe appese in trofei alle pareti attorno alle sbiadite medaglie sotto vetro. Faceva poesie, amava il buon cibo, il buon vino e alla fine della colazione, lustri gli occhi e acceso il volto, s'abbandonava ai ricordi delle passate battaglie. All'ebrezza succedeva una pausa di malinconia e allora si lagnava per l'ingratitudine toccata a quelli che avevano sacrificato il migliore tempo della loro vita per la grandezza della patria: "Noi," diceva, "appena finite le guerre, ci siamo trovati con un pugno di mosche, pensioni misere, appena guardati in faccia, mentre gli altri che erano rimasti a casa avevano pensato a farsi ottime posizioni sodali sfruttando la situazione che noi avevamo creato col nostro sangue." E, scoprendo il braccio per mostrarmi la cicatrice della sua ferita presa a San Martino, soggiungeva: "Ora tu, se ci sarà la guerra, fa' il tuo dovere, ma non trascurare di pensare alla tua posizione."

1915

Ai primi di maggio gli avvenimenti precipitarono. Già ci avevano ritirato la divisa di panno scuro e quando si usciva vestiti di grigio-verde tutti ci guardavano compassionevoli. Nel tranvai le signore si alzavano per offrirci il posto quasi fossimo già feriti o moribondi. “Poveretti,” ci dicevano e guardavano con tale dolcezza da riempirci d’orgoglio.

Una sera, di ritorno da un picchetto nel quartiere di San Frediano, nel passare a marcia serrata sul ponte alla Carraia, un ragazzo gridò: “Ora partono per la guerra!” E come fosse stato vero, con l’aria che veniva dall’Arno, mi prese un brivido al pensiero della nuova vita imminente. Arrivati in caserma, trovammo l’ordine di mobilitazione. Si sarebbe andati nel Veneto. Il tenente napoletano che mi sapeva di quella regione, mi chiese se conoscevo un paese che si chiamava Carpenedo. Non avevo mai sentito nominare questo paese: volli sapere se quella era la nostra destinazione, ma egli troncò il discorso imponendomi di tacere e col dirmi che mi aveva fatto assegnare una bicicletta e nominare portaordini della compagnia. Ebbi un’ottima bicicletta e, a differenza degli altri, quaranta caricatori che in sei giberne mi cingevano la vita. Tutti mi dicevano: "Caro mio, tu morirai prima di noi, tu sarai mandato in esplorazione." Ero contento della bicicletta e badavo a ungere le ruote.

Avuto un momento di libertà corsi a salutare il vecchio zio. Mi regalò una pipa e volle consigliarmi, dovendo togliermi la sete e darmi coraggio, una bevanda appresa dai soldati piemontesi nel 1859. Lo abbracciai mentre gli si bagnavano di lagrime gli occhi e la sua governante lo batteva sulle spalle, perché non voleva vederlo piangere.

"Addio, caro zio, ritornerò come te carico di medaglie, vedrai, e poi le metterò sotto vetro come le tue." "Fa' il tuo dovere, ma niente di più! Ricordati del mio esempio!" mi gridò dalle scale e partii.

Nel pomeriggio del giorno dopo, il colonnello del reggimento ci passò in rivista. Comparve con la divisa da campagna, senza alcun fregio d'oro. Batteva le palpebre sugli occhi nel passarci vicino e pareva commosso. Giunto davanti a me, con un'aria paterna mi domandò se la bicicletta era buona e se mi piaceva: pareva mi fosse stata regalata da lui e mi veniva voglia di ringraziarlo. Si sarebbe partiti all'alba, la notte fu breve. I cortili della caserma illuminati sotto ai portici da torce accese erano pieni di carriaggi. Ogni tanto si sentivano conducenti che s'arrabbiavano coi cavalli. Nelle camerate i soldati dormivano buttati sulla paglia accanto al loro zaino preparato.

Il trombettiere suonò la sveglia e faceva ancora buio.

Mia sola preoccupazione era quella di riporre nello zaino tutta la roba del corredo. I miei compagni erano sbalorditi. Guardavano con occhi incantati, dicevano sciocchezze per fare ridere oppure ancora addormentati si lamentavano nei loro giacigli. Sopraggiunsero gli ufficiali e vista quell'indifferenza si diedero a gridare. Incominciammo allora a scendere con gli enormi zaini sulle spalle, ma poi molti dovevano tornare indietro, perché avevano dimenticato qualcosa o perché avevano scambiato il fucile con quello d'un altro. Il capitano ci aspettava nel cortile, nervosissimo, a cavallo. Quando ebbe la certezza che nelle camerate non v'era più alcuno, ordinò di metterci in marcia, e col primo barlume dell'alba fummo sulla strada deserta.

Il nostro passo risuonava pesante e ritmico. Nessuno parlava. Nell'attraversare diagonalmente il quadrato di piazza dell'Unità, ebbi piacevole la sensazione del rapporto geometrico che la nostra linea diritta stabiliva in quell'area. Uno zoppo agitando con entusiasmo il cappello ci gridò: "S'à d'andare!" I viali alla dolce luce mattutina parvero splendidi e rincresceva lasciarli.

Alla stazione ci fecero salire subito in treno. Poi si attese a lungo e intanto i furieri s'erano messi a scrivere col gesso su tutti gli sportelli: "A Vienna! A Trieste!" cercando di farsi vedere dagli ufficiali. Noi di dentro si stava a guardare. Finalmente il treno si mosse. A un passaggio a livello un vecchio si tolse il cappello come passasse un funerale, alcune donne ci salutarono con le mani lentamente. Un soldato della territoriale vestito di marrone e con un lungo fucile di vecchio stampo, ci salutò col capo. Dalle terrazze delle case, dai pergoli, dalle finestre tutti agitavano i fazzoletti. Tanti addii per noi: veniva da piangere. Da una finestra un uomo appena alzato ci guardava solamente. Vicino a me un compagno lungo e biondo teneva il capo stretto tra i pugni e non si curava di guardare di fuori. Fuori era sopraggiunta la campagna piena di foglie sospese dovunque e di erba irruente che verdeggiava in tutti gli angoli della terra arrestandosi alla ghiaia della ferrovia. Alte nubi luminose mandavano nelle valli una luce diffusa come negli studi dei pittori. Da alcune case sui colli ancora ci salutavano coi fazzoletti.

La bellezza della campagna dopo tanti mesi di caserma distraeva dalla tristezza. Dal carrozzone vicino incominciarono a suonare la chitarra e a cantare, allora cantammo anche noi. Il compagno che mi stava vicino alzò il capo lungo e magro e, come avesse finito di mettere a posto i suoi pensieri, aperta la bocca si unì con voce stonata al nostro coro. Alla Porretta per sgranchirci le gambe ci mettemmo a ballare tra noi sullo spiazzo della stazione. Gli ufficiali dai finestrini del loro scompartimento ci guardavano soddisfatti. Giù attraverso la vallata si intravedeva un cielo diverso, più azzurro, che faceva presentire la terra dove eravamo diretti.

Venne la sera e con la notte ci addormentammo uno addosso all'altro. Ogni tanto destandoci era difficile spiegarci la direzione del treno, pareva d'essere tornati indietro. Dalla vegetazione dei campi capivo che mi avvicinavo al mio paese e rimasi sveglio finché si arrivò a Treviso, ma alla stazione non trovai alcuno che conoscessi. Girai per le sale di aspetto come per cercare qualcosa dimenticata: nessuno. Vi erano tutte persone di altri paesi e non mi fu possibile mandare un saluto ai miei. All'alba ci trovammo in Friuli. Faceva freddo. Tutte le montagne avevano le cime bianche di neve e la pianura si distendeva squallida. Avevamo le facce stordite e sporche e ci si guardava dai finestrini coi compagni che stavano negli altri carrozzoni. Qualcuno si destava incredulo a quel nuovo paese.

Arrivati a Udine ci ordinarono di scendere e di scaricare la nostra roba, la gente stava attorno curiosa a guardare e a domandare donde si veniva e dove si andava. Anche i cavalli vennero fatti scendere, avevano le gambe indurite e gli occhi timidi. I conducenti se ne impossessarono subito e si diedero a scuoterli facendoli correre su e giù per il viale. Sopraggiunsero gli ufficiali per ritirare i loro cavalli.

Un tenente, piccolo e grosso, con gli occhiali e col berretto sformato, ebbe un cavallo grande e pazzo; con sforzi impossibili riuscì a montare in sella, ma non arrivava coi piedi alle staffe; d'improvviso il cavallo si spaurì, s'impennò e prese il galoppo trattenuto a stento dall'attendente. L'ufficiale poté scendere senza cadere tenendosi stretto al collo della bestia che più imbizzarrita di prima scappò inseguita dai soldati. Il capitano tutto seccato lo chiamò e quasi rimproverandolo accennava a noi, come per dirgli che si era mostrato ridicolo ai nostri occhi, ma nessuno aveva pensato di ridere. Quell'ufficiale era un povero professore richiamato da poco.

Carichi dei nostri zaini e io con la bicicletta a mano, perché non dovevo suscitare invidie, incominciammo la marcia per un viale in bell'ombra, ma a una svolta la strada proseguiva tutta aperta nel pieno sole. Allora la compagnia cominciò a perdere l'ordine. I più giovani e più forti s'erano tutti raggruppati in testa vicino agli ufficiali a cavallo. Gli altri venivano dietro, sparsi, sudati, con lo zaino appeso al fucile, fermandosi ogni tanto sulla sponda del fosso, sollecitati dalle voci dei sergenti. L'ufficiale professore veniva a piedi con noi e con parole modeste e ragionate cercava di convincere a tirare avanti.

Il capitano e gli altri ufficiali seduti sui loro cavalli, guardavano a destra e a sinistra la campagna, con la carta topografica in mano e pareva non sapessero orizzontarsi. Incontrato un ragazzo, un ufficiale, un fiorentino, gli domandò se ci fosse una *callaia* per Carpenedo. Il contadino stupito a quella parola che tradotta nel suo dialetto è tanto diversa, rimase senza rispondere e si levò il cappello. Sul mezzogiorno arrivammo a Carpenedo. Prima d'entrare in paese tutta la compagnia si rimise in ordine. Gli abitanti se ne stavano sulla porta delle loro case che odoravano di roba da mangiare. Ci si fermò sulla piazza davanti la chiesa, rotte le righe entrammo subito nelle case dove trovammo buona gente e una quantità di ragazze bionde. Ci accolsero senza rincrescimento, anzi sembrava ci aspettassero. Spartirono con noi la polenta e i loro cibi. Poi presi dalla stanchezza ci buttammo a dormire dappertutto: chi nei fienili, chi sotto agli alberi, chi in un bel letto da contadini, chi, come me, all'ombra di una casa, presso una porta ostruita da altri che per non avere avuto la forza di trovare altro di meglio si erano abbandonati al sonno appoggiandosi con la testa al loro zaino. Gli ufficiali avevano occupato un villino e finito di mangiare ridevano e discutevano sulla guerra, ogni tanto si sentiva la voce del capitano dire: "Gliela faremo vedere, a Conrad."

Il giorno dopo, all'alba, il trombettiere suonò la sveglia fuori ordinanza, passeggiando calmo per la strada del paese e ci diede subito l'impressione che incominciasse per noi una vita più libera di quella di caserma. Dai cortili si vedeva alzarsi il fumo delle nostre cucine che preparavano il rancio. Dopo mezzogiorno andammo subito alla ricerca di qualche ruscello per lavare la nostra roba imbevuta di sudore e per fare il bagno. Alla sera si andava in chiesa e, tanto per fare qualcosa, si dava una mano al vecchio campanaro. Il mio posto per dormire era in una soffitta. Vi si saliva per una scaletta di legno, avevamo molta paglia e nei primi giorni ci si accontentava di questa, buttata alla rinfusa. Alla mattina svegliandoci si bisticciava coi compagni anziani facili a irritarsi per cose da nulla: se si rideva delle formiche che passavano lungo la parete oppure perché avevamo cura di pettinarci davanti ai nostri piccoli specchi. Le giornate si susseguivano felici in quella splendida campagna.

Ma una sera, dopo che il trombettiere aveva finito di suonare il silenzio e noi si stava ridendo, venne un furiere di corsa a chiamare a rapporto dal capitano tutti i graduati. Nel pomeriggio egli era stato al comando del Corpo d'armata, in un paese vicino, e ne era ritornato in calesse, chiuso in se stesso e pensieroso, con una mantellina da soldato sulle spalle. Ai graduati disse che a mezzanotte di quel giorno, sarebbe incominciato lo stato di guerra: bisognava filare diritti e disciplinati, nessuna mancanza sarebbe stata tollerata. Faceva massimo assegnamento su di loro come su collaboratori fidati. Eravamo mezzi nudi mentre ci riferivano il discorso e subito i graduati ripresero la loro voce aspra di caserma imponendoci di spegnere le candele e di fare silenzio. Volevo rimanere sveglio e attendere la mezzanotte come se subito dopo qualcosa di straordinario avesse dovuto succedere, ma il sonno per la stanchezza di tutta la giornata passata al sole, a nuotare nel fiume, non tardò ad avvolgermi e ad assopirmi profondo.

Alla sveglia, animati da una curiosità avidissima ci mettemmo subito a spiare l'orizzonte verso la frontiera dalle finestrelle della soffitta, ma improvviso ci venne dato l'ordine d'adunarci per partire. Il trombettiere suonò parecchie volte l'adunata di corsa: il capitano pareva avesse dormito male e teneva il berretto sbandato sugli occhi. Gli ufficiali vennero in mezzo a noi a chiacchierare come per indagare le nostre intenzioni. Però si vedeva che ci avevano pensato molto più di noi.

Camminammo sotto a un sole fortissimo per una strada sempre tra meravigliosi campi di frumento. Sul mezzogiorno si arrivò a un piccolo paese con una vecchia chiesa quasi in rovina dove ci accantonammo. Con alcuni compagni salii sul campanile sperando di vedere qualcosa. Sulla pianura attorno risaltavano paesi sconosciuti calmi nel sole. Il caldo occupava tutto il cielo e i monti lontani riuscivano piacevoli con la freschezza delle loro ombre. L'unica osteria aveva niente da offrirci, nella notte erano passate la fanteria e la cavalleria e tutto era stato consumato. Ci sedemmo così sulla strada all'ombra della casa davanti i tavoli vuoti. Passava ogni tanto qualche pattuglia di cavalleria o di bersaglieri ciclisti, chiedevano notizie, i contadini subito s'incuriosivano ad ascoltare, ma nessuno sapeva qualcosa della guerra. I cavalleggeri con l'elmo d'ottone avevano bellissimi cavalli e nel grande caldo meridiano giravano come sperduti. I bersaglieri oppressi dal cappello con le piume e da un grosso maglione sotto alla giubba, erano rossi in volto e sudavano divertendosi a vedere le gocce cadere sulla polvere. Il giorno seguente i nostri ufficiali non si fecero vedere, stavano alloggiati in una villa fuori del paese. Qualche automobile passò piena d'ufficiali coperti di polvere. Verso sera e sempre con grande fretta venne dato l'ordine dell'adunata.

Gli ufficiali ci fecero la rivista alle armi. Con cura guardavano alla rara luce l'interno della canna dei fucili. Di nessuno rimasero sodisfatti, vi era polvere e ruggine. “Da un momento all'altro possiamo trovarci a contatto col nemico e allora come farete a difendervi?" diceva l'ufficiale professore. Subito cercammo stracci e petrolio per pulire quei poveri fucili ai quali fino allora non avevamo dato alcuna importanza.

Qualcuno tentò d'intonare un coro, ma nessuno aveva voglia di seguirlo. Distesi invece sull'erba fresca d'un campo, finimmo col radunarci tra compagni della stessa regione, non tanto per parlare, ma per stare assieme e vicini fino all'ora del silenzio.

Verso mezzanotte i sergenti vennero a svegliarci, erano affannati: "Tra dieci minuti armati, equipaggiati, tutti in riga, giù nel cortile." Destati di soprassalto si pensava a un pericolo imminente e senza parlare ci preparammo al più presto. Era una notte oscura, con brevi palpiti di vento. Nel cortile alla luce di alcune torce ci si muoveva attoniti. Qualcuno sussurrò: "Questa notte incomincia la guerra." I sergenti faticavano a metterci in riga. Uno prese a fare l'appello. Con voce obbligata a un tono severo, chiamava i nomi ormai tante volte sentiti ripetere. Chi rispondeva disinvolto chi preoccupato, come se il cuore gli battesse. Arrivò il capitano a cavallo. Chiamò al suo fianco un soldato con una torcia per farsi vedere illuminato. L'appello terminò. Il capitano muoveva la testa nervoso, ordinò che altri soldati con torce accese si disponessero in modo da illuminarci tutti in volto. Egli avrebbe parlato.

Si fece silenzio e con la sua vocetta arrochita incominciò: "La guerra contro l'Austria è incominciata adesso a mezzanotte. Ognuno di voi è chiamato a fare il suo dovere con nobiltà d'uomo e d'italiano. Ieri sua altezza reale il duca d'Aosta, ha chiesto ai soldati del genio della 3a armata chi voleva offrirsi volontario nel taglio dei reticolati e tutti si fecero avanti. Ora se un tale appello fosse rivolto anche a voi, cosa fareste?"

Vi fu un lungo attimo di silenzio, poi un furiere gridò: "Viva l'Italia!" e tutti ci unimmo come per liberarci da un'oppressione che ci aveva preso. Il capitano parve sodisfatto, diede un ordine secco e passammo per quattro in colonna. Ci venne accanto col cavallo e mentre andava per mettersi in testa, ci disse con soavità: "E adesso avanti in silenzio, ché in paese dormono."

Ci muovemmo, trasognati, ma presto ai primi passi nella notte fresca ci destammo d'improvviso felici. Si andava in silenzio per la strada soffice di polvere, io ero in coda alla colonna, passavamo davanti a case chiuse, di dentro qualche gallo cantava, attendevamo vedere spuntare l'alba, ma ancora non vi era segno. La colonna si fermò, un convoglio d'artiglieria ingombrava la strada, ci sedemmo sull'orlo del fosso, qualcuno accese una sigaretta, altri si misero a parlare con frasi brevi e roche di sonno. Mi sentivo prendere da un torpore dolce, sulla poca erba impolverata. La marcia venne ripresa, un compagno si era messo a chiacchierare con un ufficiale, gli raccontava molte sciocchezze e l'ufficiale l'ascoltava. All'alba sostammo presso il giardino di una villa, non si sapeva dove fossimo arrivati. Vennero chiamati gli eliografisti che dovevano seguire la fanteria nell'avanzata. Tra loro qualche toscano si sforzava di essere allegro.

Ci accantonammo in questa villa, da poco la fanteria era uscita e il giardino ne era stato insozzato come una latrina. Ci buttammo a dormire in un lungo granaio sulla paglia pigiata e sporca, ma il sonno non tardò a distenderci immobili.

Mi destai in pieno giorno, uno ripeteva: "Dunque siamo in guerra!"

Ripensavo alla marcia notturna e dubitavo d'averla fatta. Un altro entrò e disse che nella notte al ponte sul confine erano state uccise tre guardie di finanza. In quel mentre un compagno che mi dormiva accanto si svegliò domandando dove si fosse. Aveva gli occhi limpidi come un bambino. Mi tormentava che si poteva disporre di noi fino alla morte, tutto preso dalla rabbia uscii a passeggiare nel giardino, ma era troppo immondo; scavalcai il muretto e mi trovai in aperta campagna tra alberi di ciliege, così bassi che si poteva coglierne alzando appena le braccia. La strada percorsa nella notte era vicina, piena di carrette e vi si sentiva gente chiacchierare. Erano profughi, scappati dal confine, avevano caricato sulle carrette materassi, qualche mobile, mazzi di pannocchie e galline assetate e sbalordite. Dicevano che una cannonata era arrivata vicino alla loro casa, ma sembravano quasi contenti della novità.

Andai al paese vicino, per mangiare, ma l'unica osteria non aveva più nulla. Passavano di continuo autocarri, automobili e motociclette. Alcuni appena passati ritornavano subito indietro come avessero sbagliato strada. Incontrai soldati della mia compagnia e ci mettemmo a girare su e giù come fosse domenica. Fuori dell'abitato ci sedemmo su d'un mucchio di ghiaia. Vedevamo su dal piano un vasto panorama di colline con ville e caseggiati. Sopraggiunse un uomo in bicicletta, col cappello tutto avvolto di nastri di carta bianca e rossa e verde e ossessionato ci raccontò di battaglia vinta, di prigionieri, di paesi conquistati, di morti e feriti. Veniva da Cormons appena occupata, piena di bandiere e diceva che era una bellezza a vederla. Agitava le braccia, ora andava a Udine ad arruolarsi come volontario e partì cantando. In quel momento verso le colline sentimmo il rombo di alcuni colpi di cannone. Erano i primi. Qualcuno li contò. Divenimmo muti e attenti. La campagna sembrava avere mutato aspetto. Uno asserì di avere visto una fiammata.

Stavamo attratti da quelle colline illuminate dal sole che tramontava, quando una voce aspra ci chiamò da dietro una siepe. Era un generale, alto e grosso, che voleva sapere di che reparto fossimo, cosa si stesse facendo e ci ordinò di rientrare immediatamente all'accantonamento. Al di là della siepe vi era una villa e il giardino era pieno di bersaglieri ciclisti, parte di guardia, parte animosi nel provare motociclette rosse e nuovissime.

Appena rientrati nell'accantonamento, arrivò il capitano furiosissimo. Per causa nostra era stato rimproverato dal generale, fece mettere la guardia al cancello e ordinò a un ufficiale di preparare la prigione. Minacciò tutti, agitando la testa con rapidi scatti, fece fare l'appello e mandò a ricercare gli assenti che subito vennero messi dentro. Non ci rimase per muoverci che quel giardino a ogni passo immondo e nauseante, ma il giorno dopo ripartimmo.

Nella mattinata camminammo per strade coperte d'una polvere pesante che non si alzava sotto i nostri passi. Il capitano mi aveva ordinato di cedere la bicicletta a un sergente che stava poco bene, così per una ragione o per l'altra non ne potevo mai approfittare. Oltre le siepi vedevamo campi d'un verde asciutto e ogni tanto piccoli boschi d'acacie in fiore che odoravano al sole. Si passò vicino a vecchie ville chiuse come abbandonate e innumerevoli uccelletti cantavano tra gli alberi dei giardini. Attraversammo un largo torrente senz'acqua. Il sole appesantiva tutte le cose inutili che portavamo. Ci tormentavano le cinghie dello zaino strette alle spalle, il grosso panno della nostra giubba accaldata, il fucile che non si sapeva più con quale mano portare. Infine si giunse a una fontanella, anche il capitano aveva sete, se ne stava a cavallo in mezzo a noi stanchi e stravolti, un soldato gli procurò un bicchiere e glielo porse luccicante d'acqua, allora ci disse che quella era l'ultima fermata e presto si sarebbe arrivati. Ripresa la marcia si giunse a una bella villa che apparteneva ai conti Trento.

Passammo gli ultimi giorni di maggio in questa villa di ricchi signori. Eravamo completamente isolati dalle truppe combattenti che pensavamo già sulle montagne lontane. Isolati dall'Italia, non ricevevamo né posta, né giornali. Nulla si sapeva della guerra. Grande parte del giorno si stava seduti su alcune panchine di pietra disposte a semicerchio sotto a un gruppo di tigli del giardino, accanto alla strada. Si vedevano passare lunghe colonne di autocarri carichi di casse e di sacchi. I conducenti col volto infarinato di polvere traballavano come marionette, seduti al loro posto. Le giornate si facevano sempre più calde e la polvere imbiancava le siepi.

Eravamo lontani dalle sussistenze e dovevamo mangiare i viveri di scorta. Ci davano carne in scatola e galletta e alla sera una pasta dura mal cotta in un'acqua salata. Nessuno la mangiava e le gavette venivano vuotate nel truogolo del maiale. Una sera uno per rabbia sbatté a terra il berretto. Il tenente napoletano che lo aveva visto lo chiamò e gli disse che quello era un atto di ammutinamento e che sarebbe andato sotto processo. Noi tutti ci raggruppammo attorno. Il tenente ci guardava inquieto, qualcuno osò dirgli che provasse ad assaggiare il rancio che ci davano. Il tenente chiamò fuori questi che aveva parlato e minacciò anche lui: "Voi credete di scherzare, voi non sapete ancora che siete in guerra e che l'ammutinamento si punisce con la fucilazione?" E ci guardava sollevando i baffi fino ad annusarli fortemente. Chiamò i cucinieri, questi dichiararono che facevano il rancio con quello che avevano a disposizione. Intervenne il capitano con un'aria conciliativa. Cominciò a inveire contro i cucinieri, che se ne stavano sull'attenti, tutti affumicati in volto e unti alle mani, poi si rivolse a noi, dicendo che bisognava avere pazienza, i servizi stavano per essere organizzati, presto il rancio sarebbe migliorato e ci raccomandò, per qualsiasi lagnanza, di metterci a rapporto con lui direttamente. Il suo modo di parlare ci piacque e fummo sodisfatti come se avessimo mangiato. Spenta ogni luce del tramonto ci si dimenticava della fame per buttarci con le giacche sbottonate sull'erba del prato davanti alla villa, dove una fontanina zampillava circondata da statuette di terracotta. Con le mani prendevamo le lucciole che ci giravano attorno. Un'aria fresca si alzava dalla terra. Altri seduti sul muretto e sulle panchine di pietra accanto alla strada intonavano qualche coro. Altri quasi nascosti sotto ai pini accordavano un violino con una chitarra per accompagnare una canzone che ci riusciva triste e piacevole:

> Giovani, fresche bocche che baciate se di giovinezza
> non approfittate presto verrà quel dì che appassirete...

A queste parole si dava tutta una intonazione di irreparabile addio alla vita e ci si abbandonava uno contro il fianco dell'altro. Qualche ufficiale uscito dalla terrazza per prendere l'aria si fermava in cima alla gradinata e rimaneva a guardarci e ad ascoltare. La notte sopraggiungeva e i grilli stridevano da tutte le parti. Per la strada si sentiva il rumore degli autocarri che passavano senza fine. Poi resi sordi dal sonno a tutti i pensieri e a tutte le malinconie, si saliva al nostro accantonamento. Il lungo stanzone era illuminato da alcune candele. Una alla volta si spegnevano e ognuno si rannicchiava nel suo giaciglio. A notte alta, talvolta, tra il russare dei più grassi, si sentiva qualcuno borbottare parole irate e uno, una notte, pianse disperatamente.

All'alba ci si svegliava ridendo per cose da nulla, si scendeva a lavarci a un torrentello vicino, tra i pioppi; i campi erano umidi di rugiada e le montagne lontane, coperte di nebbie, dove il sole apparso sembrava stare fermo. Una mattina ci destammo con l'aria oscura. Pioveva. Si rimase sulla porta a guardare il cielo grigio e quella piovetta tiepida, fitta sugli alberi. Si godeva a vedere piovere e stare al coperto. Poi si corse a lavarci al torrentello saltando sopra le pozzanghere. Si rideva e si scherzava per contrastare col tempo, mentre i più anziani si irritavano alla nostra allegria. Ritornammo accanto al nostro giaciglio, per mettere a posto la roba dentro lo zaino, per attaccare qualche bottone alla giubba, per cucire qualche strappo, con un fare tutto donnesco di ordine e di rassegnazione. La pioggia continuò tutto il giorno.

Nel pomeriggio uno venne ad avvertire che per la strada passava una lunga colonna di fanteria. Si scese a vedere stando al coperto sotto le fronde dei tigli. La grande polvere s'era mutata in pantano e i soldati passavano coi vestiti bagnati e pesanti, oppressi dagli zaini. Era una brigata toscana. Ogni tanto passava qualche ufficiale a cavallo, la mantellina gli scendeva dura sulle spalle. Venivano da lontano e avevano marciato sempre sotto la pioggia. Tonfavano le loro scarpe e curvi ci guardavano con occhi rilucenti. Alcuni miei compagni toscani stavano attenti, sicuri di potere riconoscere qualche compaesano.

"Di Lucca, nessuno?" chiese qualcuno a un gruppo che insisteva a guardarci.

"Terzo battaglione, più indietro," rispose un sergente.

"Noi siamo di Firenze!" disse un altro.

"Già, di cupolone!" soggiunse uno dei nostri per rincorare. Passò la bandiera chiusa entro un fodero nero di tela cerata, scortata da due carabinieri a cavallo. Passò il terzo battaglione. "Lucca! Lucca!" gridò il mio vicino. Un gruppo alzò il capo. "Siamo di Viareggio, non vedi come ci si bagna..."

I miei compagni trovarono i loro compaesani e uno un suo amico. Si abbracciarono e si baciarono, piangendo e li accompagnarono portando il loro fucile. Andavano a Plava, per passare l'Isonzo. La colonna terminò. Sulla strada rimasero le orme delle loro scarpe. Incuranti della pioggia ritornammo tristi e scontenti al nostro accantonamento.

Una mattina, un bersagliere del comando ci portò l'ordine di partire. Partimmo il giorno dopo all'alba per trasferirci a Cormons in attesa dell'offensiva imminente. Arrivati nel territorio conquistato si provava la stessa curiosità come entrando in un campo pieno di baracconi da fiera. Ora si vedeva la garitta dei finanzieri austriaci sfondata. Ora un pallone frenato che s'alzava dietro un bosco di castagni e i primi abitanti, sulla porta delle case, a guardarci indifferenti. Volevamo vedere segni di qualche combattimento, ma più s'avanzava più cresceva la nostra delusione. La campagna era tranquilla e fiorente come qualsiasi altra campagna della terra in quella stagione. Nel pomeriggio si giunse a Cormons. Ci fermammo in un viale, v'era grande animazione. Ci accantonarono provvisoriamente in una casa un poco fuori del paese, di dove si vedeva il panorama delle colline e lontano ci fu additato per la prima volta il profilo del Carso. Alla sera potemmo girare per il paese pieno di soldati, entrammo in un'osteria, dove le donne, seccate dalle nostre voci che ordinavano da tutte le parti, avevano gesti di noia per la nostra venuta. Questo ci eccitò malamente e si diceva: "Così ci trattate dopo che siamo venuti a liberarvi." Ma quelle ci voltavano le spalle e poco mancò che non le bastonassimo. Quella sera dormii in una rimessa dentro a una carrozza chiusa.

Alla mattina un ufficiale venne con grande fretta a prendere un plotone di dieci uomini per un lavoro urgente. La fanteria s'era mossa all'alba e avanzava su tutta la linea. Doveva passare l'Isonzo per raggiungere il Carso che si scorgeva chiaro e definito nei suoi valloncelli, nei suoi muriccioli e boschi. Si sentiva il cannone dalla parte del mare. Salimmo all'ultimo piano della casa, dove era un ballatoio di legno. Al principio del Carso, attorno a un bosco e a una villa bianca vedemmo formarsi piccole nuvole di fumo. Le nuvolette si spostavano verso le cime più alte e noi si pensava che le nostre truppe avanzassero rapide. Poi il bosco s'incendiò e la villa parve venire colpita più volte. Si stava attenti, ansiosi di scoprire le fasi della battaglia. Sul mezzogiorno i tiri cessarono, rimase solo il fumo del bosco, ad alzarsi nel cielo. Qualcuno non si mosse dal guardare. Io discesi nella camerata in compagnia d'un soldato ragionatore di cui fino allora non m'ero mai accorto. Aveva una grossa testa, gli occhi bovini e labbra sottili sempre socchiuse, pure era piacevole parlare con lui, e tutto il giorno, animati dal pensiero della battaglia che si svolgeva poco lontano, rimanemmo assieme, cercando di spiegarci non ricordo più quali problemi intorno alla natura delle cose. Gli ufficiali avevano trovato da accantonarci in un lungo stanzone basso con piccole finestre, una specie di granaio sopra certi locali a pianterreno che dovevano servire da cantine. V'era un cortile e più avanti un vigneto che confinava con la strada. Ci avevano assolutamente proibito d'uscire, perché da un momento all'altro continuando l'azione per prendere Gorizia poteva venire l'ordine di lavori urgenti da eseguire. Tuttavia alcuni, scavalcato il muretto di cinta, se ne andavano ogni giorno in giro per il paese. Poi finirono col farsi scoprire, il capitano fece installare la prigione e i sergenti ridivennero severi, gridando a ogni momento per cose da nulla.

Forzati a rimanere sempre rinchiusi tra il granaio e il vigneto e visto che ormai non ci si sarebbe mossi tanto presto da quel paese, dietro l'esempio di uno che da borghese faceva il falegname, ci sistemammo un poco meglio per dormire. Qualcuno aveva trovato dei veri pezzi di letto e, inchiodatovi sopra il telo da tenda, s'era arrangiato benissimo; altri riuscirono a congegnare una branda, altri ancora, come me, avevano adottato di posare su grosse pietre alcune tavole e sopra il telo da tenda pieno di paglia. Ci si lavava le camicie, le mettevamo ad asciugare al sole e si cucivano gli strappi. Si consumava il rancio nel vigneto seduti all'ombra delle viti, poi si chiacchierava sugli usi dei nostri paesi; qualcuno che aveva potuto uscire per servizio portava notizie della battaglia che continuava da giorni.

"Oggi alle due si è vista la bandiera italiana sventolare sulla cima del San Michele, tra le due *mammelle.*" Si cercava con avidità nel sole limpido, dalle finestre, il San Michele dove le granate scoppiavano senza fine e il vento ne disperdeva presto le nuvolette. Poi alla sera altri riferivano che le nostre truppe, battute da tiri incrociati, avevano dovuto ripiegare e i morti erano stati innumerevoli.

Nel pomeriggi si dormiva all'ombra delle viti; oppure dal muricciolo si stava a guardare il continuo passaggio di autocarri coi conducenti bianchi di polvere e di automobili cariche d'ufficiali; passavano anche vecchie diligenze a cavalli, piene di feriti leggeri. Ogni tanto si sentiva il cannone, ma ormai solo alla notte impressionava, cupo e lontano, come vicino al mare e svegliandoci pensavamo a confusi massacri nel buio.

Spesso gli aeroplani volavano su di noi, ma non si riusciva mai a distinguere se fossero nostri o nemici. Un giorno uno passò bassissimo girando più volte sopra al paese. Per la sua forma mai vista si pensò fosse nemico e, prima da un vicino accampamento di cavalleria e poi dal nostro accantonamento, si cominciò a sparare. Consumammo frenetici tutte le cartucce di dotazione, fino ad arroventare la canna. Chi sparava dalle finestre, chi inginocchiato per terra col fucile contro il cielo, chi tenendosi nascosto sotto gli alberi. Il cuciniere strillava come un ossesso, perché alcuni si erano messi a sparare dal tetto della cucina dove si trovava intento a fare le razioni di carne. In paese gli ufficiali sparavano con la pistola; poi si seppe che l'aeroplano era nostro.

Una notte un sergente venne a svegliarci, voleva dieci volontari per un lavoro. Lo stare sempre rinchiuso, l'aria fresca dell'alba vicina, il desiderio di vedere qualcosa della guerra mi spinse ad accettare l'invito. Pochi vennero spontanei, altri furono scelti dal sergente. Bevemmo il caffè accanto al fuoco della cucina. Il cuciniere ci guardava come andassimo alla morte e ci servì con abbondanza. Si partì in autocarro. Fuori del paese rasentammo boschi di castagni e colli ricchi di frutteti. Le strade erano fresche, tutta la pienezza della stagione si vedeva dalle belle fronde degli alberi. Si guardava e si provava immenso piacere a muoverci. A una svolta, su da brevi pianure umide e nebbiose si rivelò tutto un panorama di colline con paesi dovunque. Lontano, alte montagne e il sole imminente a spuntare. Qualcuno voleva sapere dove fossero gli austriaci e dove i nostri, dove fosse Gorizia e dove il Calvario, questo piccolo colle che non era possibile prendere. La strada saliva e scendeva rasentando altri boschi e altri colli meravigliosi. Poi si salì a lungo, il motore faceva fatica, ma si proseguiva. D'un tratto l'ufficiale ci gridò: "A terra tutti!" Scendemmo confusi, si pensava che il nemico fosse imminente, qualcuno si era buttato a ventre a terra, come aveva imparato in piazza d'armi, altri si preparavano a sparare, ma invece si trattava del motore che, riscaldato dalla salita, aveva preso fuoco. Il conducente correva da un fosso all'altro in cerca di acqua, ma non ve n'era. L'ufficiale ebbe improvvisa un'idea: "Gettate terra!" Smaniosi d'attendere un comando, prendemmo a manciate terra dal fosso e la scagliammo con violenza contro il motore. Si andava a gara a chi ne gettava di più, ma il conducente ci fermò spaventato, perché si guastava ogni cosa. Il fuoco s'era spento e ripartimmo.

Si giunse a un paese senza abitanti: un cuciniere lurido di fumo e di grasso dormiva disteso su d'un divano di bella stoffa rosa all'ombra d'un palazzo. Vi trovammo alcuni soldati della nostra compagnia e mentre l'ufficiale parlava con loro, noi andammo a girare per le stanze. Grandi stanze con poca mobilia sconquassata. Qualche armadio scolpito e alle pareti grandi quadri anneriti. Quel palazzo era di un generale austriaco e alla parete d'una stanzetta si scoprì, inquadrata, una filza di medaglie militari. Alcune erano d'argento. Il quadretto venne staccato, rotto e spingendoci tra di noi con violenza ognuno cercò di prenderne una. Dentro a un armadio trovammo un cappello militare austriaco e tutti lo vollero provare. Altri continuavano a frugare. Si sapeva che certi reparti avevano trovato nelle ville cantine colme di vino e ripostigli fitti di salami e di miele e noi si batteva sui muri in cerca di porte nascoste. Portammo il cappello all'ufficiale che ci sorrise contento come se gli avessimo portato un prigioniero. Lo legammo sopra a un fanale dell'autocarro come sopra a una testa.

Da questo paese si incominciò il lavoro; uno correva avanti e stendeva il filo telefonico, gli altri dietro si curavano di posarlo tra i rami degli alberi lungo la strada. Uno di noi era così alto che, alzando le braccia, lo metteva a posto proprio a un'altezza conveniente. Presto gli alberi furono tutti meravigliosi ciliegi con frutta gonfia dolcissima non vendemmiata dalla popolazione che era fuggita. Allora con la scusa di attaccarvi il filo, tutti volevano salire sugli alberi, solo gli anziani grassi e pesanti dovettero rinunciare. Ci si arrampicava con tutto il nostro slancio e da sopra buttavamo giù ciocche di ciliege al nostro ufficiale che ci diceva: "Su, su, presto" e sorrideva. Nessun colpo di cannone intorno, il sole ardente, il luogo deserto, quelle ciliege straordinarie: eravamo beati.

S'arrivò a un altro paese disabitato, finì il lavoro e allora andammo ancora a frugare nelle case. Alcune erano miserabili, altre di benestanti. Rovistammo in ogni angolo: bottiglie vuote erano osservate con attenzione, ma nella casa del prete trovammo un'oleografia di Francesco Giuseppe e, inastate le baionette, si prese a sforacchiarla accaniti e feroci, poi infilzammo divani e poltrone. Trovata nella guardaroba del prete una tonaca con la coccarda gialla e nera, ci slanciammo contro gli armadi e le dispense sfondandoli col calcio del fucile. E quanto si trovava di buono veniva preso. Intanto nel cortile altri davano la caccia a un maiale che strillando riuscì a salvarsi su per il colle. Francesco Giuseppe venne appiccicato sul davanti del motore e tanta era la nostra animazione che ancora gli sputammo addosso. L'ufficiale si divertiva e con questi trofei come reduci da una battaglia ritornammo a Cormons.

Il capitano un giorno mi ordinò di passare come ciclista agli ordini della fureria che si trovava in una villa vicino alla stazione. Vi era un giardinetto con tutte le foglie coperte di polvere e dietro la villa una terrazza sotto a un fitto glicine, di dove si vedeva il Carso. Quando gli ufficiali si trovavano a mensa, mi facevano stare in questa terrazza a guardare se si iniziasse qualche bombardamento interessante e allora avrei dovuto correre ad avvertirli. Alla mattina presto, arrivato al comando, pulivo la bicicletta, poi, nascosto tra gli alberi pieni di polvere, discorrevo attraverso una finestrella con una ragazza d'un'osteria vicina. Non era bella, ma aveva un'espressione di donna di altra razza e per questo dava una grande soddisfazione a baciarla.

Il caldo cresceva e una grande polvere copriva le strade sempre percorse da autocarri. L'acqua cominciava a scarseggiare. Al nostro accantonamento vi era una botte che ogni notte andavamo a riempire alla fonte di Subida, sempre bombardata e la sola che ancora buttasse. Per dissetarci e per lavarci bisognava stare attorno a questa botte grande tempo in attesa del turno, bisticciando tra di noi. I nostri giacigli erano pieni di pulci. Il caldo opprimeva. Quale tristezza, il tramonto, in quelle sere affocate, visto attraverso le sbarre delle finestre del nostro dormitorio. Vedevo la pianura distendersi lontana fino ai monti vicini al mio paese. La vita per me e per tutti ormai era cambiata. Il dormitorio alla notte si faceva mezzo vuoto, si andava a dormire all'aperto e i pochi rimasti accendevano una candela accanto al proprio pagliericcio che pareva una tomba. Si smaniava, ci si rivoltava e si dormiva appena qualche ora sul finire della notte. Ogni giorno scendevano i feriti e quelli meno gravi venivano portati subito alla stazione per andare in Italia. Dolci negli occhi, fatti sereni, felici di essere portati via, li osservavo come li tiravano fuori dalle ambulanze, distesi nelle barelle. Uno pallidissimo, mezzo nudo, aveva a un dito un anello con un'ametista e pareva volesse sorridere. Un altro, da vicino, barbuto e ferito a un braccio, stralunatosi d'improvviso alzò lo sguardo verso il cielo e messosi a urlare si strinse addosso a uno e pareva lo volesse soffocare o abbracciare. Venne portato via dagli infermieri. Come ogni giorno partivano i feriti, ogni giorno arrivavano i complementi destinati a colmare i vuoti. A volte li comandava un ufficiale giovanissimo con un aspetto da studente, con gli occhiali, tutto nuovo nella divisa accurata, con la spada brunita e i guanti; vi erano soldati anziani richiamati e altri malaticci e altre volte qualche volontario coi capelli bianchi; un giorno arrivò anche un garibaldino, con la camicia rossa, maniaco di giovinezza impossibile. Tutti pieni di distintivi e di medagliette sul petto. Qualcuno reggeva una grande bandiera tricolore. I volontari erano smaniosi di combattere e sicuri di riuscire a conquistare le trincee del Podgora. E partivano e andavano a raggiungere il loro posto in trincea e forse subito il giorno dopo erano già uccisi, schiacciati assieme alla spada brunita, alla camicia rossa, alle medagliette e ai distintivi. Ogni giorno il numero dei morti cresceva, la mitraglia aveva tolto ogni fronda ai castagni del Podgora e tutto il terreno appariva arso e corroso. Lo si vedeva dalla terrazza, dove gli ufficiali mi avevano messo di guardia per segnalare i bombardamenti interessanti. In fine la loro attesa venne accontentata.

Un giorno su da un paese poco distante vidi innalzarsi un'alta colonna di fumo. Altre colonne si sollevarono dalla pianura in direzione di Gradisca. S'intesero rombi cupi. Poi il tiro prese la direzione del colle di Medea e da qui s'avvicinò alla stazione di Cormons. Si sentiva il sibilo e il fragore degli scoppi. Insistettero a battere dov'era un grande stabbio di buoi e seguendo la strada si appressarono alla stazione. I tiri si susseguirono a brevi intervalli. Un colpo arrivò a meno d'un chilometro da noi e la villa aveva tremato. Sulla strada si vedeva grande polvere sollevarsi e soldati che scappavano spingendo a bastonate i buoi. Corsi giù dagli ufficiali che stavano mangiando e dissi loro: "Si è iniziato un bombardamento di grossi calibri contro i paesi della pianura. Adesso sparano su Medea e sulla strada verso la stazione, tra poco spareranno sulla stazione e noi siamo nella stessa rosa di tiro." Essi mi guardarono, ogni mia parola pareva li irrigidisse sempre più. Il capitano deciso a dimostrare la sua sicurezza disse: "Terminiamo di pranzare e poi si andrà a vedere." Ma al fragore d'uno scoppio ancora più vicino, lasciarono la tavola e vennero sulla terrazza. Avevano i binocoli e carte topografiche. Volevano individuare la batteria che sparava e ritti in piedi spiavano attraverso a buchi praticati nel fogliame del glicine. Uno di loro disse: "E pensare che si sarebbe potuto fare i bagni a Miramare." Il capitano con le sue piccole gambe sbatteva gli speroni e obbligava tutti a stare attenti su punti diversi per cercare di scoprire la fumata di sparo. "Santo Dio!" diceva. "Guardala là, Gorizia, a due passi dalla nostra linea e che non si sia capaci di prenderla." Un sibilo si sentì per aria e ne seguì uno scoppio violentissimo molto vicino; tutti vollero vedere. Uno della fureria venne ad avvertire tutto ansante che sparavano sulla stazione. Scesero in giardino, la strada era un confuso di soldati, di buoi e di fruttivendole che scappavano gridando e portandosi dietro i loro carrettini. Seguì un altro colpo, vedemmo le tegole del tetto della stazione saltare in aria e il fumo avvolgere ogni cosa. Le schegge sibilarono tra gli alberi sopra le nostre teste. I buoi legati per due se ne venivano avanti da soli imbrogliandosi con le lunghe corna.

Il capitano decise subito di cambiare casa e ordinò agli ufficiali di seguirlo per andare a cercarne altra di più adatta. Allora tutti in gruppo, frettolosi, ma al passo, come un piccolo plotone se ne andarono in paese. Il tiro continuò ora vicinissimo, ora un poco lontano, verso lo scalo merci. Quando cessò, accorremmo a vedere gli effetti. Alcuni carri carichi di vino erano stati colpiti dalle schegge e il vino gocciolava per terra. Fu una festa: chi con fiaschi, chi con gavette contendeva per attingerlo.

Nella sera stessa il comando si trasferì in una villa posta in una piccola conca riparata dal monte che dominava il paese. Un vero angolo morto.

La nuova villa era tutta coperta da rampicanti. Il vecchio padrone si teneva sempre chiuso nella stanza da letto assieme alla sua serva. Rovistando nel magazzino tra un mucchio di vecchie carte trovai una cartolina del 1876 dove una signora gli decantava le belle rose della sua villa di Sagrado. Da quel posto si vedeva Sagrado con tutte le case distrutte. Davanti alla villa vi era una pergola dove gli ufficiali, dopo mangiato, si divertivano a giuocare alle carte. Accanto vi era un pozzo, un orto e subito dopo il pendio del colle pieno di frutta. Ogni giorno all'ora del pranzo il solito cannone faceva i suoi tiri, gli ufficiali seguivano sorridendo il sibilo per aria e alzavano la testa per guardare al di sopra del fogliame il fumo delle esplosioni che si sollevava al di là del paese.

Il mio servizio era di scendere alla posta e risalire alla villa con un sacco pieno di pacchi per i soldati che mi pesava sulle spalle, poi alla sera mi sedevo coi furieri sul tronco di un albero abbattuto, i cani abbaiavano dalle case del monte vicino, la sera calda e immobile favoriva la malinconia, il cannone batteva sul Carso, rapide fiammate si accendevano, si parlava della nostra vita da borghesi finché il sonno non ci prendeva. Le mattine erano d'una serenità immensa e ancora per un attimo mettevano qualche dolce speranza, ma il caldo sopraggiungeva subito opprimente.

Una mattina uscendo dalla rimessa dove mi ero trasferito a dormire, trovai un soldato della nostra compagnia che ritornava da un posto avanzato del Sabotino. Attendeva che il furiere si svegliasse. Mi raccontò che lassù i soldati arsi dalla sete erano costretti a bere la propria orina e il colera era scoppiato in tutti gli accampamenti. I morti non venivano sepolti, se ne trovavano per la strada fino a pochi chilometri da Cormons. Dopo un mese di servizio lassù si era fatto asciutto, bruno come affumicato o sporco e i suoi occhi brillavano come se tutta la sua vitalità si fosse radunata in essi. Era fiero della sua vita, una fierezza calma, inerente a ogni parola. Alle mani e al collo, vicino alla nuca, la sua pelle pareva quella d'un vecchio. Mi mostrò schegge di granata e braccialetti di rame che aveva lavorato egli stesso togliendoli dai bossoli delle granate. Aveva i panni consunti, impregnati di terra e respirava con piacere il profumo dei gelsomini che veniva dalla pergola.

Il colera si diffuse anche in paese. La notizia era circolata spaurendo. La popolazione si teneva chiusa in casa. Ci distribuirono limoni che mangiavamo avidamente. Le fontane erano guaste, la polvere delle strade si era fatta alta come sabbia lungo il mare, il caldo stava fermo dalla mattina alla sera. Ogni giorno una casa veniva chiusa e sulla porta vi dipingevano un tondo giallo: erano le case dei colerosi. Agli ospedaletti arrivavano a piedi soldati ammalati o feriti sostenendosi tra loro, rossi di terra nel vestito, patiti e aspri nel volto. Non mi era possibile mangiare, non tolleravo né la carne, né il brodo, grasso com'era; ci diedero vino, ma solo a berne un poco mi trascinavo sconvolto e nauseato lungo il muro bianco di sole. L'acqua da bere stillava a stento dalla botte, si stava ad aspettare con le nostre tazze di latta e non si aveva neanche più la forza di impazientirci e di irritarci tra noi. Ci si guardava a vicenda e ci si trovava mutati dai primi giorni. Si finiva col buttarci sui nostri giacigli lasciandoci opprimere dal caldo e tormentare dalle pulci. Verso sera, appena pareva scendesse un poco di fresco, si andava sotto alle viti mordendo i limoni che riuscivano dolci. Con la tintura di iodio mi tingevo le unghie e poi alla mattina per lavarmi non avevo altra acqua che quella del pozzo della villa e prima d'usarla dovevo attendere deponesse la nera melma nel fondo del secchio.

Un giorno andammo all'ospedale per farci fare le iniezioni anticoleriche. Un ufficiale medico aveva certi guanti di lana grigia che infastidivano con quel caldo. Ci misero in fila in una stanza dove l'odore dell'etere era forte. Dovemmo toglierci la giubba e la camicia. A dorso nudo si aspettava il nostro turno. Vedevo quelli davanti, avanzare pallidi e sbigottiti nello sguardo. L'infermiere accanto alla finestra alzava la siringa col piccolo ago per guardarla contro luce. Si avvicinava a ognuno e lo pungeva alla mammella. Il dolore doveva essere intenso: ognuno impallidiva e pareva non avesse la forza di gridare. Uno svenne e si rannicchiò per terra socchiudendo gli occhi. L'ufficiale medico lo batté con le mani inguantate sulla schiena fino a farlo rinvenire. Poi vedendoci stravolti venne a pizzicarci al petto sorridendo e ci disse che non dovevamo essere così deboli, come le donne. Sentivo l'odore del sudore traspirare dalla pelle bianca del vicino che mi precedeva. Venne il mio turno. Mi bagnarono con l'etere sotto la mammella, guardavo fisso le stellette dell'ufficiale, l'argento spiccava sul velluto rosso del colletto. Aveva i baffi biondi, arricciati come finti. Seguii nettamente l'ago che entrava, volli costringermi a non sentire. Nello stesso momento davanti alla finestra svolazzò uno stormo di uccelli fermandosi a stridere sotto alla grondaia. Vedevo il fremere delle ali in una luce violetta e non sentivo più nulla, come se mi immergessi sotto acqua, mi battevano sulla schiena e dovevo essere caduto per terra. Rinvenni fuori nel cortile e subito mi preoccupai di rivestirmi, qualcuno mi aiutava, ma pareva avesse meno forza di me.

Sempre nuove case si chiudevano, marcate col tondo giallo. Presero a distribuirci la creolina, la spruzzavamo sui nostri paglericci e in tutti gli angoli. Avevamo una grande fiducia in questo disinfettante e il suo odore acre ci riusciva familiare e piacevole. Ogni giorno all'ora stabilita il cannone sparava sulla stazione e qualche volta batteva il terreno alla periferia del paese.

Tra un pericolo e l'altro avevamo finito col trovare piacevole andare alla sera in una osteria dove una donna sana e vigorosa versava il vino nei bicchieri con tale violenza fino a farlo traboccare come lo regalasse. Si beveva e ci si strofinava le labbra coi limoni succhiati. I più anziani dicevano che bisognava sostenerci col bere. Alla stessa osteria venivano anche, dalle trincee, soldati in permesso. Parevano esistere solo negli occhi, dilatati e sempre in allarme. Il vestito imbevuto di pantano rosso aderiva alloro corpo. La cinghia che reggeva le giberne, come fosse di ferro, solcava le loro spalle. Un giovane granatiere, ossuto nelle mani, giulivo come per un colpo andato bene, mi mostrò monete austriache che aveva preso a un ufficiale ucciso da lui. E pareva mi volesse dire: "Come vedi, si guadagna pure qualcosa a fare la guerra." Venivano a gruppi di compaesani e, ricordando che lontani dalla trincea potevano cantare, cantavano. Una sera una comitiva di toscani improvvisò stornelli. Uno a capo della tavola si fece curvo nel raccogliersi con tutto il corpo e tenendo una mano a conchiglia sull'orecchio prese a intonare. Mi accorsi che era sdentato come un vecchio. Lo stornello diceva:

Ho perso la voce sul Podgora...
Ho perso la voce a fare l'amore
con un castagno secco sull'aurora...

E gli altri facevano coro dondolandosi sulle sedie, ma quello che aveva intonato accortosi che lo osservavo ai denti, tratto fuori il portafoglio mi mostrò la fotografia di un giovane sorridente con tutti i suoi denti bianchi e mi disse che era lui prima di partire per la guerra. Ma non rimpiangeva la vita di prima.

Un altro volle raccontare che era impiegato dello stato, avrebbe potuto venire esonerato dal servizio militare e starsene imboscato, ma aveva voluto arruolarsi per redimersi. Non disse la sua colpa. Lo guardavo stupito: ancora si credeva alle colpe. Soffrivano tanto quelli che non ne avevano alcuna. Poi appena si usciva toccava d'incontrare nel barlume della sera sulla strada molle di polvere un carrettino tirato a mano con una cassa simile a un canile, segnata col solito tondo giallo, e dietro un prete vestito da militare con la stola d'oro che pregava per il morto.

L'estate era nella sua pienezza. Gli aeroplani austriaci passavano tutte le mattine rapidi e bianchi. Le batterie antiaeree, appostate sul monte soprastante alla villa sparavano sonore risvegliandoci attimi d'entusiasmo. Il cannone tirava ogni giorno sulla stazione alla sua solita ora, ma con la luna d'agosto prese a sparare anche di notte. Nel silenzio si distingueva più nitido e più minaccioso il sibilo mentre si avvicinava, poi lo scoppio si ripercoteva tra le case e le schegge cadevano fischiando sul tetto dell'accampamento. I miei compagni di servizio al comando del Corpo d'armata dicevano che il generale, svegliato di soprassalto, veniva giù in mutande a informarsi della situazione. Qualche finestra si apriva, gli abitanti spiavano paurosi il cielo tutto illuminato dalla luna e v'era chi fuggiva a ricoverarsi nella cantina dove si credeva più sicuro.

Una notte, con un'improvvisa freschezza dell'aria, ci destammo allo scroscio della pioggia ripercosso tra le case. I temporali si susseguirono ogni giorno, la polvere si tramutò in pantano e il pantano disparve. Un giorno un temporale si scatenò proprio sopra Gorizia, noi eravamo in pieno sole e a un certo momento contro lo sfondo cupo delle nubi apparve l'arcobaleno che pareva composto dei colori italiani. Il capitano da sotto alla pergola stava a guardare, mi avvicinai per portargli la posta e gli indicai quel bianco rosso e verde nel cielo come un segno che la città presto sarebbe stata nostra. Mi sorrise per compiacenza, ma poi sospirò scuotendo la testa assieme al suo cappello alto e duro, come preso con afflizione dal pensiero per tutti i nostri morti. Mi ringraziò dolcemente, perché gli avevo portato le sue lettere. Senza che me ne fossi accorto, il capitano mi voleva bene.

Con le piogge l'aria si era fatta leggera e azzurrina rasente alle cime dei monti. Le trincee del Carso al mattino erano visibili come sentieri. L'acqua alle fonti era ritornata. Ci si lavava con lentezza insaponandoci la testa e nel pettinarci uno aiutava l'altro per fare la riga più diritta. Qualcuno cantava. Il colera pareva andasse scomparendo. Una sera ero così allegro che volli fumare un sigaro che ci avevano distribuito con le sigarette. Fumavo a grandi boccate e nella penombra guardavo la brace rossa e la luna d'uguale colore che si alzava su dall'ultimo lembo del Carso. Gli ufficiali stavano a cena sotto alla pergola. Sentivo le loro voci sempre più lontane. Con una dolcezza indescrivibile mi sentivo addormentare. A un certo punto capii che cadevo per terra, ma non potei impedirmelo. Quando rinvenni mi trovai seduto sotto alla pergola e tutti gli ufficiali cercavano di farmi bere vino. Intesi la voce del tenente napoletano che mi diceva: "Su, su per bacco, bisogna farsi coraggio." E il capitano soggiunse: "Il coraggio glielo darò io; questo ragazzo ha bisogno di una breve licenza." E mi disse di prepararmi, ché sarei partito nella mattina dopo.

La mattina dopo ero tutto pronto per partire, le scarpe lucide, il tascapane a tracolla con la scatoletta di carne, la pagnotta e qualche pezzo di granata che volevo fare vedere alla mia famiglia. La villa tutta coperta di rampicanti con piccoli fiori azzurri era ancora chiusa nella fresca ombra del monte. Aspettavo la licenza promessa e non credevo. Il sole già spuntava e la frutta brillava sulle alte cime dei rami. I cucinieri degli ufficiali apersero le finestre cantando, poi uscirono vispi come donnette per fare la spesa. Sulla porta si fece il tenente napoletano, tutto pulito cogli stivali lucenti, guardò il cielo arricciandosi i baffi, poi andò sotto alla pergola a bere il caffè. Si vedevano i pendii del Carso illuminati dal sole velato da nubi leggere. Alcuni spari divennero celeri e intensi. Una finestra s'aperse. Il capitano s'affacciò e vedendomi mi sorrise. Dopo un poco ritornò alla finestra e con la mano mi fece cenno d'andare sotto. Accorsi. "Ecco!" mi disse con la voce arrochita e lasciò cadere un foglio che discese volteggiando nell'aria. Era la licenza firmata e timbrata. Lo ringraziai più con lo sguardo che con le parole. Egli mi salutò con la mano e si ritrasse.

1916

Di ritorno dalla licenza trovai la mia nomina a caporale. Il capitano, quando mi vide coi nuovi galloni, mi disse: "Ora bisogna battezzarli." Mi indicò su d'una carta il Podgora, poi il monte Fortin ai piedi del Carso. Tra queste due località era stata distesa una linea telefonica che non poteva quasi mai funzionare, perché battuta dalle artiglierie. Avrei dovuto ripararla e rettificare il percorso per una zona più riparata. Mi affidò cinque soldati e nella notte, preparato il materiale occorrente, ci trasportarono in autocarro sotto al Podgora. Il giorno prima aveva nevicato e faceva freddo. Percorremmo umidi camminamenti e verso l'alba s'arrivò all'osservatorio di Pubrida, di dove partiva la linea che dovevamo riparare. Subito alla prima luce incominciò sulle vicine trincee un lancio di bombe a mano che finì col suscitare un concentramento delle nostre artiglierie da campagna. Scendemmo dall'osservatorio seguendo con le dita il filo appeso lungo la parete del camminamento. A Lucinicco faceva già chiaro quando si stava per attraversare la strada, una sentinella ci avvertì che quello era il *passo della morte:* bisognava attraversarlo di corsa, uno alla volta. Cinque soldati erano troppi, avevamo ancora una barella per portare il tamburo di filo telefonico e un maledetto telefono pieno di placche nichelate che splendevano al sole come tanti specchi. Domandai ai soldati chi voleva venire con me a fare il lavoro. Divennero chiusi e pensosi. Si vedeva che avrebbero preferito di non seguirmi e ancora si vergognavano di essere considerati paurosi. Da ultimo uno che proveniva dalla fanteria si fece avanti e disse: "Verrò io, tanto sono abituato." Caricate sulle spalle le matasse di filo passammo di corsa la strada e ci acquattammo dall'altra parte dentro un fosso in attesa che sparassero. Ma fu perfettamente inutile.

La linea da un fanale all'angolo d'una casa crollata fu posata al di qua della strada sui rami d'un albero. Venne provata e fino a quel punto funzionava benissimo con l'osservatorio di Pubrida. Oltrepassate le macerie del paese, la campagna si stendeva piana e squallida, tutta bianca di neve fino a monte Fortin che si vedeva elevarsi piccolo e boscoso a circa cinque chilometri. Il lavoro cominciò a farsi lento e seccante. Il filo era stato spezzato in tantissimi punti dai tiri che avevano aperto sul terreno profondi imbuti riempiti di acqua. Non era possibile perdere tempo a ricercare i pochi metri di filo ancora intatti e decisi di stendere la linea a nuovo, ma non vi era da appenderla altro che a qualche stocco di granone, vecchio e marcio, che ancora sussisteva nei campi abbandonati da tempo. Il sole brillava nitido e dagli osservatori austriaci di Gorizia e del Carso ci dovevano vedere a occhio nudo contro il bianco della neve, per di più il telefono con le sue nichelature funzionava da richiamo. I tiri non tardarono a incominciare. Da prima si credeva tirassero sulla trincea poco distante, sul ciglione dell'Isonzo, ma come vedemmo le nuvolette degli scoppi avvicinarsi sempre più sulla nostra direzione, si capì che l'avevano con noi. Gli scoppi inebriavano come squilli. Erano tiri a coppia, con la intenzione di prenderci fra due fuochi, il sibilo ci avvertiva e avevamo il tempo giusto per buttarci a terra e ripararci. Le pallottole fischiavano in aria a ventaglio. Se avessero eseguito il tiro a forcella aggiungendo un terzo colpo in mezzo agli altri, ci avrebbero assolutamente colpiti, ma invece pareva volessero avvicinare sempre di più i proiettili tra loro fino al punto di farli coincidere nello stesso tempo su di noi. Ma per fortuna, quando parve che questo dovesse avvenire, ci trovammo a pochi passi da una buca profonda che nei primi mesi della guerra doveva avere servito da ricovero a qualche comando di fanteria. Vi era una stanzetta scavata nella terra e le pareti erano tutte foderate di tavole e di pezzi di mobili scolpiti, forse presi dalle ville vicine.

La linea funzionava, diedi notizie di noi all'osservatorio e ancora ebbi la pretesa di dire al telefonista che avvertisse il maggiore d'artiglieria che ci tiravano addosso come arrabbiati e facesse un poco sparare i suoi pezzi. Il mio compagno, col suo fucile da fanteria a tracolla, tranquillo e curioso frugava in ogni angolo del bugigattolo. Avevamo con noi sigarette, ma ci mancavano i fiammiferi. A forza di cercare egli riuscì a trovare per terra un cerino e con cura lo mettemmo ad asciugare al sole, ma v'era poco da sperare.

Difatti, appena strofinato, si disfece senza accendersi. Potere fumare sarebbe stato un piacere immenso e indispettiva di non riuscire. Pareva che i tiri contro di noi fossero cessati e alzata la testa per guardare sulla pianura da prima ci si accorse di Gorizia vicina, tutta bianca nelle sue case e poi di un ufficiale che avanzava quasi correndo. Come ci arrivò accanto, gli domandai se mi poteva prestare la sua scatola di cerini. Si arrestò sorpreso e buttata la scatola proseguì via in fretta senza attendere la restituzione.

Fumare seduti sulla soglia del piccolo stambugio, metteva quasi voglia di rimanervi per tutta la vita. Il mio compagno si chiamava Cardinale e mi faceva pensare a quegli uccelli esotici dallo stesso nome bonaccioni e che non cantano mai. La vita di trincea aveva dato al suo grosso volto pieghe pesanti come segni d'una sensualità che lo dominasse di continuo. E il suo silenzio si accordava con questa. Si provò ancora la linea, non funzionava più. Uscimmo allora dal rifugio e si andò in cerca del guasto. Rivedemmo le nostre peste sulla neve e subito dal Carso ritornarono a spararci. Riparato il guasto, ci mettemmo a correre verso il rifugio, ma non mi sentivo di discendervi, mi pareva un luogo triste e nefasto, la solitudine dava fastidio, decisi di terminare presto il lavoro e ritornare per la sera al nostro accantonamento. Il tiro era anche cessato. Si continuò a stendere il filo.

Più avanti la linea era intatta. Cardinale cercava sempre se vi era per terra qualche cosa di abbandonato. Riteneva che in quella zona dove già s'era combattuto fosse facile ritrovare qualche rivoltella. Non si aveva più nozione del tempo, il sole splendeva così vivo che pareva un continuo meriggio. Si faceva il nostro lavoro come dominati da un istinto. Si congiungeva saldamente il filo spezzato, lo si rivestiva di nastro isolante, lo posavamo sugli stacchi del granone o su qualche palo quando era possibile trovarne. Dopo qualche tempo ripresero a tirare. Un proiettile scoppiò su di un cespuglio poco distante e come se vi fosse stato un covo di lepri ne vedemmo quattro balzare fuori e fuggire. Cardinale accorse sperando di trovarne qualcuna uccisa, ma invano. Infine si arrivò a Villa Nova, camminando lungo a un muro che chiudeva forse un grande orto, ci trovammo al riparo e cessarono di prenderci di mira; il muro terminava presso una villa mezza diroccata, rasentammo le cantine, sempre continuando ad appostare il nostro filo, giunti a un angolo della villa un soldato d'artiglieria ci disse di passare di corsa, perché un pezzo stava per sparare. Senza sapere dove fosse questo pezzo ci si mise a correre, ma giunti davanti all'ingresso uno sparo e una ventata violenta ci distesero per terra, tra un crollare di pietre e calcinacci. Il pezzo era piazzato nella sala della villa e sparava attraverso la porta. Cardinale commentò, alzandosi, che se non ammazzano le artiglierie austriache, vi sono sempre le nostre che se ne incaricano. Al principio del monte Fortin trovammo tre grandi tinozze ribaltate e incastrate nel terreno in modo da servire di ricovero. Il piccolo monte era coperto da una boscaglia d'alberi leggeri, ma fitti.

Seguimmo i fasci di fili telefonici e per un viottolo si arrivò sul cocuzzolo. A capo scoperto, ma incappottati, con la sigaretta alla bocca, due maggiori di artiglieria stavano intenti a guardare il Carso coi loro cannocchiali.

L'osservatorio non aveva altro riparo che qualche sacchetto di terra, vi era un telemetro su di un treppiede. Dominavano tutto il San Michele. I loro volti anneriti, aspri e avidi negli occhi, davano l'impressione d'un accanimento sfrenato a godere nel fare la guerra. Uno di loro dava ordini e numeri a un telefonista che stava più sotto in luogo riparato e poco dopo si sentivano non lontano i colpi che partivano riecheggiati dalla valle.

L'Isonzo era sotto il colle, ma non si poteva vedere perché nascosto dagli alberi. La nostra linea funzionava, nessuno dei due ufficiali parve farne grande caso.

La sera d'inverno sopraggiungeva rapida. Un soldato d'artiglieria ci chiese se volevamo vedere l'Isonzo, a Cardinale non importava, io lo seguii, mi portò attraverso il bosco, poi vidi d'improvviso il Carso oscuro contro l'estremo chiarore del giorno scendere fino all'Isonzo che riluceva tortuoso. Il silenzio veniva ogni tanto rotto dagli spari isolati delle vedette. Ma verso Villa Nova s'intese il fragore d'un autocarro e Cardinale venne a cercarmi perché già erano venuti a riprenderci. Nel partire mi accorsi che sull'acqua di una buca scavata da un proiettile, una stella grandissima si specchiava e guardai il cielo: erano due stelle lucentissime e vicine a toccarsi. Tutti rimanemmo stupiti nel guardarle. Ogni tanto le batterie sparavano. Quel giorno era il 16 gennaio del 1916 e dai giornali si seppe che era avvenuta la congiunzione di Venere e Giove.

Un giorno si diffuse la notizia che un cannone da 305 era arrivato alla stazione di Cormons e portò a tutti un grande sollievo: anche noi avevamo dunque un pezzo da 305 col quale potere rispondere ai tiri quotidiani del 305 austriaco piazzato fra il folto dei giardini pubblici di Gorizia.

Passò enorme e solenne, sebbene coperto di stracci per non essere scorto dagli aeroplani e se ne andò tra le acacie delle colline di Subida. Mi incuriosiva vederlo e un pomeriggio andai per i viottoli fangosi fino all'osservatorio attiguo di dove si vedeva giù in una conca il 305 acquattato come un rospo gigantesco. Già aveva eseguito i primi tiri, ma non potevano essere frequenti nel timore venisse subito individuato.

All'osservatorio trovai un soldato d'artiglieria di Parma col quale avevo avuto l'occasione di passare qualche ora al caffè di Cormons a goderci la lettura dei giornali illustrati. Era forte e sensuale nello stesso tempo, aveva occhi così azzurri, che mettevo in relazione con le violette famose che dalla sua città natale prendono nome. Nel caffè ci veniva servito uno zabaione speciale e dopo si parlava di donne, del nostro desiderio di fare all'amore e dell'impossibilità di appagare la nostra brama. Un giorno mi fece vedere un foglietto circolare, che gli era arrivato non sapeva neanch'egli in quale modo dalla Francia. Una fabbrica di oggetti di gomma offriva di spedire contro assegno cose stranissime che accesero la nostra curiosità. Il foglietto di carta leggera offriva una donna di gomma a mezzo busto con mammelle, oppure solo il ventre *avec poils* e sempre con piccola pompa per poterla gonfiare. Altre spiegazioni garantivano che il godimento sarebbe stato sicuro e straordinario. Noi si rideva, ma la tentazione era grande.

Pochi giorni dopo con la stessa rapidità con cui si diffuse la notizia dell'arrivo del 305, si diffuse quella dell'imminente apertura di un postribolo. Le voci ogni giorno si fecero sempre più lusinghiere, chi asseriva che le donne non sarebbero state solite prostitute, ma bellissime signore desiderose di farsi possedere in mancanza di uomini nelle città lontane dal fronte, altri sapevano in quale casa sarebbe stato aperto: una casa bianca e solitaria, un poco fuori del paese, dove alcuni operai stavano rimettendo a nuovo l'ingresso. Appena il servizio lo permetteva tutti si andava a vedere: la casa aveva un bell'orto e gli operai stavano assestando certi tubi esterni che partendo dalle varie stanze si raggruppavano a uno centrale. Su questi tubi si facevano le supposizioni più strane e nello stesso tempo le invenzioni più oscene.

Finalmente proprio nel pieno della primavera la casa venne aperta. Ne portai la notizia al mio amico dell'osservatorio di Subida e, potuto avere il permesso, venne in paese con me. Ci fermammo al caffè, ma non si fece più attenzione ai giornali illustrati, si prese lo zabaione e poi tenendoci per mano ci s'incamminò per la strada solitaria, mentre il sole stava appena declinando. La casa spuntò bianca e isolata coi suoi tre piani e subito ci diede un grande battito al cuore. L'orto antistante era stato in parte ridotto a pollaio e scorgemmo nel recinto di rete metallica grasse galline che venivano con abbondanza nutrite da una vecchia. L'ingresso era pieno di soldati, molti scesi dalle trincee col vestito pieno di croste di terra rossa. Il loro sguardo aveva un'espressione implorante e i più giovani aridi e barbuti sembravano invecchiati dalla vita di trincea come da un vizio precoce. Sentivo un continuo gorgogliare d'acqua e mi accorsi che questo avveniva nei tubi esterni che partivano dalle varie stanze e a ogni gorgoglio d'acqua corrispondeva la voce di una donna dall'alto delle scale: "Avanti a chi tocca, su da bravi ragazzi." I soldati stavano in fila per le scale, addossati contro il muro per lasciare spazio verso la balaustra agli altri che scendevano. Scendevano a testa china guardando dove posavano i piedi come avessero perduto l'abitudine di scendere i gradini di una casa. Le mani annerite e magre uscivano come sterpi dalle maniche consunte, le cinghie delle giberne solcavano le spalle ossute, le labbra secche tremavano: parevano confusi come per avere compiuto qualcosa di proibito o qualcosa a cui non si sentivano destinati. Quella donna che avevano potuto avere, era apparsa come un essere tanto diverso da loro, più pulita, meglio nutrita e con vesti che davano godimento solo a guardare. La fila di soldati si formava da un'attigua sala d'aspetto dove io e il mio amico passammo in attesa del nostro turno. In questa sala i soldati avevano un contegno più allegro, si facevano maneschi tra loro, si pizzicavano, qualcuno metteva a un altro la mano in mezzo alle gambe dicendo: "Vediamo se l'hai ancora." Ridevano e si abbracciavano e altri si divertivano a scrivere sui muri imbiancati di fresco il proprio nome e cognome coi numeri del reggimento e della compagnia. Altri vi facevano grandi disegni osceni o informi figure di donne ignude. Un avviso inchiodato alla parete conteneva alcune norme d'igiene. "Il coito sia breve": incominciava. Ogni tanto la voce della donna ripeteva l'ordine di avanzare e la fila si spostava di un passo. Tutti guardavano chi scendeva come per spiargli sul volto quanto si fosse goduto. Toccò anche a noi di uscire dalla sala e quando ci trovammo ai primi gradini, il silenzio subentrò in tutti quasi un timore venisse a opprimerci. Davanti a me avevo un soldato giovanissimo con le fasce alle gambe male messe, pronte a disfarsi, emanava un odore di vestiti a lungo indossati, dietro di me veniva il mio amico, il quale mi diceva che gli era quasi passata la voglia e insisteva perché ce ne andassimo. Andarcene ora che eravamo già a metà della scala mi pareva assurdo e perché non scappasse lo presi per mano. Anche quegli che precedeva il soldato davanti a me, si era voltato verso di lui per mettergli una mano sulla spalla e gli aveva detto: "Coraggio che ne abbiamo passate di peggio, è sempre meglio fare questa scala così che stare in trincea." "Ma stanotte ci toccherà andare di pattuglia," gli aveva risposto. "Va bene, ma intanto avremo fatto anche questa." Eravamo sul pianerottolo, vi erano davanti a noi solo pochi soldati. Si potevano vedere quattro porte che davano a quattro stanze e davanti a queste vi era una donna grassa e spavalda, quella che gridava: "Avanti a chi tocca, su da bravi ragazzi." Ella ritirava i denari e metteva a ognuno una mano sulla spalla o faceva una carezza. Ogni tanto una porta si apriva, subito avveniva un ondeggiamento come tutti fossero attratti da una fortissima corrente di aria e gli occhi si facevano accaniti. Eravamo prossimi al nostro turno, si sentiva dall'interno delle stanze il cigolio dei letti e il rumore dell'acqua. Una porta si aperse, intravvidi una donna seminuda e un soldato uscì assestandosi le giberne. Quegli che mi precedeva gli chiese se si poteva levarsi le scarpe: gli rispose seriamente che appena si poteva togliersi le giberne per non rovinarle la pelle e pareva irritato. Toccò il suo turno, la donna spavalda gli presentò una marchetta che egli subito fece atto di prendere, ma ella gli impose di pagare e allora dal suo portamonete trasse il denaro: "Ancora, ancora, svelto," gli diceva la donna. "Non te l'hanno detto che si pagano tre lire?" Il soldato stentava a trovare le monete, pareva che in mezzo vi tenesse medagliette di santi. La donna era impaziente.

"Ma, sacramento, siete proprio bambini. Non sapete neanche contare." E presa l'ultima moneta lo spinse verso la porta semiaperta. Un'altra porta si aperse, toccava il mio turno, ne usci un soldato biondo e roseo col berretto sbandato sul capo; ci guardammo: "Com'è?" gli chiesi.

"Bona assaie," mi rispose in napoletano e l'ultima parola gli si travolse stonata. La donna dopo avere gridato il solito richiamo giù per le scale, mi si rivolse violenta. "Su, in camera." E datami la marchetta mi sospinse, senza lasciarmi il tempo di rivolgere lo sguardo al mio amico che aveva lasciato di tenere la sua mano infilata nella mia cintura.

Verso i primi di maggio un cannone austriaco arrivò a colpire la stazione ferroviaria di San Giovanni di Manzano. All'improvviso scoppiare di questi colpi un caporale della nostra compagnia, che comandava l'ufficio telefonico, abbandonò gli apparecchi e se ne fuggì in bicicletta. Il colonnello comandante la zona non indugiò a farlo arrestare e deferire al tribunale di guerra. Si disse che non parve vero al vecchio colonnello di sbarazzarsi di un giovane che gli contrastava il successo verso la maestra del paese. Fui mandato a sostituirlo. I compagni mi compiangevano per essere mandato in un posto che di sicuro sarebbe stato giornaliero bersaglio del cannone. L'ufficio era vicino alla stazione: consisteva in uno sgabuzzino in muratura e in una baracca di legno, adiacente. Al di là della stazione vi era un grande deposito di munizioni e al di qua un magazzino di sussistenza: si faceva servizio per l'uno e per l'altro e per il comando della stazione ferroviaria. Avevo come aiuto un buon soldato piemontese e un ciclista siciliano, il quale doveva portare i fonogrammi a destinazione. Ci facevamo da mangiare da noi; un caporale della vicinissima sussistenza ci portava spesso grossi pezzi di carne o di formaggio, zucchero, caffè e cioccolata e noi in compenso lo facevamo parlare per telefono con un suo fratello che era in un altro paese. Eravamo liberi, nulla ci mancava e infine eravamo anche tranquilli, perché i tiri non si erano più ripetuti. Facevamo il nostro servizio esattamente e tutti erano contenti di noi.

La primavera si era fatta meravigliosa. Alla mattina, svegliandoci, si vedeva la luce avanzare dalla parte dei monti di

Ternova, rapida e vibrante e portava sempre con sé il volo bianco di qualche aeroplano nemico che subito veniva accerchiato dalle nuvolette dei colpi sparati dalle batterie appostate tra le colline di Cormons.

Il ciclista dormiva tutto il giorno, svegliandosi solo per mangiare e per portare qualche fonogramma ai comandi vicini. Dormiva nella sua branda a dorso nudo, un dorso snello che portava due cicatrici di tagli e un tatuaggio raffigurante una testa di donna: da borghese faceva il barrocciaio e diceva che era della malavita: vantava quelle cicatrici come segni di coltellate prese in un duello per difendere l'onore di sua sorella. Quando era di buon umore divertiva sentirlo recitare la storia di Orlando. Allora si animava, batteva per terra il piede facendo tintinnare gli speroni, si arrossava in volto, gestiva violento.

> Orlando nel passare da' a Francia a Spagna aveva sete; allora
> caccia 'a spada e fende 'na montagna.
> Ne esce l'acqua
> e dice: "Bevi, cavalluccio mio, che poi ne berrò anch'io."

Quando diceva: "Caccia 'a spada" non poteva trattenersi dall'estrarre il suo coltello da tasca e pareva si commovesse alla generosità di Orlando verso il suo cavallo. Seguitava a recitare, come Orlando giunto davanti al castello di Marfisa, impugnasse la tromba e la suonasse per farsi aprire. Un giorno, nello stesso tempo che diceva questo, dalla vicina stazione intesa una tromba dare un segnale di partenza, lo vidi spaurirsi per la fantasia che si era fatta improvvisa realtà. Ci divertiva e gli perdonavamo la sua indolenza.

Il lavoro andava aumentando assai, ogni giorno le richieste di munizioni al vicino deposito si moltiplicavano e alla stazione arrivavano nuovi cannoni e bombarde e nuovi reggimenti. Un giorno attraverso il nostro centralino si diede la comunicazione al Comando supremo col comando della zona di Gorizia. Da Udine si richiedeva il generale e nello stesso tempo si volle la comunicazione col comando della 3a armata, ne seguì una conversazione a tre: dal Comando supremo si intese una voce secca volersi accertare se parlava col duca d'Aosta e col comandante della zona di Gorizia: era Cadorna. Parlarono con frasi a doppio senso: "Io penso," diceva Cadorna, "che quel cocchiere può tenere in mano tre briglie, inteso?" E il duca d'Aosta diceva che sarebbe stato capace di tenerne anche quattro. Cadorna avvertiva che l'arrivo del cocchiere era imminente.

Il giorno dopo giunse a una stazione una divisione tutta composta di siciliani: erano ragazzi dell'ultima leva, dalle grosse teste ancora infantili, bassi, ma forti; noi si pensava che questa fosse una delle briglie di cui parlava Cadorna e si era sicuri che finalmente si stava per prendere Gorizia. Di continuo si riceveva ordini di spedizione di proiettili di ogni calibro e nella notte era tutto un continuo segnalare arrivi di batterie o di reggimenti. Dal comando della compagnia ci venne mandato in aiuto un altro soldato, era veneziano e proveniva dalla fanteria. Non aveva mai visto un centralino telefonico e non sapeva affatto telefonare, temeva lo dicessi al capitano e venisse rimandato in trincea. Allora mi pregò di avere pazienza, di sopportare tutto l'eccessivo lavoro, fino a quando avesse imparato, poi egli si sarebbe assunto anche il mio turno; intanto, avendo da borghese fatto il cuoco a bordo d'un piroscafo, si incaricò della cucina.

Fu una vera fortuna perché in quei giorni senza un attimo di riposo si sarebbe di sicuro caduti sfiniti se il veneziano non fosse venuto a sostenerci con una tazza di brodo e con certe saporite polpette che ci ricordavano la cucina delle nostre famiglie. Il caldo si era fatto intenso, la polvere copriva alta le strade, potevo solo verso il tramonto camminare fino al deposito di munizioni; mi sentivo stordito, estenuato dall'insonnia, ero come uscito da una malattia. Dalla parte del Carso si sentiva qualche colpo di cannone, la sera scendeva triste, osservavo i proiettili che venivano caricati sugli autocarri, pensavo ai reggimenti di ragazzi siciliani che già avevano raggiunto la zona di combattimento, un'insofferenza per le nuove morti che si preparavano mi tormentava, ma da ultimo l'idea che quella battaglia preparata con tanta abbondanza di mezzi dovesse essere l'ultima finiva col darmi una leggera ebrezza che mi riportava animoso al centralino a continuare il servizio per tutta la notte.

Ai primi d'agosto incominciò la battaglia, ce ne accorgemmo solo dalle telefonate, perché il vento contrario non portava il rombo dei cannoni. Il Podgora, il Sabotino furono presi, le nostre truppe passarono l'Isonzo e occuparono la città. La sera dell'otto ci giunse la prima telefonata dal Castello di Gorizia, tutti eravamo felici, ormai la terribile linea, che per un anno ci aveva trattenuto, era rotta, eravamo sicuri che in pochi giorni si sarebbe arrivati a Trieste e che la guerra sarebbe finita. Vedevamo dalle finestre della nostra baracca l'incendio delle trincee sul Sabotino, nella notte erano arrivate alcune divisioni di cavalleria con l'ordine di avanzare verso il Carso. Pareva che da ogni parte il nemico cedesse e fosse possibile avanzare velocemente. Ma il giorno dopo, dalle telefonate, si cominciò a capire che se non si sarebbe più sentito parlare del Podgora, subito gli si era sostituito un altro monte insidioso: il San Daniele. I fonogrammi annunciavano che ripetuti attacchi eseguiti dai reggimenti siciliani, che avevamo visti arrivare alla vicina stazione, non erano riusciti a causa delle mitragliatrici nascoste.

L'avanzata era avvenuta anche sul Carso, le nostre truppe avevano oltrepassato il San Michele, ma subito al di là del Vallone avevano dovuto arrestarsi; la cavalleria si era limitata a battere la pianura antistante al Carso, avevano voluto provarla contro le zone trincerate, ma si era dimostrata inadatta con perdite rilevantissime. Ogni sera passavano dal nostro centralino le comunicazioni sulle operazioni della giornata e sulle perdite. Le notizie si facevano ogni giorno più tristi, rientravamo nel corso solito della guerra senza più nessuna illusione di fine.

Il soldato veneziano aveva imparato a disimpegnare il servizio al centralino e così potei godermi più libertà. Me ne andavo nell'ora meridiana verso il Natisone arso e ghiaioso, ma accanto vi era un'acqua piacevolissima, a cui venivano tanti soldati. Alcuni correvano ignudi per i prati inseguiti dall'allegro abbaiare dei cani, altri pure stavano inginocchiati lungo le rive intenti a lavare i panni o camminavano in mezzo alle acque. Uno formoso mostrava a un altro la cicatrice di una ferita da bomba a mano che aveva su di un fianco e ne era del tutto indifferente, come se la sua carne si potesse tagliare a pezzi senza soffrire. Altri si sentivano ridere mentre si spogliavano dietro una siepe e poi ne uscivano imbizzarriti da estri d'amore.

Un giorno venne tutto un reggimento di fanteria, che era a riposo, la ressa ignuda di soldati aveva finito col distruggere le siepi, livellare tutta l'erba, franare le rive del ruscello. Un'allegria infantile aveva preso quegli uomini, come se, tolto il vestito militare, si fossero ritrovati ragazzi. Solo qualcuno se ne stava isolato in disparte, disteso al sole osservando dal petto ai piedi il proprio corpo come per spiegarsi la causa del suo vivere sospeso, che a esso era legata. I corpi erano bianchissimi e solo mani e volti erano foschi di sole. Alcuni smaniavano di insaponarsi e altri invece erano tutto un continuo buttarsi pesanti nell'acqua sommovendola oltre le rive.

Ma d'improvviso sopraggiunsero i sergenti ordinando subito di rivestirsi e di rientrare nell'accampamento. L'ordine si diffondeva e i soldati divenivano lenti e mesti a ogni mossa, come fosse d'improvviso scomparso il sole che li inebriava. Si riordinarono e disparvero. Più tardi li rividi, mentre attraversavo il Natisone: una lunga colonna di autocarri passava sul ponte di legno, diretta verso il Carso, dove il cannone aveva ripreso rapido e intenso, ed essi vi stavano rannicchiati coi loro corpi ritornati chiusi nel vestito ingombrante.

Da alcuni giorni sentivamo nella baracca, dove si dormiva, un intenso fetore che non si sapeva di dove provenisse. Poi il ciclista siciliano scoperse sotto il pavimento un grossissimo topo morto. Per evitare questa puzza insopportabile avevo affittato una camera all'ultimo piano d'una vecchia villa. Salivo ogni sera le scale con la candela, dopo avere chiacchierato un poco coi vecchi padroni e ogni sera trovavo sul comodino da notte o un frutto o un bicchiere di vino, poi nel momento di spogliarmi, sempre con una scusa diversa, veniva a bussare la cameriera. Voleva sapere se le coperte andavano bene o mettermi l'acqua nella brocca. Non davo importanza alla sua presenza: nascosta la testa in un fazzoletto nero, piccola di persona, credevo fosse una vecchia. Pure cominciai ad avere qualche sospetto sulla sua età. Una sera che i vetri tremavano per le cannonate, ella se ne venne nella mia stanza, si fece vicina alla finestra, guardava verso il Carso il bagliore delle esplosioni e dei razzi, e disse spaurita: "Che non vengano giù, stanotte." Già mi ero messo sotto le coperte e le dissi di venire a sedersi sul letto. Il suo volto era roseo, mi convinsi che non doveva essere molto vecchia, ma teneva il fazzoletto ostinatamente abbassato sugli occhi. "Se hai paura rimani qui a dormire," le dissi stringendola ai fianchi; quella trasse un sospiro e accarezzandomi il capo mi disse: "Come somiglia tutto a mio figlio." Si alzò e la lasciai andare, sicuro che ella dovesse avere oltre quarant'anni e che tutto l'interesse che mi portava avesse solo una ragione materna. Ma un'altra sera venne tutta sorridente a portarmi un bicchiere di vino nel momento che stavo per togliermi la giubba e mi disse con aria furtiva che nella stanza attigua un sergente dormiva con la moglie venuta a trovarlo. E si pose ad ascoltare avvicinando l'orecchio alla parete. Rideva, diceva che si sentiva tutto, invitò me pure ad ascoltare: il letto cigolava tra i languori degli amanti. Noi ci eravamo fatti vicini, in fine la strinsi gettandola sul letto. Dovetti faticare per svestirla e come rimase in camicia e scoperta nel volto, capii che non era né una giovanetta, né una vecchia; tuttavia, sebbene mi stringesse avidamente con le braccia, non volle concedersi senza prima avere dimostrato di avere resistito, come per illudermi d'essere stata presa con la violenza.

L'autunno si avvicinava, me ne accorgevo dai soldati che non venivano più al bagno, il Natisone cominciava a riprendere le sue acque e le linee telefoniche nell'aria più umida si facevano rumorose di voci estranee e di ronzii. Avevo vissuto così felice le mie ore di libertà ignudo e le sere consolato dalla piccola serva, che finivo col non sentirmi per nulla legato alla vita militare. Si mangiava poi magnificamente coi viveri forniti dal nostro amico della sussistenza e preparati con cura dal veneziano. Il servizio era anche diminuito e se si stava al telefono era più per ascoltare le notizie dal fronte che per altro.

Un giorno venne improvviso il nostro capitano, non per ispezionare, ma per riposarsi da un lungo giro che aveva fatto in autocarro. Subito gli si offerse un caffelatte e siccome aveva una grande sete gli si fece anche una limonata. Pareva ci guardasse con invidia. Strinse la mano a tutti nell'andare via e a me disse scherzoso se volevo fare cambio coi suoi gradi. Poi aggiunse che si parlava di un prossimo corso per allievi ufficiali, obbligatorio per quelli che avevano titoli di studio come me. Trasalii per l'inquietudine, egli la vide nei miei occhi e soggiunse: "Quando si pensa a quelli che sono in trincea, noi dobbiamo sempre consolarci del nostro stato." E ripartì col suo solito sorriso come la mattina che mi buttò dalla finestra la licenza. Il veneziano era tutto contento perché il capitano lo aveva autorizzato a togliersi le mostrine di fanteria e mettersi quelle del genio. Quella sera aveva preparato un risotto al pomidoro e scaloppe al marsala, poi offerse alcuni fiaschi di vino. Finimmo tutti ubriachi, egli si scopriva il ventre e noi gli si buttava contro il vino dei nostri bicchieri. Bevevo perché non volevo pensare all'avvenire. Il ciclista siciliano ci divertì con le storie di Orlando e mettendo alla prova tutta la sua abilità nel lancio del suo coltello da tasca.

Verso mezzanotte andai verso la casa che mi ospitava, dai monti scendeva freddissimo il vento, dalla stazione venivano i tonfi dei carri ferroviari che cozzavano nelle manovre, l'estate era finita e col mutare della stagione mi sentivo diviso per sempre da quel paese e da quella vita. Dove il vicolo sbucò sulla strada, intesi una voce canterellare, mi fermai nell'ombra: ammantellato e con un lanternino in mano vidi il vecchio colonnello comandante la zona che se ne andava a casa. Canterellava: "La donna è mobile." Di sicuro veniva dalla casa della maestra e si sentiva felice.

1917

Passò l'inverno tra burrasche di neve e fredde giornate di vento. La primavera si annunziò con un tuono sulle cime dei monti dove i filoni di neve stagnavano ancora nel profondo delle valli e dalla parte del Carso, con la luce intiepidita dal mare, il cannone riprendeva insistente.

I cavalli legati agli alberi scalpitavano come per una danza, ai soldati luccicavano gli orecchi come conchiglie di madreperla. Sui campi si dischiudevano a ventaglio i piumetti del grano, le ville sui colli parevano di cartone. Mi svegliavo ogni mattina in una dolcezza incantevole e attraversando i campi tutti fioriti di giallo, andavo allo sgabuzzino dove le linee telefoniche vibravano armoniose alla nuova aria.

In una di queste mattine arrivò una circolare del Comando supremo che obbligava tutti i militari con titoli di studio a fare il corso per allievi ufficiali. Nello stesso giorno ricevetti l'ordine di rientrare alla mia compagnia che si trovava accantonata in certe baracche sulle colline oltre Cormons. Lasciai i compagni che mi erano diventati cari e riguardando la distesa dei campi dove le case si alternavano ai magazzini e ai depositi, mi sentivo commuovere come se mi distaccassi da una delle epoche più felici della mia vita. Con un autocarro, costeggiando i colli pieni di frutteti in fiore arrivai alla compagnia, dove erano radunati molti soldati di altre compagnie che pure dovevano andare al corso. Fra questi vi era anche un marchese fiorentino che apparteneva alla nostra compagnia, ma siccome aveva ottenuto di venire al fronte con la sua automobile, era sempre stato presso il comando di Corpo d'armata, portando in giro il colonnello. Questo marchese a molti era antipatico per la sua ricchezza e per i favori che otteneva, i soli che ne dicessero bene erano i furieri della compagnia ai quali di sicuro doveva fare doni. Nei primi mesi di guerra, quando noi eravamo costretti a mangiare pessimo rancio, egli mangiava impunemente alla mensa degli ufficiali, solo perché aveva l'automobile. Non lo potevo vedere, per la sfacciata ingiustizia che rappresentava. Striminzito e livido in volto ripugnava anche fisicamente. Alle nostre proteste, il furiere subito lo difendeva dicendo che egli era anzi ammirevole, perché inabile alle fatiche di guerra era venuto tuttavia al fronte mettendo anche la sua automobile a disposizione. Ma non ne restavo convinto e come lo incontravo rispondevo appena al suo saluto sorridente, come di chi cerchi aderenze. La nuova circolare gli faceva abbandonare la sua automobile.

Tra gli altri trovai anche un mio compagno di scuola: ci si ritrovava per la prima volta dopo lasciato il liceo, era molto mutato, si era fatto serio e il sapersi presto ufficiale gli dava già un orgoglio severo. Era stato di servizio sul Sabotino, aveva visto i morti accatastati fuori delle trincee, arsi dai lanciafiamme e parlava poco. Gli altri speravano di potere approfittare del corso, se si fosse fatto a Udine, per rivedere le donne delle quali avevano dimenticato l'odore. Nella sera tutti raccolti in una grande baracca finimmo coll'essere sopraffatti dall'allegria della maggioranza: le scarpe volarono da un angolo all'altro e i canti e le partite di carte ci tennero svegli per grande parte della notte, tiepida, cogli usignoli che cinguettavano nei vicini boschi di castagni.

La mattina dopo, incolonnati, partimmo per Dolegnano, un paesetto dopo Cormons, dove si sarebbe svolto il corso. La mattina era densa di vapori che parevano mandati per fare dischiudere le foglie, camminavo come in sogno e mi stupivo di vedere camminare con me il ricco marchese coi suoi stivaletti da città e il mio vecchio compagno di scuola. Fu una passeggiata svelta e deliziosa. Appena arrivati, tutto doveva mutare: il comandante del corso era un capitano bizzarro e rudissimo che subito prese a trattarci come fossimo belve da domare. Incominciò col farci riprendere l'abitudine di marciare per quattro. Si camminava alla mattina presto per i prati vicino al fiume Iudrio e l'erba battuta dal nostro passo dava un gradito profumo di menta. Poi ci faceva salire su alcuni autocarri e per prendere familiarità con le linee avanzate ci portava ai piedi del Sabotino per proseguire in colonna su per i sentieri scoperti. Eravamo circa una cinquantina e dagli osservatori nemici, imminenti a Gorizia, ci vedevano benissimo.

Certi poveri soldati di servizio in questi posti, ci guardavano spauriti e correvano a nascondersi nei rifugi, sicuri che dopo poco sarebbero arrivati i colpi. Ci condusse anche sulla cima del San Michele e ne portai come ricordo indimenticabile l'odore di cimitero che esalava tra quella terra smossa e quelle rocce frante nel primaverile verdeggiare del Carso, giù verso Doberdò, veduto dalla cima del monte.

Alle ore di marcia si alternavano quelle di studio, si mangiava male e il capitano non ci dava tregua. L'unico momento tranquillo era una breve mezz'ora al sole, consideravo le mie mani dimagrite, quasi invecchiate e il lento lagrimare dei tralci delle viti. Alla mensa si andava marciando per due, il capitano ci era sempre addosso, gridando feroce per niente. Noi, abituati fin allora a una libertà eccessiva, soffrivamo come per un incarceramento crudele. In queste circostanze il marchese si era fatto più simpatico che mai: non solo dimostrava di sapere resistere rassegnato ai disagi più di noi, ma volle venire incontro alla miseria della mensa offrendo due bellissimi prosciutti.

Il caldo era sopraggiunto ossessionante nella strettissima stanza che ci serviva da aula, la camerata era in un granaio d'una casa che si riscaldava come un forno. In breve tempo preso da una debolezza estrema, impallidito e magro caddi più volte svenuto. Un medico venne a visitarmi, mi mandarono all'ospedale di Cormons, ma un'offensiva era imminente e dovendo sgomberare gli ospedali avanzati, mi trasferirono a Udine in un ospedale fuori di città.

Arrivai in autoambulanza insieme ad altri soldati che venivano dal fronte, inebetiti dal male. Quando ci fecero scendere, ci raccolsero in una stanza per chiederci il nostro nome e cognome, quello di nostro padre e di nostra madre e l'anno, il giorno, il mese e dove eravamo nati. Quasi tutti non si ricordavano più di tutto questo, lo scritturale d'infermeria si arrabbiava, ma spesso non poteva ottenere più di questa risposta: "Non ricordo." Non ne potevamo più dalla stanchezza, toccò attendere fossero prese le generalità di tutti e poi ci assegnarono ai nostri letti che era già notte. Per alcuni giorni rimasi a letto, poi cominciai ad alzarmi, la vita dell'ospedale era resa ancora più monotona da un gruppo di soldati convalescenti che sotto alle mie finestre giuocavano a tombola. Si sentivano i numeri ripetuti all'infinito dalle voci fioche. L'ospedale era grandissimo e dalle terrazze si vedevano i monti del fronte.

Intanto cominciarono ad affluire moltissimi soldati dalla pelle giallastra come ammalati di itterizia, ma presto costoro vennero trasportati in altre sale e deferiti al tribunale di guerra: per essersi provocata quella malattia mangiando polvere di cartucce. Essi segnalavano l'avvicinarsi dell'offensiva che volevano evitare. La mia malattia era un esaurimento, avevo bisogno di riposo e di nutrirmi.

In un mese mi trovai ristabilito. Oramai non potevo più partecipare al corso che era per finire, ma un altro si sarebbe iniziato a Udine e dopo alcuni giorni passati alla mia compagnia venni trasferito in questa città. Il nostro accantonamento era in un seminario, si dormiva nel teatrino, parte sul palcoscenico, parte in platea e altri nei vari ordini di palchi e in loggione, dove avevo la mia branda. Eravamo circa trecento, la maggior parte giovani di vent'anni, ma alcuni ne avevano appena diciotto e altri potevano essere nostri padri. Costoro sia nelle marce, sia nell'equitazione, superavano le difficoltà date dagli anni costringendo al massimo le loro forze e, se non riuscivano, salvavano la triste apparenza con amene storielle. La sveglia prima ancora del trombettiere ci veniva data da alcuni compagni sardi con le loro canzoni malinconiche che attiravano grida di protesta. Poi la vita del corso si sgranava nelle ore senza un attimo di pace: esercitazioni, ginnastica, equitazione, marce, docce e poi soprattutto molte ore nelle aule del seminario seduti ai banchi per ricevere lezioni come costruire ponti, trincee, latrine e cucine. I nostri professori erano giovani tenenti che, quasi considerandoci come loro colleghi, tenevano appena un cordiale distacco. Avevamo anche un maggiore e due capitani, ma piuttosto bonari come per un'intima soddisfazione di potere tenere lezioni di tattica e di telegrafia a così grande numero di soldati in massima parte studenti di università e pareva sorridessero verso di noi anche nei momenti di maggiore sussiego. Durante appunto una lezione un compagno fu sorpreso dal maggiore mentre leggeva una rivista letteraria nascosta sotto al banco. Il maggiore che dalla cattedra se n'era accorto, con molta astuzia sempre continuando a parlare di circuiti telefonici era disceso fino ad avvicinarsi al suo banco e d'improvviso impossessatosi della rivista disse: "Sta bene occuparsi di letteratura, ma a tempo e luogo." E prese subito a parlare di pile e di isolatori arricciandosi i grossi baffi bianchi e ingialliti dalla nicotina. Le ore di equitazione per le ampie pianure vicine alla città alle prime luci del giorno coi monti della guerra azzurrini, dai quali arrivava il rombo delle artiglierie, erano folli e inebrianti. Appena lasciata la strada per i terreni erbosi, l'ufficiale ci metteva ai fianchi alcuni dannati sergenti, indubbiamente butteri romani, i quali prendevano ad aizzare con grida e frustate i nostri cavalli che scattavano veementi al galoppo. Il vento sibilava tagliato dal sottogola, i nostri occhi lagrimavano alla freschezza dell'aria, tenevamo le ginocchia strette contro la groppa del cavallo e un senso felice e nuovo impediva ci lasciassimo prendere dalla paura. Qualcuno veniva sbalzato di sella, ma subito si rialzava per rincorrere il suo cavallo fuggito con gli altri.

Al ritorno dalle esercitazioni di comando che facevamo in un vasto spiazzo vicino alla stazione ferroviaria, tra casamenti di fabbriche e magazzini, attraversavamo per quattro le vie della città affollate da ufficiali superiori verso i quali rivolgevamo tutti a un tempo l'attenti a destra o l'attenti a sinistra. Camminavamo ritmici nel passo, agili e belli così da attrarre tutti gli sguardi, sentivamo una compiacenza smodata per la nostra apparenza di suprema giovinezza e come gelosi di essa, quando alla sera si andava in libera uscita, rifiutavamo con sdegno le lusinghiere promesse rivolteci dalle donne di via Villalta che battevano i marciapiedi davanti al nostro accantonamento.

I tre mesi di corso passarono presto, la settimana degli esami si era avvicinata, preceduta da una minuziosa visita medica davanti a tre colonnelli medici, tutti fummo dichiarati abili e anche gli esami furono superati ottimamente.

Mancava ancora quello di comando di compagnia. Questo esame doveva svolgersi nello spiazzo vicino alla stazione ferroviaria alla presenza del capitano comandante la compagnia e dei tenenti istruttori. La mattina era splendida, luminosa di estate. Ognuno per turno doveva assumere il comando dei compagni schierati in formazione su tre plotoni e farli manovrare secondo gli ordini ricevuti dal capitano: portarli a un dato punto schierati di fronte o affiancati, farli andare di corsa, convergere a destra o a sinistra. Si cercava di trarre il meglio della nostra voce.

Venne pure il mio turno: i miei compagni mi stavano schierati di fronte a plotoni affiancati, dovetti disporli in colonna, farli marciare verso un magazzino dalle mura dipinte di rosso, avevo appena dato il comando quando nell'entusiasmo di essere ubbidito, mi accorsi che su in cielo dalla parte della stazione scintillavano scoppi subito tramutantisi in piccole nubi. Parevano fuochi artificiali. Non potevano essere tiri controaerei, perché non era stato dato il segnale d'allarme, non potevano essere tiri arrivati dal fronte, perché troppo distante. Attratto da questi scoppi non avevo più pensato al comando e i soldati che ancora non si erano accorti continuavano a marciare allontanandosi verso una direzione del tutto opposta. Sentii dietro di me il capitano gridare che mi svegliassi, ma nello stesso tempo uno scoppio formidabile arrestò tutti attraendo lo sguardo verso la stazione dove un'enorme colonna di fumo nerissimo si sollevava accompagnata da una miriade di altri piccoli scoppi luccicanti. Il capitano ritenendo si trattasse di un attacco aereo ordinò di rompere le righe e di rientrare subito all'accantonamento e di corsa seguito dagli altri ufficiali si diresse verso la sede della compagnia. Noi ci buttammo per il viale, verso la città. Un borghese in bicicletta che veniva dalla stazione disse che il deposito di munizioni di Sant'Osvaldo saltava per aria: "Scoppiano i trecento e cinque," ci disse ancora.

Successe una tregua, fummo presto tra le case dove si incontrava la gente spaventata. Ero rimasto con alcuni compagni, improvvisamente diventati calmi di fronte al terrore delle donne e dei bambini imponevamo a loro di abbandonare le case e di portarsi dalla parte opposta della città, ma parevano paralizzati alle gambe e non era possibile farli smuovere. Gli scoppi ripresero cupi e vicini, la terra tremava, qualcosa si sentiva cadere dall'alto delle case. Davanti a un negozio di liquori nel momento stesso che avvenne uno scoppio, vedemmo il grande vetro della mostra gonfiarsi come fosse stato di carta, spaccarsi e le bottiglie venire lanciate sulla strada. Ci tenevamo rannicchiati nel vano d'un ingresso, pigiati, più che per nostra volontà, dallo spostamento d'aria, che aveva fatto cadere tegole e fili della luce elettrica, che subito sprizzavano scintille a contatto con la terra. In quello stesso istante vedemmo alcune suore accompagnare una fila di bambine per due prese per mano e stare per avvicinarsi ai fili, ci precipitammo incontro per fermarle: tanto gli occhi delle suore quanto quelli delle bambine erano straordinariamente meravigliati, ma nessuna paura li dominava. Indicammo per dove passare, raccomandammo di tenersi sotto ai portici e di camminare svelte. Un senso di ordine ci animava nella baraonda. Un carabiniere passò di corsa, lo fermammo, gli si voleva imporre di rimanere di guardia a quei fili, ma egli ci oppose che aveva altri ordini e non poteva fermarsi. Passammo nella strada del centro, la gente correva come pazza nel mezzo della strada: avevano sparsa la voce che erano scoppiate le granate a gas asfissiante, noi si gridava che non era vero e si imponeva col moschetto di ritirarsi sotto ai portici. Gli scoppi si ripetevano e alla folla a piedi si unì un'interminabile colonna di automobili guidate da militari e dentro vi stavano signore e bambini.

Arrivati al nostro accantonamento, subito salimmo su una specie di osservatorio astronomico, e dalla parte della stazione, vedemmo tutta una vasta colonna di fumo tra cui lampeggiavano gli scoppi. Per tre giorni durò l'incendio, ma subito conosciuto il raggio di offesa delle esplosioni, cessò ogni paura, la vita ritornò come prima e noi continuammo altrove i nostri esami di comando. Sei giorni dopo, coll'ansia del tempo in cui si frequentava il liceo, ci raccogliemmo nell'atrio del seminario a leggere il risultato dei nostri esami. Eravamo tutti promossi e potevamo metterci il filetto di aspirante e le stellette d'argento sulle maniche. Accorsi in città, subito ci applicammo i nuovi gradi e da tutti i negozi i bottegai ci facevano grandi saluti e inviti a entrare per fare acquisti, ma a noi, superbi del nostro grado e dell'autorità che ne emanava, premeva goderci tutti i pronti e perfetti saluti dei semplici soldati.

Uscito dal corso per allievi ufficiali venni destinato a una divisione dell'Alto Isonzo. Lassù la guerra si sentiva appena. Le belle montagne, i boschi densi di pini, il torrente d'un cobalto meraviglioso convincevano piuttosto d'essere in villeggiatura. Eravamo per giunta alloggiati in un paesello abbandonato, dove ogni ufficiale poteva avere la sua casetta arredata con certa mobilia rozza fatta dai soldati, ma che non mancava di avere una sua bellezza. Alte stuoie coprivano le pareti umide e davano alle stanze un senso di caldo. Avevamo una mensa eccellente, non solo per merito del cuciniere che da borghese aveva fatto il cuoco in una delle prime trattorie di Roma, ma anche per le provviste straordinarie fornite dalla sussistenza, dal nostro orto e dal nostro pollaio.

V'era poco da fare, l'aria era buona, si dormiva bene, in pochi giorni mi trovai rimesso da tutte le fatiche del corso e ingrassato come uno sposo di campagna prima delle nozze. D'altra parte i bellissimi monti attorno mi davano un così continuo desiderio di ascenderli, che fatto preparare il più solido dei nostri muli, in un mattino di luce irruente, partii per la mia prima ascensione: l'ascensione al monte Polinik.

Per due ore in groppa al mulo, attraversai sempre foreste di pini intricati e spesso dovevo scendere per passare oltre. Sulla cima del monte vi erano alcune baracche di legno e, fuori, una diecina di alpini che si divertivano come tanti scimmioni a ruzzolare sull'erba. Erano ragazzi forti, sorridenti e avevano tutti la barba da fare. In una baracca trovai un ufficiale che mi ospitò con una cortesia da religioso. Pallido nel volto ovale, sereni e pacati gli occhi, seduto a una grossa tavola con le mani posate sopra un libro chiuso pareva fosse stato fino allora in preghiera. Fece portare da mangiare quanto aveva di meglio, sempre scusandosi di non potermi offrire quello che una visita come la mia si meritava. Difatti, da tanti mesi che era lassù, mai aveva visto arrivare un collega. A momenti si trovava così impacciato nel parlare, che sembrava ne avesse perduto l'uso; capivo che sarebbe stato felice se fossi rimasto con lui a chiacchierare della guerra, delle licenze, dei nostri rispettivi paesi natali, ma l'umidità della baracca era così forte che decisi di ripartire al più presto.

Rasentai uno strapiombo altissimo sull'Isonzo e si vedeva tra tenui zone di nebbia spuntare aguzze cime di monti lontani, alte nel cielo fresco di luce. Poi il sentiero s'internò nel bosco in direzione della prima linea che desideravo vedere. Per molto tempo mi trovai chiuso tra la solitudine degli alberi, tanto grande da farmi dimenticare e guerra e divisa e obbligo di tornare per la sera al comando di divisione. Ma giunto a un punto dove la massa dei pini si diradava per lasciare vedere l'aria trasparente sulla vallata, sentii un brusio di voci, su verso un fitto gruppo d'alberi. Scesi di sella e sopra una specie d'impalcatura di legno scorsi alcuni ufficiali d'artiglieria occupati a guardare coi loro cannocchiali. Era un osservatorio.

Salii la scaletta e mi presentai. Mi dissero subito che stavano facendo una cosa interessantissima: la caccia all'uomo e mi misero a parte del giuoco. Ebbi un cannocchiale fortissimo. Mi indicarono in fondo alla valle un torrentello che affluiva all'Isonzo e un ponte leggero teso fra le due sponde. Ogni tanto si riusciva a scorgere un soldato, coperto da un lungo cappotto, alzarsi da dietro un rialzo del terreno e mettersi a correre per infilare il ponte e se arrivava a passarlo, subito scompariva come sotto terra. Un ufficiale che mi stava accanto teneva il telefono a portata di mano e appena vedeva il soldato spuntare, dava un ordine secco. Pochi attimi dopo potevo scorgere una vampa accendersi a metà del ponte e tramutarsi in una nuvoletta di fumo. Poi un rombo riecheggiava tra i monti. Talvolta il soldato passava o riusciva a tornare indietro, ma più d'una volta sentii gridare con entusiasmo dagli ufficiali in coro: "Colpito! Bene!"

La partita era davvero interessante sia per la precisione dei mezzi, sia per la posizione bizzarra dell'osservatorio fatto a modo d'un appostamento per la caccia al capriolo e soprattutto perché si vedeva l'effetto della nostra forza esercitata direttamente sul nemico.

La sera era prossima, mi feci indicare il sentiero per il ritorno e rimontai in groppa al mio mulo, resistente e fedele. Presto giunsi sulla strada in fondo alla valle. Una strada bianca deserta e in vista a tutti gli osservatori nemici annidati sulle innumerevoli vette dei monti. Me n'andavo tranquillo, tutto assorto in brevi e felici pensieri, quando dietro alle mie spalle l'aria venne sconvolta da una fragorosa serie di esplosioni. Fui talmente sorpreso nella mia tranquillità, che non potei capire se fossero colpi in partenza da batterie nostre appiattate sul costone della vallata o colpi in arrivo. Vedevo, nella mia immaginazione, dagli osservatori nemici, me stesso in groppa al mulo spiccare nitido sul bianco della strada e pensavo che gli ufficiali austriaci si divertissero a fare contro di me lo stesso giuoco della caccia all'uomo. Mi volsi indietro a guardare: le vette dei monti erano minacciose come sguardi umani, certamente mi dovevano vedere.

Ebbi l'impulso di mettere il mulo di corsa, ma pensai che se per caso ancora non ero stato scorto, il galoppo mi avrebbe assolutamente segnalato e poggiai verso il fosso fino a proseguire sull'erba dove mi sentivo meno visibile. Intanto gli scoppi si susseguivano incomprensibili e assordanti. Ancora ebbi la tentazione di fare correre la buona bestia che zampettava del tutto indifferente, ma questa volta, più che imprudente sentii che sarei stato ridicolo.

"Perché paura di morire?" mi ripetevo. E in lotta contro me stesso giunsi a fermare il mulo. "Perché paura di morire, qui?" E rimasi a guardare i prati al limitare dei boschi dove la sera mi innamorava e consolava dolcemente.

Il mulo da solo si era messo in moto e, senza che me ne fossi accorto, presto giunsi fuori dal tiro. Allora un'accorata tristezza, come se la più alta delle gioie umane mi fosse stata negata, venne a contrastare con un'infrenabile contentezza che mi parve essere d'un altro.

A quota 1200 del Rombon, la neve non doveva tanto tardare. Animato com'ero dalla giovinezza del grado di aspirante ufficiale, sentivo il dovere d'andare lassù per ispezionare gli impianti telefonici fatti dal mio distaccamento. Più di una volta quei soldati di cui conoscevo soltanto la voce per telefono, mi avevano invitato ad andarli a trovare, con un tono d'ironia, come non mi avessero ritenuto capace di fare la salita lunga, erta e pericolosa, perché, passato il "Salto dei caproni," era sempre minacciata dalla caduta dei barilotti, lanciati dal trincerone, che balzando di roccia in roccia finivano a scoppiare con grandine di ferro e di pietre. Andare a piedi era una grande perdita di tempo e, saputo che dal fondo della valle fino al comando vi era una teleferica, decisi di approfittarne.

La stazione di partenza era in una segheria abbandonata, vicino al villaggio di Plusna. Villaggio che alzava sul verde del pendio solo qualche brandello di muro. Vi arrivai all'imbrunire, perché i viaggi incominciavano col buio. L'ufficiale addetto alla teleferica usciva in quel momento dal sacco a pelo dove se ne stava intanato tutto il giorno per paura dei dolori reumatici, molto probabili in quella località tanto umida.

Difatti il prato che circondava la baracca era come illuminato da quei fiori lilla tenui e bellissimi, che sorgono al principio dell'autunno. L'ufficiale, costretto a lavorare di notte, aveva dormito fino allora. Bevemmo un buon caffè, ma tuttavia rimase a guardarmi con occhi assonnati quando gli spiegai che volevo salire al Rombon con la sua teleferica. Pareva non capisse o non potesse convincersi. La mia insistenza e il permesso del comando della divisione, gli fecero alzare le spalle e concludere: "Io non vi andrei, ma se tu vuoi proprio andare, o se te lo hanno ordinato, pericolo proprio, no, ma seccature, sai si può incantare il motore e allora per ore, per tutta la notte, per domani e dopodomani ti può toccare di fermarti a metà campata, sospeso sopra a un vuoto di mille metri, non so se mi spiego." A venti anni si è come l'innamorato folle: anche quando ci spiegano per ogni punto cosa ci possa accadere di male, non solo non si crede, ma proprio non si sentono neanche le parole che ci dicono.

La stazione era vicina, tra un alto gruppo di pini. Intesi il rombo d'un motore e l'odore d'olio bruciato. Un lumicino rischiarava un bugigattolo dove alcuni alpini silenziosi stavano intenti a caricare un carrello sospeso a una fune prolungata fuori nel buio. Un'altra fune, più in alto, cominciò a vibrare e ad abbassarsi al peso di una massa che presto si definì in un altro carrello vuoto pronto ad arrestarsi sotto alla tettoia. Un campanello trillò, un alpino prese a parlare al telefono in piemontese, indicando a quelli dell'altra stazione cosa stava per partire. L'ufficiale intervenne e gli disse d'avvertirli di stare attenti, perché al prossimo viaggio sarebbe arrivato un generale. L'alpino riferì e mentre telefonava mi guardava sorpreso e incredulo. Quelli dell'altra stazione avevano capito ancora meno e l'ufficiale dovette parlare direttamente per spiegare con un'infinita serie di minacce. Nel carrello ci stavo appena. Mi distesi tutto lungo, l'ufficiale mi raccomandò di non sbandarmi da alcuna parte, perché la tavola era in bilico. "Non ti muovere mai, altrimenti ti capovolgi, buon viaggio." Salutai con la mano, il campanello del telefono trillò, una voce disse: "Partito," e partii, tutto preso dall'estro felice di credermi ritornato in giuoco su di una giostra della mia infanzia. Fuori la notte mi avvolse umida, il rombo del motore s'allontanò, ai lati vedevo le punte dei pini abbassarsi e sommergersi. Mi sentivo perdere di peso e sollevare. Un desiderio di chiudere gli occhi e dormire. L'aria era fresca. Ero solo, seguito dal rumore della rotella che scorreva sulla fune. Ma presto tornai a vedere le punte dei pini sorgere vicino e crescere, intesi un altro rombo di motore, avvicinarsi, poi la fune si indorò di luce e subito entrai sotto a una tettoia, dove il carrello si fermò. Mani premurose e sorrisi gentili sui grossi volti degli alpini mi accolsero. Non ero un generale, ma la parola d'ordine venne trasmessa anche all'altra stazione, l'ultima e lontanissima. Cambiai carrello e ripartii. Ancora i pini scomparvero e mi ritrovai solo sul vuoto col rumore della rotella che scorreva fedele. Tenevo lo sguardo fisso alla fune d'acciaio che mi reggeva e al cielo che si alzava tra le nere cime dei monti. Sorse qualche pensiero. Vidi le *gallinelle*, le stelle che per la prima volta, da bambino, mi furono insegnate da mia madre. Il salire così verso il cielo mi dava una malinconia protesa lontano verso la mia casa, mi disponeva al pianto. A quell'ora, a tavola, dopo cena, mio padre cercava la mia sorte nell'esito dei solitari e mia madre, intenta a me, scorreva le mani nel lavoro di maglia per i soldati. Ma stare così sospeso, in quella specie di cesta, mi ricordò le *Nuvole* di Aristofane, tradotte a scuola poco prima di partire per la guerra, e giunsi a gloriarmi di essere ridicolo come un discepolo di Socrate.

D'improvviso in un punto del cielo si aperse una pioggia di stelle fugacissime. Nel silenzio, solo, continuo era lo scorrere della rotella. Poi la fune s'illuminò, ma d'una luce bianca e anche tutto il carrello. Una luce intensa proveniente dal basso m'investiva e mi seguiva. Era un riflettore e non mi lasciava; si unirono piccoli sibili sparsi e dal fondo della valle riecheggiò il suono di una mitragliatrice.

"Ci siamo: ora per forza attraverserò una zona, dove mi colpirà in pieno." Mi posi l'elmetto sul volto e la borraccia di ferro, piena di vino, sul cuore, ché non volevo essere colpito. Incrociai le mani sul petto e attesi. I colpi venivano dal basso e allora pensai sarebbe stato conveniente mettere la borraccia sotto la schiena, provai, ma dava noia. I sibili come insetti rabbiosi passavano, continuavo a salire, l'elmetto mi pesava sul volto. Mi liberai dell'uno e dell'altra e, data una sorsata al vino, ritornai a guardare le stelle. Il riflettore si spense e la mitragliatrice cessò, ma giù nella valle alcuni razzi s'accesero illuminando di barbagli fino le cime dei monti e, come il buio risorse, un pezzo d'artiglieria prese a sparare una serie di colpi grossi e monotoni, con l'espressione di uno che parli nel sonno.

Non vedevo il vuoto sottostante e non potevo immaginarlo. Altro tempo passò e non so quanto, perché mi ero come incantato nello stabilire la prospettiva di alcune stelle.

"Ecco, quella è più vicina a me delle altre due; e di queste, quella piccolina è più lontano dell'altra." Ma l'aria si era fatta tiepida, rasentavo una parete di roccia e poco dopo arrivai velocemente dentro a una grotta, fermandomi nello stesso tempo. Ero arrivato al comando. Sollevarmi e scendere fu una cosa che mi dispiacque.

Da un soldato minuscolo mi feci indicare dove era il mio distaccamento. Fuori della grotta si stendeva un breve spiazzo coperto di ghiaia come nel giardino di una villa. Un muraglione di roccia si levava alto e alla base vidi molte grotte illuminate appena. In una di queste trovai i miei soldati, vi erano piccole nicchie per dormire. Tutto attorno alle pareti, una sopra l'altra, dove alcuni già stavano avvolti nelle coperte; in un angolo vi era il centralino telefonico e uno stava parlando. Riconobbi la voce. Quando seppero che ero il loro ufficiale, quelli che stavano nelle nicchie scesero giù e gli altri mi si fecero attorno. "Eccovi la posta." La depositai sulla tavola in preda alle loro mani e mi sedetti a guardarli.

Ora le loro voci, che già conoscevo solo per averle intese al telefono, si combinavano coi loro aspetti che non avevo potuto immaginare. In parte provenivano dagli alpini e in parte dai bersaglieri. Anche sotto altra divisa si riconoscevano questi due tipi diversi. Avevano bei maglioni bianchi, che tenevano disposti al collo in fogge diverse suggerite dalla fantasia animata dalla clausura montana: alcuni aperti, altri alzati come gorgiere monacali, altri arrotolati come collari. Erano puliti, i capelli ravviati, tutto un leggero senso di ricercata eleganza li circondava, vedevo in questo l'intenzione di distinguersi dall'altra truppa, quella della loro origine, destinata a stare buttata per terra, a coprirsi di croste e anche il sintomo d'un disperato appello all'amore, alle donne lontane e irraggiungibili, una specie di canto che doveva venire controllato al piccolo specchio inchiodato a un travicello di sostegno. Non vollero credere fossi giunto con la teleferica e quasi mi rimproverarono. "Ma non sa che è battuta dalla mitragliatrice del Cukla? mandano giù solo i feriti gravi proprio per disperazione." Ordinai di cercare un fiasco di vino. Uno corse alla mensa. del comando. Ci si fece cordiali e allegri, volli sapere i nomi di tutti e quelli dei loro paesi. Mi mostrarono i pugnali distribuiti dal comando di lassù. Godevano della novità. Presto il vino animò ognuno a confidarmi la piccola pena che coltivava. Uno era sfottuto dall'aiutante maggiore, un altro desiderava il cambio per potere fare pulizia, diceva, qualche altro toccò l'argomento delle licenze, un altro aveva bisogno d'un paio di scarpe, un altro si lagnava perché non aveva ricevuto la cinquina, poi tutti in coro mi pregarono di fare mandare la roba d'inverno, perché la prima neve era prossima.

Desideravo uscire e ritornare. Quando sentirono che sarei sceso ancora con la teleferica, tutti cercarono di dissuadermi. Il caporale mi disse di non fidarmi perché gli addetti ai motori si addormentavano e poi perché si era levato il vento e vi era pericolo di ribaltarsi. Qualcuno mi propose il mulo dei viveri che scendeva vuoto. Ma io pensavo alle *Nuvole* di Aristofane, alla caduta delle stelle, alle loro prospettive, alle *gallinelle*, a quella malinconia che mi aveva avvicinato così immediatamente a mia madre e a mio padre, ai sibili come d'insetti rabbiosi e a quel passare dolce e leggero sopra la profondità che non potevo immaginare. Mi accomodai sul carrello tra il ripetersi di tutti i loro piccoli desideri intrecciati ai saluti e agli auguri, mentre il caporale telefonava alla stazione sottostante di stare bene attenti ai motori, perché scendeva un ferito grave. Uno degli addetti mi raccomandò di non sporgere le mani dai bordi perché avrei incrociato con altri carrelli carichi di esplosivo. E partii.

Ma discendere fu una cosa diversa. Mi sentivo ritornare verso terra. Salutai i carrelli di esplosivo, se il vento fosse stato più forte avrei potuto cozzare e incenerirmi, ma i carrelli come buone bestie da soma salivano e passavano oltre. L'insensibilità mi prese e non so se abbia dormito fino al trasbordo. Poi l'altro tratto fu breve. Giù alla segheria faceva umido, l'ufficiale era andato a dormire. Rimasi un poco a guardare il motore e il lavoro silenzioso e misurato dei soldati che caricavano. La sonnolenza mi pesava. La notte era alta. Trovai un breve andito vicino alla baracca dell'ufficiale, mi distesi per terra e m'addormentai, contro la parete. Poi, risvegliandomi al freddo dell'alba, subito mi chiesi se tutto quello che avevo fatto me lo fossi sognato; e, sceso verso il prato dove la nebbia era distesa come un velo, andai a cogliere i tenui fiori dell'autunno che splendevano come meravigliose ametiste.

Mi piaceva una breve spianata tra piccole colline. Asciutta e raramente erbosa, pavimentata da detriti di roccia aveva per sfondo l'alta parete d'un monte vicino, tutta costruita di stratificazioni sovrapposte le une alle altre, contorte e chiazzate di rossastro. Solitaria e tiepida come un sacrato di campagna, non era stata invasa da alcuna opera di guerra, né mai v'era caduto alcun colpo d'artiglieria. Come fosse stata la mia camera segreta, vi andavo, quasi a nascondermi, ogni volta che la stravaganza dei miei superiori mi faceva subire rimproveri immeritati. Allora, in quel luogo abbandonato mi dimenticavo della mia divisa e della guerra. Quel monte scarnificato dai ghiacciai della preistoria e quell'alta parete creata forse dal fuoco o forse dal mare, distraevano a osservarli. In seguito mi accorsi che era più bello stare sulla cima d'una delle piccole colline attorno. Colline senz'alberi, tumuli di detriti del monte.

Una mattina con l'aria attraversata da venti dolci, mi chiamarono d'urgenza al comando di divisione. Era il maggiore addetto ai servizi tecnici che voleva parlarmi. Il giorno prima avevo presentato una richiesta di materiale necessario agli impianti telefonici della zona, per impedire l'intercettazione da parte del nemico. Il maggiore voleva spiegazioni. Abituato ai sistemi dozzinali del comandante della mia compagnia, che si trovava in licenza, non volle intendere le mie insistenze e mi stracciò la richiesta. Ebbi ancora l'ingenuità di pregarlo mi facesse avere almeno un poco di nastro isolante, animandomi con passione, come occorresse esclusivamente a me. Allora si alzò di scatto, mi prese per un braccio, mi accompagnò nella stanza degli scritturali e in loro presenza mi disse in dialetto lombardo di andarmene e di non seccarlo più. Ne uscii umiliato nel mio entusiasmo di giovane ufficiale. Nel rifare la strada tra i filari dei meli dove le frutta luccicavano acerbe contro l'ombra degli alti monti, sentii il passo d'uno che mi correva dietro. Era un mio soldato, che, saputa ogni cosa dagli scritturali, mi veniva a spiegare come poco prima, stando al centralino, avesse inteso il colonnello del genio del Corpo d'armata, sfuriare col maggiore per gli eccessivi prelevamenti di materiale: "Mancanza assoluta di comprensione," gli aveva gridato e aveva chiuso il telefono senza volere intendere ragione.

Capivo perché ero stato trattato così male, ma già mi consolava l'idea di trovarmi nella mia solitudine tra le piccole colline. Il vento intermittente, tiepido e piacevole agli occhi, mi accompagnò al solito posto e, appena mi distesi per terra, mi passò con tale tenerezza sul volto da farmi reclinare il capo, tra l'erba fresca e piena d'ombre. Mi piacque guardare tra i fili d'erba, simili ad alberi d'una foresta, intessuti tra loro per resistere al vento. Meglio osservando, scorsi una carovana di formiche, lucide, negre, agili e pulite passare interminabile. Sospettose e vigilanti, alcune deviavano ai lati del percorso per fiancheggiare la marcia del grosso della colonna e, nell'incontrarsi con altre che provenivano in senso opposto, si fermavano per un breve abboccamento come per comunicarsi le informazioni topografiche necessarie. Pareva difettassero di provvigioni e partissero in esplorazione e conquista verso lontane terre promesse.

Il vento mi portò d'improvviso un attacco risoluto di musica suonata al di là dell'Isonzo, sotto il Polinik. Era una banda reggimentale che s'esercitava dentro una baracca. Il monte nudo di roccia copriva con la sua ombra tutta la curva del torrente. La musica veniva a sbalzi, sorvolando le acque tremule e il piccolo paese dove le case si alternavano ad alti alberi. Suonavano la marcia dell'*Aida*, ripetendola così comicamente da farmi ridere da solo. Preso dalla gioia, tolsi dal taschino della giubba una sigaretta e allora mi accorsi che una mosca grossa e grigia stava fissa sulla mia mano intenta a succhiarmi il sangue. Un dispetto immediato mi mosse l'altra mano e gliela sbattei addosso, rapida come un fulmine. La mosca tramortita cadde sull'erba, chinai il capo per cercarla, non era morta, era caduta sul percorso delle formiche, subito fattesi sopra per stringerla, avide e feroci, alle ali e alle zampe. Dopo alcuni morsi già la portavano via, prima in tre o quattro, poi come misurato il peso, in due soltanto. "Come ogni avvenimento si coordina," mi venne da dire e accesi la sigaretta.

La marcia dell'*Aida* continuava all'infinito. I suonatori balbettavano le note come bambini in una scuola quando tutti in coro imparano a sillabare. Ascoltavo, e guardavo la parete vicina che, ora, mi faceva pensare, con la sua solida bellezza data dai macigni sovrapposti, alle pareti dei vecchi palazzi di Firenze. Anche l'aria tiepida e leggera ventilata dall'Isonzo, come dall'Arno, aiutava il raffronto. E scossa la sigaretta che era stata fumata dal vento, feci cadere la cenere fra l'erba. Subito mi accorsi d'avere spaventato le formiche come se un tiro d'artiglieria fosse stato concentrato su una colonna di soldati in marcia. Anzi una formica n'era stata scottata e si dibatteva raggomitolandosi negli spasimi della morte. Le altre si erano irradiate in tutte le direzioni, con le mandibole aperte, pronte a mordere. Alcune erano già arrivate sul panno della mia manica, altre sul mio ginocchio accanite nella ricerca del nemico. Mi sentivo aggredito e, credendo d'averne parecchie ovunque, mi alzai scuotendomi con forza. Cambiai posto.

Di sotto, tutta la spianata tra le colline si lasciava vedere bagnata d'una luce di madreperla. Pensai che avrei potuto farne un bel campo per il calcio a divertimento dei miei soldati, ma mi doleva privarmene. Più invece mi persuase d'organizzarvi un piccolo concerto, perché la buona risonanza vi era e i suonatori pure; quelli che suonavano per il generale e il violoncellista era il mio furiere: "Sì, sì, alla prima notte di luna, voglio mangiarmi mezzo stipendio."

Ma dal fondo della spianata vidi gente avanzare: un piccolo gruppo di soldati e uno veniva portato come nel giuoco dei bambini, a *seggiolina d'oro*. Non capivo perché e mi feci attento. L'ufficiale, che era con loro, indicò l'alta parete del monte. Uno li seguiva da vicino e con le braccia sul petto come un religioso che pregasse. Si fermarono. Quello sorretto a *seggiolina d'oro*, venne deposto per terra e tutti gli si erano fatti attorno come per difenderlo. Un altro ufficiale sopraggiunse a grandi passi dal fondo della spianata. Quello che teneva le mani sul petto si era inginocchiato accanto al debole e pareva gli parlasse. Tentò di sollevarlo, prendendolo sotto alle ascelle. I soldati che erano armati si schierarono in riga. I due ufficiali, scambiandosi il saluto, si erano messi a parlare allontanandosi dai soldati. Poi ritornarono. Un foglio di carta biancheggiò al sole: l'ufficiale arrivato da ultimo, rivolto ai soldati, incominciò la lettura a voce alta accompagnandosi con gesti recisi del braccio. La voce veniva riecheggiata dalla parete, ma non potevo distinguere le parole. Cessò, a un cenno tutti si scostarono dal debole che fu lasciato solo accasciato per terra. Intesi un comando simile a un urlo e i soldati impugnarono i fucili.

Gettai la sigaretta, non volevo vedere di più e mi precipitai dall'altra parte della collina, impastoiato nei passi, sul punto di cadere a ogni istante, sperando di arrivare in tempo per non sentire. Ma appena disceso, la scarica suonò ripercossa dalla parete del monte e da tutta la valle, più forte della marcia dell'*Aida* che, al di là dell'Isonzo, non aveva mai cessato d'essere balbettata stupidamente.

Per ritornare sulla strada passai davanti alle baracche dove stavano accantonati i miei soldati, ed essi, che lo avevano visto passare, sempre sorridenti e pieni di gentilezze per me, ora pallidi, stravolti e quasi paralizzati, mi guardarono cupi come dominati dall'odio.

Si sapeva che avrebbero attaccato tra qualche giorno. Per questo erano state inviate sul nostro settore molte truppe di rinforzo. Intanto il comando di divisione decise di costruire la sua *residenza tattica* in un meraviglioso bosco di pini a metà costa del Polinik, da cui si dominava tutta la conca di Plezzo. Le parole: *residenza tattica*, venivano ripetute da tutti gli ufficiali con un tono di voce particolare, come il nome di una località di piacere venuta di moda. E in breve anche dai soldati fu appreso questo tono.

Ebbi l'incarico di trasportare tutte le linee telefoniche alla residenza, così mi fu possibile vederla. Era una comodissima baracca con gli uffici, le stanzette da letto per gli ufficiali di stato maggiore e una bella saletta per la mensa; ancora era stato scavato a colpi di mina nella roccia attigua un sicuro rifugio dai bombardamenti. L'ufficiale addetto alla costruzione vi aveva provveduto con rapidità miracolosa, aveva avuto persino cura di fare tra la mensa e la cucina uno sportello nella parete per il passaggio delle vivande. Poi, siccome trovò che il telefono impacciava nella saletta della mensa, fece fare un altro sportello in relazione coll'ufficio telefonico per il passaggio dell'apparecchio in caso di chiamate urgenti durante il pasto. Ma una cosa lo infastidiva all'eccesso: il *madapolam* per le tendine alle finestre, per quanto chiesto e richiesto al magazzino divisionale, non era ancora arrivato. A tutto aveva pensato e provveduto in maniera ingegnosa e rapidamente. Solo mancava il *madapolam*, il quale per una giornata nel testo dei fonogrammi e nel corso delle conversazioni toccò un'importanza che ancora non mi è facile scordare. Tra l'ombra dei pini si sentiva la sua voce al telefono: "Cercate questo *madapolam* da per tutto e se proprio non si trova, andate in autocarro o mandate un motociclista d'urgenza a Caporetto a prelevarlo al magazzino del Corpo d'armata."

I miei lavori furono eseguiti nello stesso giorno che mi vennero ordinati perché avevo in aiuto un buon numero di alpini ai quali non sembrava vero dimostrarsi capaci in quel servizio, sperando esservi adibiti per sempre in previsione d'una battaglia.

Ogni tanto l'aria della conca veniva segata in tutta la sua lunghezza da qualche tiro lungo, aspro nell'umidità autunnale e così misurato nel ripetersi che faceva pensare a una preparazione accurata. Erano nuove batterie austriache che aggiustavano il tiro sui punti più importanti. Tuttavia, a sera, scendendo coi soldati, appena usciti dall'ombra del Polinik, illuminati da un bel chiaro di luna, ci sentimmo voglia di cantare. Al comando riferii i lavori eseguiti, ma il capitano del genio mi disse che tutto era stato fatto inutilmente, perché la *residenza tattica* sarebbe stata installata in un punto del tutto opposto e mi ordinò di ripassare al mattino dopo per ricevere nuove disposizioni.

La nuova *residenza tattica* venne stabilita in un punto meno avanzato e più sicuro. In un'altra giornata il lavoro fu eseguito. A sera, di ritorno alla compagnia, trovai il mio comandante, un tenente napoletano, appena ritornato dalla licenza. Belle arance erano sulla tavola, ma il suo volto era sbalordito. Un telegramma del Comando supremo aveva avvertito che nella notte, alle ore due, il nemico avrebbe incominciato l'offensiva. Era stato con tutti i comandanti di reparto a rapporto da uno degli ufficiali di stato maggiore, il quale tra le altre cose aveva detto che, dovendo ritirarsi, se avesse visto qualcuno mettersi a correre, gli avrebbe assolutamente sparato addosso con la grossa pistola che teneva come posacarte sullo scrittoio. Gli occhi del mio comandante, attoniti come un tramonto napoletano dipinto su cartolina, ma segretamente scaltri, mi avevano fatto capire che egli già aveva pensato al modo di comportarsi per il giorno dopo. Col pretesto che avevo eseguito alcune rettifiche alle linee telefoniche, mi affidò la responsabilità del funzionamento di tutte le comunicazioni della zona, riservando per sé quella del centralino della *residenza tattica*.

Mi ritirai nella mia stanza, scrissi una lettera a casa, poi uscii per imbucarla. Sospinto da un sentimento affettuoso, accarezzai il tronco del grande noce vicino che sperdeva nel buio le sue alte frondi e mi avviai all'accantonamento dove avevo deciso di passare le poche ore di attesa. In uno stanzone basso, su brande messe dappertutto, i soldati dormivano: qualche candela era accesa, l'aria era grassa e venata di fumo. Subito qualcuno che non dormiva mi venne attorno curioso di notizie e di ordini. Avevano i volti infastiditi come chi sa di venire licenziato da un impiego dove sta bene. Dissi di spegnere le candele e di mettersi a dormire, perché la sveglia sarebbe stata prossima. E, trovata una branda vuota, mi distesi deciso al sonno. Un sonno breve e intenso, profondo e assorbente, quasi voluto in previsione di grandi fatiche da compiere.

Mi risvegliò il rombo delle cannonate ingrandito dalle montagne, rosseggiavano alle finestre i bagliori. Il risveglio fu netto, immediato, entusiastico, svegliai a grande voce tutti i soldati.

"Sveglia! su! tutti! ché ci siamo." Qualche candela si accese, ci vestimmo rapidi e con tutti loro andai al comando di divisione. Fuori l'aria era tiepida, una nebbia quasi piovigginosa s'illuminava come per l'accensione di grandi fari intermittenti e i rombi venivano inghiottiti dalla notte. Per strada trovammo una colonna di alpini in sosta, stavano sdraiati nei fossi, silenziosi, aggrovigliati agli zaini e ai fucili. Al comando non vi era alcuno, tutti si erano trasferiti alla *residenza tattica*, dove credevo di trovare il mio comandante, ma nessuno l'aveva visto. Al centralino un caporale romano, grassoccio e pallido, eccitato come una donna, faceva una confusione indiavolata senza riuscire a fare passare le chiamate che affluivano da ogni parte. Rispondeva seccato con toni striduli della voce e toltogli il ricevitore mi posi io stesso a dare ogni comunicazione. Ma egli continuava a disturbare, allora lo mandai a dormire e se ne andò.

Le linee telefoniche erano: con Maritza, osservatorio avanzatissimo, quasi fuori delle linee, collocato su un piccolo rialzo del terreno in fondo alla valle, coi due comandi di brigata uno a destra e l'altro a sinistra dell'Isonzo, col comando raggruppamento alpino sul monte Rombon, col comando del Corpo d'armata che era a Robič vicino a Caporetto e poi coll'ufficio del generale della mia divisione.

La battaglia era incominciata alle due, come era stato avvertito dal Comando supremo. Il generale vecchio e sordo non riusciva a sentire l'osservatorio di Maritza che ne dava la notizia e dovetti ritrasmettergliela: "Alle ore due si è visto alzarsi in fondo alla valle un razzo rosso, immediatamente le artiglierie nemiche hanno aperto un tiro di distruzione su tutta la linea, che perdura ancora." Dal Corpo d'armata, Kirghis, era lo pseudonimo del capo di stato maggiore (da quale romanzo d'avventure aveva mai egli preso a prestito questo nome?), volle sapere subito la nostra situazione. Il bombardamento cessò dopo poche ore e tutti i comandi avanzati con un senso di sollievo si affrettarono ad avvertirci. Un ufficiale di stato maggiore del comando accolse questa tregua con la speranza che il bombardamento fosse stato un semplice assaggio, ritenendo improbabile l'offensiva, dato il tempo piovoso.

Dal Rombon telefonarono che lassù nevicava e vi era stato soltanto un grande lancio di razzi bianchi. Anche questa notizia riuscì tranquillante, ma dopo mezz'ora di sosta il bombardamento riprese. Vi parteciparono specialmente grosse bombarde che sradicarono tutti i reticolati accumulati da anni davanti alle nostre linee. L'alba era vicina e quando biancheggiò sui monti le artiglierie iniziarono un tiro che aveva un fragore diverso. Subito ci venne segnalato che tiravano granate a gas asfissiante. Il comando si mise in allarme. Telefonò a destra e a sinistra, per averne la conferma. Nessuno poteva garantirlo.

"Vogliamo essere sicuri che si tira a gas, perché allora siamo in pieno diritto di eseguire anche noi lo stesso tiro."

"Attenda che manderò a vedere," rispose la voce senese di Mirtillo (pseudonimo dell'aiutante maggiore della brigata di sinistra). E poco dopo avvertì: "Sì, è stato eseguito un tiro a gas. Anche qui da noi si sente come un profumo di mandorle amare, ma nessun danno, perché abbiamo tappato ogni fessura." Allora il comando decise di eseguire lo stesso tiro, ma poi fu trattenuto dall'ordinarlo, perché il vento soffiando contro le nostre linee avrebbe finito coll'offendere i nostri. "È ritornato dalla linea l'ufficiale che abbiamo mandato e riferisce che i soldati sono tutti al loro posto, col fucile tra le mani e la maschera al volto. Dunque è mancato l'effetto," comunicò nuovamente Mirtillo. Quei soldati erano fermi, impietriti dalla morte che la piccola e miserabile maschera non aveva servito a impedire.

Il comando si calmò e attese lo svolgersi degli avvenimenti. Altro tiro venne incominciato, un tiro indice dell'assalto immediato: il tiro d'interdizione. Maritza, ancora viva e persistente (vi avevo in quell'osservatorio un soldato, un teppista milanese, mandato per punizione, che metteva nel suo compito tutta una energia da delinquente), mi disse: "Gli austriaci sono usciti dalle trincee, li vediamo, tra la nebbia, che vengono avanti. Passano i reticolati. Noi ci ritiriamo, signor tenente," Ma nello stesso tempo un'altra stazione telefonò che al baracchino del dottore, ai piedi del Rombon, già avevano oltrepassata la linea marciando verso Plezzo. Il comando non si convinse. Volle sapere da altre fonti se la notizia fosse vera o no, perché avrebbe aperto su quel punto il *concentramento 14* di tutte le nostre artiglierie. Intanto il tempo passò. E il *concentramento 14* venne eseguito quando il nemico era già lontano dal *baracchino del dottore*. La brigata di sinistra soltanto allora s'accorse che sulla linea non aveva un solo soldato a difesa, il comando ordinò a un battaglione complementare di mettersi in marcia da Saga verso Plezzo per sbarrare il passo.

Kirghis apparve con la sua voce serpentina per avere notizie. Il generale non sentiva dal suo ufficio, venne nello stambugio dov'ero io, ma anche da qui non gli riusciva di comprendere. Allora si attaccò al telefono uno degli ufficiali di stato maggiore. Grande, bianco di capelli, con una fascia di lana attorno al collo, il generale, simile a un padre che senta la sua famiglia andare in rovina, guardava mite e silenzioso il giovane ufficiale, come fosse un figlio scioperato e ingannevole; e questi parlava al telefono, rapido e tagliente per fare presumere una grande padronanza sulla situazione. Le notizie precipitavano. Maritza telefonò che aveva retrocesso di mezzo chilometro seguendo la linea telefonica e continuò ininterrottamente a darmi notizie preziose che passavo al comando. Il teppista agiva con una fermezza e una precisione che non potevano mancargli. Anche le altre stazioni retrocedevano. Il battaglione complementare sorpreso nella sua marcia era stato preso a cannonate e disfatto.

Su una linea s'interpose una voce che mi parve conoscere: "Pronto. Sereno? Sereno?" "Che sereno d'Egitto";

"Sì, Sereno, non sei tu Sereno?" (un soldato mi avvertì che quello era il nome convenzionale della *residenza tattica*). La voce era del mio comandante di compagnia. Se ne andava seguito dal suo attendente, un fedele compaesano, in cerca d'un angolo morto con la scusa di sorvegliare le linee, armato di telefono col quale s'inseriva. "Le linee funzionano tutte magnificamente e ti prego di non disturbare. Addio." Ma continuò a chiamare da altre parti, perché dominato dalla paura del tiro delle artiglierie che s'incrociava da ogni parte, non sapeva più quello che si facesse, né osava venire al comando dovendo passare il ponte sul torrente costantemente bersagliato. La batteria di Naradelie telefonò: "I pezzi sparano a zero," e dopo poco: "Gli artiglieri si difendono a bombe a mano e coi moschetti." Poi ancora: "Abbiamo tolto gli otturatori e ci ritiriamo." Abbandonai il telefono con un brivido che mi prese alla testa.

A Naradelie si andava alla sera per fare una passeggiata. I soldati mi guardavano pallidi e fermi. Al centralino si chiamava ancora, uno prese il mio posto. Mi affacciai alla finestra. Pioveva sul torrente torbido, gli alberi si piegavano gialli d'autunno sulle rocce bagnate. La luce debole mi teneva incantato mentre cercavo di pensare a quello che sarebbe successo tra poco. Uno dei miei soldati mi venne a chiedere se lo lasciavo andare all'accantonamento a prendere il rancio, mi scossi come se nulla di straordinario fosse intervenuto. Gli diedi la chiave della mia stanza, perché portasse una bottiglia di spumante e un vaso di miele che vi tenevo riposti. L'ufficiale di stato maggiore ritornò. Voleva assolutamente comunicare con le truppe del Rombon. La linea era interrotta. Un guardafili che vi avevo mandato per ripararla era stato fatto prigioniero, ma trovato un telefono era riuscito a comunicarmi, da un'altra linea ancora intatta, che una pattuglia austriaca lo aveva preso, disarmato, e gli aveva ordinato di andare a Tarvis, egli invece si proponeva di ritornare a noi attraverso i monti. Lo pregai di percorrere la linea del Rombon e di riattivarla o di comunicare la situazione egli stesso a quelle truppe per salvarle dall'accerchiamento. Ma non ebbi risposta, il filo si era spezzato. Le comunicazioni ottiche erano impedite dalla nebbia. L'ufficiale di stato maggiore escogitò di mandare un messaggio a mezzo della teleferica. Il telefono della teleferica non rispondeva, mandai a vedere. La teleferica rispose che i tiri avevano spezzato le campate. E ogni idea di comunicazione fu abbandonata. Ritornai alla finestra. Su dalla strada vidi una grande folla salire, mi sporsi meglio, erano soldati di ogni arma, chi senza berretto, senza fucile, ardenti nello sguardo, trasfigurati in volto, con la mantellina sul capo, tra loro un ufficiale d'artiglieria sanguinante a un occhio veniva portato a braccia, in mezzo, liberi e svelti, disarmati, venivano alcuni soldati germanici. L'ufficiale di stato maggiore che era venuto poco prima da me, fece sentire la sua voce stridula da un'altra finestra della baracca. Gridava a un capitano di fermare quella gente e di metterla in ordine. "Come si chiama lei, capitano?" Il capitano disse il suo nome. "Guardi che lei ne risponde personalmente." Il capitano si antepose allargando le braccia a quella marea, ma quelli lo sospingevano. "Spari! Spari! Non ha la rivoltella?" L'altro fingeva di non sentire, curvo contro i soldati che avanzavano guardando verso di noi con un'ansia gioiosa.

Il soldato che era andato a prendere il rancio ritornò deluso. Una granata aveva demolito la cucina dell'accantonamento. Il grande noce vicino al mio alloggio era stato divelto, ma egli mi portava lo spumante e il miele che subito offersi ai miei soldati accresciuti da quelli sopraggiunti dalle stazioni abbandonate. Sguardi tristi interrotti da subitanei sorrisi, gesti pronti a esprimersi amichevoli, voci disordinate nel raccontare, mi circondavano. Chi era stato vicino a morire e ignorava la sorte degli assenti, chi fatto prigioniero era fuggito ripassando a nuoto l'Isonzo, chi sanguinava di ferite leggere e inebrianti. Li accarezzavo e spalmavo di miele le fette delle loro pagnotte. Lo spumante li stupì dando tregua alloro fervore.

Ma tra loro, uno appena entrato si fece largo, alto e biondastro, teso verso di me, gridando: "Signor tenente, e noi, dica: come abbiamo funzionato noi di Maritza?" Era il teppista milanese, agile, lustro di sudore nel volto, lo abbracciai e, preso dall'estro di baciarlo, gli accarezzai quel volto come per riceverne nella palma l'impronta per sempre. Frattanto lo sgabuzzino cominciò a traballare agli spari di un pezzo d'artiglieria che era stato piazzato sull'altra sponda del torrente. Il soldato romano, svegliatosi a quegli spari ritornò pieno di lagni: "Adesso se lo individuano spareranno anche qui." Mi rivolsi con furore contro di lui e lo cacciai fuori imponendogli di non farsi più vedere.

Il comando era venuto alle decisioni estreme. Schierò le poche truppe armate sulla breve linea della stretta di Saga, le suddivise in tre settori e ne affidò il comando a tre ufficiali di stato maggiore. Col Corpo d'armata la comunicazione era decisamente interrotta. Il pezzo d'artiglieria vicino al torrente continuava a sparare senza tregua, gli artiglieri, agli ordini d'un capitano che comandava con gesti e voce disperati, saltavano in disparte in continuo rapporto col pezzo che rinculava a ogni sparo. Tutto il giorno la luce era rimasta uguale a quella di un crepuscolo e toglieva la nozione del tempo. Gli ufficiali di stato maggiore dislocati sui tre settori telefonavano povere notizie: domandavano disperati una batteria da montagna che piazzata in un punto della stretta avrebbe potuto giovare molto, si chiedeva l'invio di reticolati per chiudere i varchi, si chiedeva l'invio di cartucce e qualche cosa fu portato da alcuni animosi, ma la batteria e i reticolati furono angosciosamente introvabili. Da una linea telefonica che credevo interrotta, provata a caso, lontana ma nitida intesi la voce di Kirghis: "Dica, dica, sì, sono Kirghis," e un'altra voce lontana diceva: "Abbiamo ripiegato su Drezenka, attendiamo."

"Dica, dica, faccia presto!" sibilava Kirghis non sentendo più parlare, ma un'altra voce s'interpose: "Signor colonnello, signor colonnello." "Dica, dica." "Il signor generale Farisoglio m'incarica di avvertirla che gli austriaci sono giunti in questo momento al cimitero di Caporetto." Le voci come portate via dal vento disparvero.

Corsi dal generale. Stava in una stanzetta foderata di coperte da campo, seduto accanto a una tavola con un braccio appoggiato sopra e vi tamburellava le dita. La mia notizia lo fece alzare in piedi. L'ufficiale di stato maggiore che altra volta mi aveva cacciato dal suo ufficio come un seccatore, mi ascoltava sbalordito. Il capo di stato maggiore, incappottato di astrakan, alzò le spalle dicendo che le mie erano tutte frottole inventate da un allucinato. Giurai che quanto avevo detto era vero. Il generale mi guardava con dolcezza. Poi un capitano dagli occhi forti, nobile nel gesto e che aveva l'erre francese, si distaccò dalla parete a cui stava appoggiato e messami una mano sulla spalla: "Perché volete che questo ragazzo venga a raccontare cose di sua testa? sarebbe bello poterlo credere!" e incominciò a disputare con gli altri. Uscii e ritornai al telefono.

Un osservatorio improvvisato annunciò che sulla strada principale si distingueva una colonna in marcia verso la stretta. "Marciano per quattro coi fiancheggiatori." La notizia passò al comando e ci fu ancora qualcuno che non poteva convincersi fossero nemici. "Ma sì," fu risposto, "si riconoscono benissimo dall'elmetto e riusciamo a vedere che portano alla schiena un pezzo di tela bianca per non essere colpiti dalle loro artiglierie, se aprite il fuoco sulla strada ne facciamo un macello."

Il pezzo di artiglieria vicino al torrente sparava gli ultimi colpi contro il cielo. Da ultimo la linea di Maritza, che non funzionava più, chiamò: "Pronto." "Pronto," mi rispose una voce fresca e calma. "Parlo con Italia?" e scomparve. Il nemico giungeva sulla scena rapido e incredibile, capace perfino di scherzare. Una autoambulanza carica di feriti era ritornata dalla strada di Caporetto perché presa a fucilate. Questo confermava quello che avevo riferito al comando, eravamo dunque tagliati fuori, rimaneva forse un sentiero nel bosco. E venne dato l'ordine di ritirarsi approfittando della notte.

Il pezzo d'artiglieria non sparava più. L'oscurità scendeva. Nessuno parlava. Lo scroscio del torrente e la pioggia sottile ci coprivano di tristezza. Nessuna linea rispondeva più. Distribuii il materiale che avevamo un poco per ciascuno e mi presentai dal capo di stato maggiore per ricevere ordini. Il generale non vi era più. Il capo di stato maggiore, solo nella penombra della stanza, stava occupato a fare un pacco di carte.

"Segua il sentiero di là dal ponte e mi prepari le comunicazioni necessarie a Hum." "Sissignore," gli dissi e partii. Di là dal ponte, il capitano che comandava il pezzo d'artiglieria, dall'alto della scarpata gridava a tutti quelli che passavano di salire lassù per portare via il pezzo. Ma nessuno gli dava retta e proseguiva. Anche a me gridò minaccioso e disperato. Gli gridai l'ordine che avevo, ma quegli non comprese e continuò a urlarmi dietro, ma io proseguivo rapido via con gli altri su per il sentiero in salita, con lo stesso passo veloce appreso istantaneamente dagli altri, compiacendomi che, nell'ultimo chiarore del giorno, il sentiero fosse fiancheggiato da fitte stuoie che impedivano di lasciare vedere tutto il movimento di gente che vi era.

Il sentiero ci portò presto a un'ottima strada. Davanti a me saliva un soldato in groppa a un elegante cavallo, altri soldati svelti e di tutte le armi mi sorpassavano ai lati, dietro venivano gli avanzi della mia compagnia. Nessuno parlava, solo si sentiva l'innumerevole scalpiccio e giù lo scroscio del torrente nella valle. Nel salire ci pareva guadagnare più luce. Il cielo umido sopra alle cime abbandonate si accendeva d'improvvisi bagliori rosa subito smorzati. Mi prendeva la stessa gioia del tempo quando ragazzo, finite le scuole, partivo per la campagna. Ritrovavo difatti una libertà da allora perduta, ma invidiavo il cavallo al soldato che mi precedeva. E, quasi lo avesse previsto, per distogliermi si volse a dirmi: "Bruciano i depositi di balistite." Egli vi stava seduto pesante e inamovibile, sicuro di se stesso perché era l'attendente del generale. Gli chiesi dove fosse il generale. Subito mi disse che era a Hum con gli ufficiali del comando. Il comando esisteva ancora. Mi volsi a riguardare i miei soldati, mi corrisposero con intimi segni d'affettuosa obbedienza e come se mi fossi rivolto per vedere se qualcuno se ne fosse andato, uno di coda mi gridò: "Signor tenente, questi che siamo, staremo sempre con lei. Formiamo una nuova compagnia e io sarò il suo furiere." Qualcuno sorrise nell'ansia della marcia. Quando fummo a una certa altezza, si distinse nell'aria fatta serena qualche stella e la cima del Rombon con le gallerie illuminate.

"Quelli sono ancora lassù e non sanno che noi ci siamo ritirati. Li prenderanno tutti prigionieri," uno mi disse. Poi la strada pianeggiò nel bosco e nella notte quasi tiepida. Gli altri passavano avanti, muti, confusi, fitti fino a scendere nel fosso per sorpassarci. Un autocarro sopraggiunse, feci cenno di fermare per farvi salire i miei soldati, ma non ubbidì, lo rincorsi e mi arrampicai. Alzato il telo che lo chiudeva dietro scorsi accatastate le une sulle altre, come pezzi di legna, le gambe di soldati feriti o forse già morti.

Proseguimmo. Nessuno sapeva dove fosse Hum. Tutti sapevano che quella strada si dirigeva verso l'Italia. Più avanti, in un'ombra d'alberi, un chiarore illuminava l'interno d'una baracca. Andai a vedere. Il luogo era deserto, l'odore del disinfettante era acre nell'umido, v'erano brande insanguinate, per terra stracci e cassette aperte e vuote, nell'ultima stanza un morto rannicchiato in una branda, nudo e nero. I miei soldati sopraggiungevano per venire a vedere e frugavano nelle cassette con senso di rapina. "Via, via!" e li respinsi verso l'uscita, contento di sentirli vivi nelle loro schiene. Riprendemmo la marcia.

Poi, a un bivio, trovammo piantato sulla strada con le gambe aperte e un frustino in mano un capitano di cavalleria addetto al comando della divisione che ci indicò la strada per Hum. Hum era vicino, ma la bella strada poco oltre il bivio terminava incompiuta, tagliata netta sul precipizio del torrente. Autocarri, cannoni, carrette, stavano stretti e bloccati accumulandosi. Ognuno incredulo voleva vedere il punto dove la strada finiva. Un ufficiale della sussistenza che dirigeva la nostra mensa, un siciliano col volto sempre contratto nella fatica del suo parlare nasale e balbuziente stava tirando giù con disperazione da una carretta una cassa, che una sera con grande ambizione aveva aperto per me nel segreto della sua stanza. Conteneva scarpe di tutte le specie: da montagna, da passeggio, alte e basse, gialle e nere e da ballo di vernice, che s'era fatte fare dal calzolaio del comando approfittando del poco costo del cuoio. "Le tue belle scarpe!" gli dissi, bestemmiava e visto impossibile di portare la cassa sulle spalle, si era messo a salire per il sentiero tirandola per una maniglia.

Voci aspre e un fragore come di cosa pesante precipitata giù nel torrente venivano dal termine della strada. Era stato dato l'ordine di gettare nella valle sottostante gli autocarri, i cannoni e le carrette. Nulla si poteva salvare. I soldati li sospingevano con grida fino all'orlo, poi rimanevano a vederli scivolare e subito scomparire, allora ammutoliti godevano nell'attesa di intendere il tonfo giù tetro che si ripercoteva nel vuoto.

Hum era il nome di un gruppo di baracche. Una piccola era vuota e vi feci entrare i miei soldati, che si addossarono gli uni agli altri subito disponendosi al sonno. E quello stare vicini, la testa posata sul petto dell'altro, confortava e doppiamente riposava. Ma uno che era rimasto indietro e che ci aveva potuto rintracciare, entrò quando il sonno ci aveva presi, per avvertirci che al bivio vi era una carretta della nostra compagnia, carica di roba d'inverno. Mandai a prenderne alcuni sacchi prima che venisse precipitata nella valle. Alla luce d'una candela la roba venne divisa e subito ci liberammo dalle camicie e dalle maglie intrise di umido e di sudore. I miei soldati avevano corpi come giovanetti. Un sacco era pieno di scarpe e con avidità ne prendemmo in previsione del molto cammino da compiere. Poi si riprese il sonno per dimenticare la giornata vissuta. Ma non fu lungo per me, una mano mi scosse: "Signor tenente, il generale la vuole."

Quello che mi aveva svegliato mi condusse sotto al fresco degli alberi fino a una baracca dove trovai, distesi su sedie a sdraio, con pellicce dal bavero rialzato fino a coprire gli orecchi, il generale e il capo di stato maggiore. E questi mi disse: "Vede là quel telefono? dicono che comunichi con la Zona carnica, ma non funziona. Lei mi procuri la comunicazione, perché ho urgenti notizie sulla nostra situazione da trasmettere. Per terra vi è del filo telefonico, se le occorre." Presi con me il teppista milanese e un soldato molto forte che proveniva dagli alpini. L'aria della notte era leggera e svelti, come se già ci fossimo riposati, scendemmo nel bosco seguendo i fili sospesi ai rami dei pini.

Il guasto era introvabile, ora l'uno, ora l'altro s'arrampicava sugli alberi, attaccava l'apparecchio di prova, chiamava, ma nessuno rispondeva verso la Carnia. Il teppista aveva una lampadina elettrica tascabile che ci servì meravigliosamente per rintracciare i fili nel buio. Ripetendo invano le chiamate, arrabbiandoci e smaniando per non potere fare la riparazione tanto necessaria, giungemmo coi primi albori in una valle che si apriva chiara. Una casa rossa spiccava tra i prati. Sul nostro sentiero vedemmo avanzare una pattuglia di soldati piccoli e agili. Erano di cavalleria appiedata, mandati dal comando della Zona carnica in cerca della nostra divisione. I volti bruni su dai colletti di stoffa bianca, eleganti e armati, vispi e allegri, parevano inebriati dal mattino.

Chiamai verso Hum per fare parlare il capo la pattuglia, ma nessuno rispose. La linea s'era rotta anche da questa parte, bisognava tornare indietro, la pattuglia proseguì per Hum, mentre noi, saputo che quella casa rossa era la casermetta di finanza del vecchio confine e che vi era il telefono con la Carnia, ci dirigemmo rapidi, decisi di comunicare di là la nostra situazione.

Attorno alla casermetta, distesi sull'erba a godersi il primo sole che brillava nella limpidezza dell'aria, stavano i soldati d'una compagnia di mitraglieri. Vicino, in un'altra casa, alcune belle donne alte e bionde ridevano con giovani artiglieri da montagna e questi erano così familiari alla casa da fare pensare avessero passata la notte in amore con quelle. Tutto era tranquillo e felice. Molti mangiavano, altri si abbandonavano al piacere di distendersi sull'erba come tra le lenzuola d'un letto. Non sapevano della battaglia. L'ufficiale che comandava quei soldati, mi ascoltò senza scomporsi, tanto era preso dalla beatitudine del luogo e del sole. Anche da quel telefono non si poteva parlare col comando della Zona carnica. Pensai di ritornare a Hum. Ma l'insistenza di quelli che mangiavano le scatolette di carne aprendole a colpi di baionetta, mi risvegliò la voglia di mangiare. Qualcuno ci offerse un poco di pane e, vista una gallina intenta a razzolare dietro la casa, scagliata di sorpresa una scarica di sassi, fu colpita e presa. Tolte le penne, la trovammo magra, ma attorno non ve n'erano altre. Infilata nella baionetta, la tenemmo sopra a un fuoco acceso bruciacchiandola come una castagna, poi ce la spartimmo tirando chi dalle zampe, chi dalle ali e non mancò d'avere un buon sapore mai gustato.

Deciso assolutamente di eseguire l'ordine ricevuto, lasciai al telefono della casermetta il milanese e con l'altro ritornai verso Hum per riparare la linea. Allora nel ritornare verso i luoghi abbandonati, mi accorsi che su dalla valle, nel puro sereno del cielo, si alzava, indifferente e più bella, la cima del Polinik, ai cui piedi il giorno prima si era scatenata la battaglia. Il sole leggero ne rendeva definite le rocce e compatte le boscaglie, altra volta attraversate in groppa al mulo. Quella cima ora divisa da me, insensibile e splendida, mi esasperava come vedessi la mia vita vissuta ormai irraggiungibile più. Avevo sete e scorta una piccola cascata, stavo chino a bere, quando un rumore di passi che scendeva mi allarmò. Presto venne avanti un colonnello goffo e stanco con dietro un gruppo di soldati d'ogni arma e di giovani aspiranti tutti nuovi nella loro divisa. Il colonnello mi chiese dove andavo.

Alla mia risposta disse: "Macché Hum! A Hum non vi sono che due morti in mezzo alla strada e una bicicletta abbandonata, il Comando di divisione preso a cannonate, se ne è andato stanotte. Io comando la retroguardia, dopo di me vi sono gli austriaci che avanzano nel bosco. Sono ferito al ginocchio e avrei bisogno d'un mezzo qualunque, ne ha lei?" Il colonnello parlava tranquillo, sprezzante, e come ubriaco. "Io comandavo il battaglione complementare, dovevo sbarrare il passo tra Plezzo e Plužna, ma arrivai sul posto con un residuo di venti uomini. Me l'hanno tutto, tutto massacrato. Ce l'ha un mezzo qualunque?" Gli davo la mano come a una signora nel discendere verso la casermetta, e non sapevo spiegarmi come potesse essere ferito al ginocchio se non gli scorgevo alcuno strappo alla stoffa. Gli altri, pallidi, ci seguivano senza parlare.

Alla casermetta, la truppa non vi era più. Trovai il mio soldato che rincorreva alcuni muli, liberi al galoppo, discesi in fuga dai monti. Il colonnello gioì, ordinò ai suoi di accerchiarne uno per lui. Subito preso, si accomodò gravemente sulla sella preparata alla meglio e partì. Gli altri gli andarono dietro come attaccati alla sua ombra.

Vicino alla casa, un capitano dei carabinieri a voce forte ordinava alle donne di scappare. Le donne piangevano. "Ve lo dico per l'ultima volta, gli austriaci saranno qui tra poco, state attente che vi è da passarla male. Via! Via!" E più di tutte, seduta sul gradino della porta, una ragazzina, curva la testa sulle ginocchia, gridava disperata nel pianto: "Ioi! Ioi! Ioi!" Il capitano, perduta la pazienza e sferzata l'aria col suo bastone, se ne andò rapido per unirsi al colonnello, già in viaggio per i prati.

Non potevo staccarmi da quel pianto, che pareva un richiamo. E ancora la luce calda sulla facciata della casa che racchiudeva quelle donne belle e sole mi tratteneva col pensiero di potere convivere assieme a loro in quella valle abbandonata dagli uomini. La ragazzina s'era alzata e continuava a piangere, le altre ora entravano, ora uscivano. Ma in alto, dall'apertura della valle avanzò un aeroplano bianco, tremulo e leggero, e tutti c'incantammo a guardare. Ci passò sopra e si confuse col sole, poi una scarica di fucilate rintronò secca e mi rialzò di scatto. Sentivo quelle fucilate come dirette contro di me, l'ordine ricevuto dal capo di stato maggiore e la paura di essere dichiarato disertore mi abolirono ogni voglia di sostare in quel luogo.

Vi era solo la valle verso l'Italia e partii coi miei due soldati e un bel mulo sellato. Prima ventiquattro ore fossero passate dalla mia partenza da Hum, dovevo raggiungere il comando. Pensai di scavalcare una delle montagne a sinistra per giungere sul fianco della divisione in ritirata, ma la possibilità di trovare punti invalicabili nella notte e di sperdermi, mi distolse. La valle che avevamo preso portava fino a Tarcento e poi avrei dovuto tornare indietro e risalire i monti fino alla vecchia linea di confine, dove ritenevo che la divisione si fosse schierata a difesa. Intanto volevo giustificare la mia assenza e ricercavo i più puntigliosi motivi di accusa.

Il mulo carico di due telefoni aveva preso un buon passo e noi dietro, decisi a fare presto, tra la bellezza dei boschi tutti rossi d'autunno, pestando le foglie cadute, estasiando per fuggenti attimi lo sguardo sullo splendore di fiori azzurri, lungo il torrente che correva con noi. Interminabile la valle e deserta. A ogni svolta si sperava vedere schiudersi la pianura, ma invece altre montagne apparivano e la valle e la solitudine. Poche parole ogni tanto, per rianimarci nel dubbio di avere sbagliato la strada e di trovarci nella notte in marcia ancora, soli e sfiniti. Per turno ci si riposava in groppa al mulo, che in caso estremo si calcolava di uccidere e d'arrostire. Presto il sole cominciò a discendere. Eravamo solo noi tre, in mezzo a quelle montagne e a quelle valli deserte, seguiti dalla minaccia della fame che ci abolì la preoccupazione di essere dichiarati disertori. Alla valle boscosa era seguita un'altra, arida, fiancheggiata da alti monti seminati di frane, lunga, di cui non si vedeva la fine. Il sentiero disparve confuso nel largo letto d'un torrente asciutto e sui sassi il camminare divenne torturante.

La luce s'illanguidiva. Il silenzio rendeva enorme il rumore dei sassi smossi dal nostro passo. Ma d'improvviso dalla costa del monte, dov'era un bosco, un suono chiaro ci fermò sorridenti: qualcuno batteva con una scure. Poi lo schianto di un albero e voci di uomini vibranti come parole affettuose. Gridammo e ogni suono si tacque. Chiedemmo dove fossimo e la strada per un paese vicino. Ci fu risposto che eravamo nella valle di Musi e che vicino vi era Tanamea. Subito la scure riprese a battere come prima. Le vaste ombre dei monti ci accerchiavano, ma presto piccole e basse scorgemmo al di là del largo ghiaione le case di Tanamea.

Mandai i due soldati a vedere se si poteva trovare qualcosa e io rimasi col mulo, che si era subito messo a fiutare alcuni ciuffi d'erba.

Seguivo i miei soldati mentre si allontanavano impicciolendo e poi come li vidi ricomparire di ritorno, mi sforzavo a distinguere se portavano qualcosa, ma a un salto che fecero, subito m'accorsi che come erano andati, così ritornavano. Il paese era deserto, vi erano solo quattro baracche di legnaioli, tutti fuori nei boschi. Ma dalla nostra stessa strada parve venisse gente. Si attese, poi si distinse un soldato avanzare accanito, portando sulle spalle un compagno ferito a una gamba, che agitando le braccia lo aizzava ad andare svelto. Volevano sapere dove fosse un ospedale. Ci passarono innanzi senza fermarsi, smaniosi di fuggire e di salvarsi e non ci fu possibile seguirli.

Più innanzi la valle arida si biforcava e scorgemmo poco distante un fumo disteso sopra un mucchio di case, con la chiesa. Ormai ci si sentiva tranquilli. Il sentiero fuori dai ghiaioni riprese facile tra l'erba sul pendio lungo un piccolo torrente che scendeva. Accanto a un fienile trovammo alcuni alpini, uno teneva attorno al collo, come un boa da signora, un paio di galline legate per le zampe e non mi fu difficile comperarne una. Agevolati dal sentiero in discesa, giungemmo al paese quasi di corsa, ma un gruppo di donne ci fermò. Fiere e minacciose con un largo passo che faceva serpeggiare le loro ampie sottane, ci chiesero donde venissimo cupe nello sguardo. Di scatto una si fece avanti mostrandoci il pugno e le altre irruppero a gridarci: "Vigliacchi! lazzeroni! maledetti, per colpa vostra, adesso ci tocca fuggire!" Andavano alle stalle dei pascoli a ritirare il bestiame. Abbassai quel braccio, lo sospinsi e unito agli altri ci facemmo largo aizzando contro di loro il mulo.

"Perché non siete venute anche voialtre a fare la guerra?" gridavano i miei soldati e ci piaceva lottare coi pugni contro quelle spalle che presto cedevano. Le lasciammo e i sassi che ci tirarono non riuscirono a prenderci. Il paese piccolo e tranquillo nelle prime ombre della sera ci accolse col conforto dell'odore di polenta al suono delle campanelle delle vacche condotte alla fontana. Si chiamava Pradielis e il nome non poteva riuscire più dolce alla nostra stanchezza. Trovammo una casa ospitale, la padrona nulla ci chiese, subito si diede da fare per cuocere la gallina. Nell'attesa, seduti su d'un sofà ampio, si osservava come trasognati il fuoco accendersi, la donna spennacchiare la gallina, sventrarla e accomodarla nel tegame.

Mi sentivo consumato e leggero come preso dal vino, avvolto da stordimenti invincibili. Incapace di calcolare le ore di assenza dal comando, mi rispuntava inquietante la paura d'essere dichiarato disertore. Poi, quando la padrona ci disse che era pronto, mi sedetti alla tavola, ma nel mordere la polpa unta, rosolata e insipida, socchiudevo gli occhi e reclinavo il capo nel sonno.

Vinta la stanchezza, mi svegliai fresco e meravigliato di trovarmi in un grande letto tra i miei due soldati che russavano col volto contro al cuscino. Non riuscivo a ricordare come fossi andato a letto. Essi dovevano avermi portato, tolto la giacca e le scarpe. Li destai posando una mano sui loro capelli caldi: "Su, presto, che bisogna raggiungere il comando, altrimenti ci dichiareranno disertori." Mi raggiunsero in cortile, dove stavo sciogliendo la cavezza al mulo. Era ancora notte e le montagne digradavano nere.

Passammo vicino a una casa con tutte le finestre illuminate. Dentro, grandi macchine si muovevano e un operaio puliva con cura le spranghe di ferro a custodia d'una dinamo, poi dava olio a un bilanciere che roteava veloce e silenzioso.

"Tutto è tranquillo qui, troverò il capo di stato maggiore sulle furie, dirà che non ho eseguito i suoi ordini e che sono scappato. Saranno ancora a Hum; quel colonnello, che non era affatto ferito, mi ha ingannato per giustificare la sua diserzione, non dovevo credergli così stupidamente, il mio dovere era di ritornare a Hum a ogni costo, invece sono andato per valli e monti come per una gita. Io non ho trovato gli austriaci che mi impedissero di andare a Hum. Quel colonnello fingeva di essere ferito e tutti quegli sbandati lo seguivano così fedelmente, perché avevano trovato uno col quale andavano bene d'accordo. Sarò deferito al tribunale militare!" Pensavo e affrettavo il passo. All'alba ci trovammo nella pianura rasente alle montagne cosparse di piccoli paesi. "Ancora un giorno di marcia!" e mi riprendeva l'incubo del tribunale militare senza riuscire a giustificare il mio retrocedere per posti tanto lontani.

Al primo paese trovammo alcuni soldati che portavano marmittoni di caffè al loro accantonamento. Voci allegre e chiassose venivano da un cortile dove si lavavano attorno a una fontana. Potemmo avere una tazza di caffè e un soldato ci parlò con un sorriso felice delle generose ragazze del paese. Ci credeva di passaggio e non sapeva della battaglia. Tanta tranquillità mi spinse a sollecitare la marcia. Pensai di presentarmi al comando di tappa del luogo, fingendo di avere notizie urgenti da comunicare al mio comando per avere una motocicletta. Vi trovai un colonnello e gli riferii le mie vicende. Aveva avuto notizie vaghe sulla situazione, si dimostrò subito convinto di quanto gli avevo riferito, ma non aveva a disposizione neanche una bicicletta. Paziente e buono, su una carta appesa alla parete, con piccole bandierine appuntate sui monti ormai perduti, m'indicò coll'indice pallido e gonfio la strada più breve da fare. Avrei dovuto passare per Nimis e poi salire subito per Bergogna. Presto si giunse alle prime case di Nimis e poco innanzi vidi per la strada avanzare una grande folla di soldati e ufficiali mischiati a loro; disarmati, senza equipaggiamento alcuno, imbambolati e sospinti avanzavano e mi sorpassavano. Li osservavo a uno a uno. “Da dove venite?” Nessuno rispondeva. Riconobbi un ufficiale delle batterie di Naradelie. Lo fermai con lietezza, ma mi fece capire che bisognava avere altro contegno. “Ma dove andate?” “Questa è tutta la nostra divisione, tutti i pezzi perduti, abbiamo resistito fino a ieri sera sulla linea Hum-Monte Maggiore, ma cosa vuoi, non si aveva più cartucce, abbiamo combattuto a sassate.”

“E il comando, e il generale?” “Mah! chi li ha visti?” Scorsi alcuni miei soldati, li chiamai; anch'essi erano smarriti.

Nel giardino d'una villa, alcuni generali discutevano arrabbiandosi, andai a vedere se v'era anche il mio generale, azzardai presentarmi e chiederne notizie; uno che in mano teneva una carta topografica mi fece un gesto di andare via e riprese a investire l'altro generale col quale parlava: “No, no, caro amico, no e poi no; si farà un'inchiesta e risulterà lampante che io ho fatto tutto quello che era possibile fare.” Altri due a braccia incrociate attendevano che si calmasse per stringerlo tra le obiezioni che pareva maturassero. Un altro mi guardò meravigliandosi per la mia insistenza, me n'andai mentre scoppiavano tutti assieme chiassosi a gridare: “È inaudito, è inaudito. Non era questo che si doveva fare.”

Sulla strada la truppa passava di continuo, altri miei soldati erano in mezzo e pensai subito di radunarli nel cortile d'una casa. Il padrone stava sbarrando con una trave l'ingresso e arrogante voleva impedirmi di entrare. “Bada di non fare storie,” feci cenno di impugnare la pistola e quegli andò via. I miei soldati aumentavano, trovai anche due sergenti e il furiere con un mulo e altri che portavano telefoni, non per una buona volontà di portarli in salvo, ma perché avendo un telefono potevano essere considerati ancora telefonisti e speravano evitare di essere presi in blocco con la fanteria. Presto il cortile fu pieno, ne raccolsi quasi una trentina, li schierai su due righe e presi tutti i loro nomi. Vi era anche il romano del giorno della battaglia, che fremeva d'impazienza per vedersi trattenuto in quel cortile mentre la massa continuava a sfilare per la strada, fu necessario minacciarlo. Presi uno dei muli, montai in sella, misi i due sergenti in coda alla colonna per sorvegliare che nessuno sfuggisse, diedi ordine di marciare e facendomi largo uscii dal paese tutto invaso di soldati.

Appena fuori trovammo ferma una colonna di autocarri, dentro vi scorsi donne sedute, avide e sodisfatte nel loro sguardo, felici d'una novità insperata. Sulle ginocchia molte tenevano, come un giocattolo, una macchina da cucire. Provenivano da Cividale, la città veniva sgomberata dalla popolazione. Per evitare la polvere, i miei soldati camminavano per i prati e vi portavo il mio mulo, aizzandolo a brevi galoppate. A un piccolo paese deserto di soldati decisi di fermarci.

Pensavo che per tenere insieme quella gente bisognava dare a loro da mangiare e, adocchiata una casa di contadini con un grande cortile, chiamai la padrona e ordinai di tirare il collo a sei galline, metterle in umido con un secchio di patate e preparare una polenta per trenta persone. Una bella carta da cinquanta lire discese dalla mia mano dall'alto della cavalcatura sul petto della donna. Ordinai ai soldati di riposarsi perché la marcia sarebbe stata lunga. Qualcuno non parve contento di questa fermata, la paura gli faceva preferire il camminare a digiuno. Ebbi un buon letto e dormii qualche ora, fino a quando mi venne a destare proprio il romano per avvertirmi che un aeroplano austriaco gettava bombe attorno e come per farmi un piacere mi consigliava di ripartire. Subito gli feci capire che aveva troppo osato di venirmi a disturbare nel sonno, poi gli dimostrai con pazienza che era inutile muoversi perché dovunque si fosse andati ci si sarebbe trovati esposti come in quella casa. La padrona venne a dirmi che era pronto da mangiare, l'aeroplano si era allontanato e scesi. Feci portare alcune secchie di vino e seduti tutti a una grande tavola mangiammo il cibo squisito condito con quel sentimento che le buone donne hanno per il marito adorato. Osservavo lo sguardo dei miei soldati rivolto a me nel chinare il capo sul piatto e mi dimostrava che erano contenti di esserci fermati. I sergenti, che avevano afferrato il segreto del sistema, versavano da bere a tutti con cucchiaioni da minestra e prima di partire vi fu chi si mise la secchia in testa suscitando risate agli altri.

Ripresa la marcia, si giunse la sera a Tricesimo, ma le vie erano così piene di soldati in disordine, erranti e frenetici e attraversate da carriaggi, da autocarri, da grossi cannoni, che decisi di pernottare nella campagna. Un sergente mi raggiunse per dirmi che era riuscito a rubare un carrozzino, vi attaccai l'altro mulo e si ebbe con noi un prezioso mezzo di trasporto. Ci fermammo a una casa di contadini. I soldati si rannicchiarono dappertutto: nel fienile, nella stalla, nella cucina, sulle sedie, sulle panche e per terra.

Saputo che un magazzino della sussistenza, in una villa sulla cima d'un colle vicino, distribuiva ogni cosa, andai col sergente in carrozzino a rifornirci. La luna illuminava la strada in salita e subito apparve la facciata della villa, dove nella sala centrale piena di sacchi, potemmo prelevare tre casse di scatolette di carne e altrettante di galletta. Su dai sacchi accumulati, apparivano sulle pareti affreschi di antichi guerrieri in disputa con donne sorridenti. Fuori nel giardino sentii scendere da un albero, nero contro la luna, un profumo così acuto e dolce da perseguitarmi fino alla casa dei contadini. Non avevo voglia di dormire e, seduto accanto al focolare, tenevo attento lo sguardo ora sui miei soldati dormienti, ora, attraverso un finestrino, fuori sulla strada, dove passavano incessanti autocarri carichi d'alpini. Alcune voci si fecero intendere da fuori. Uscii. Due donne conversavano con un mio soldato. Mi avvicinai: erano due ragazze. Venivano da Udine, la città era stata tutto il giorno bombardata dagli aeroplani. Aperte le porte della loro fabbrica, tutte se n'erano andate. Non erano dominate dalla paura, ma da un estro felice di correre libere, di trovarsi nella notte con la certezza del precipitare delle cose. E degli austriaci dicevano: "Anche se vengono avanti, saranno uomini come voialtri," e ridevano. Pareva un invito. E, presa di scatto quella che mi stava vicina, feci per trascinarla verso l'ombra del cortile, ma si divincolò e frontando il capo contro il mio petto giunse a mordermi dolorosamente il polso della mano che già tenevo dentro al suo corpetto. Allora come per disputarla ai nemici, quasi fossero già avanzati nel fondo buio della strada, le ritornai vicino con l'intenzione di bastonarla e di averla con la forza. La agguantai alla nuca, ella gridò come non avevo immaginato e tornò a sfuggirmi. Il mio soldato si diede a ridere, l'altra la richiamava per andarsene.

Nella cucina i soldati si erano svegliati, le loro facce sconvolte al chiarore dell'alba apparivano nauseanti. "Partiamo, signor tenente," ognuno incontrandomi mi diceva, come se pessimi sogni lo avessero tormentato. Partimmo. La luce già accresceva il bianco della strada molle di polvere. Rasentammo lunghi pendii che finivano lontano sparsi di piccoli villaggi. In groppa al mio mulo guardavo la strada lunga e diritta, abolito ogni pensiero, mi abbandonavo solo al giuoco di constatare il mio avvicinarmi a punti da lontano localizzati su d'un albero o su d'un mucchio di ghiaia. E si giunse alle prime case d'un paese che si chiamava Colloredo di Montalbano. I soldati si accomodarono in una casa con un grande cortile limitato da un muricciolo. Attratto per vedere il panorama, m'appoggiai al muricciolo. Un lungo pendio scendeva verso il piano dove stagnava una leggera nebbia. La strada percorsa era evidente, anche i monti lontani da dove ero disceso il giorno avanti si vedevano attraverso vapori diffusi. Il pendio sottostante era diviso da filari di viti e più giù sparso di frutteti. D'improvviso, pensando che gli austriaci già avanzassero sul piano, ebbi stranamente precisa la certezza di trovarmi nell'imminenza d'una vecchia battaglia del Risorgimento: sentivo di avere vissuto in quell'epoca prima di nascere. Forse aveva influito il nome: Colloredo di Montalbano, vicino di risonanza a Valeggio e a Montebello. Intesi le voci dei soldati che mi cercavano per dirmi che un ufficiale dei carabinieri aveva ordinato di portarci subito al di là del Tagliamento passando per il ponte di Bonzicco.

Dalla sera della battaglia quello era il primo ordine che si riceveva. Altri soldati marciavano assieme a noi. In tutti il giuoco delle gambe aveva la stessa cadenza, come fossimo attesi desideratamente. Sul mezzogiorno, in una casa isolata, qualche contadino ci guardava curioso, ordinai di fermarci per fare un pasto. L'aria era pesante e mi fu possibile avere un buon letto per dormire qualche ora mentre i soldati si arrabattavano con le scatolette di carne. Il mio sonno non durò molto, qualcuno venne a battere alla porta. Era uno dei miei soldati, uno per il quale dimostravo più simpatia che per gli altri. Mandato da loro veniva a dirmi che tutti volevano partire. "Come? Si osa venirmi a svegliare per questo. Sono io che comando. Andate fuori!" gli contraddissi, ma egli non voleva andarsene e gli altri giù nel cortile, sentendo la mia voce attraverso la finestra aperta, si diedero a mormorare oscuramente. Mi affacciai alla finestra e al vedere la massa dei miei soldati eccitata dalla paura provai un estro di arringare: "Conosco il vostro debole e so chi vi riscalda la testa. Voi tremate per la paura di vedere arrivare gli austriaci all'angolo di quella strada e non sapete più pensare serenamente. Mi fate schifo. Gli austriaci sono uomini come noi e per avanzare hanno due gambe come noi e anch'essi faranno i loro riposi. Ma voi volete correre! Vili! Vili! Non voglio più saperne di voi. Andate pure per la vostra strada." Le teste si rialzarono a guardarmi, ma da un gruppo seminascosto partì una voce: "Ci dia i fucili e vedrà se non sappiamo fare il nostro dovere." Era una forma di conciliazione, tuttavia sbattei con furore le imposte e discesi. Montai sul mulo ed essi mi vennero dietro senza parlare.

La strada presto sbucò in un'altra maggiore, dove oltre a soldati in marcia vi erano autocarri, carrette e cannoni che procedevano lenti uno dietro all'altro. A stento si andava avanti e temevo di perdere il contatto col nostro carrozzino carico di rifornimenti. Gli autocarri erano pieni di soldati e di donne, sui cannoni impolverati v'erano soldati di ogni arma e nei carri ufficiali e soldati dormivano assieme. Ogni tanto la colonna si fermava e allora i veicoli più piccoli si sforzavano di passare avanti agli altri per finire con l'incastrarsi ruote contro ruote e precipitare nel fosso. L'aria grave di polvere e di afa pareva volere fermare la nostra marcia, ma qualcosa di più forte ci sospingeva in avanti. Camminare per quella strada era penoso e proposi ai soldati di prendere una stradicciola parallela per dove si sarebbe fatto più presto. Mi seguirono, ma perdemmo il nostro carrozzino. Si attraversò qualche paese, le donne ci guardavano dalle porte e chiedevano a noi se avrebbero dovuto fuggire. Nelle brevi fermate, mentre si ravvivavano nel conversare con noi, una squadra di alcuni miei soldati, piccoli e furbi, penetrava nei cortili e vuotava i pollai. Poi fuori dell'abitato venivano da me e da sotto alla giubba traevano morte galline e conigli che giudicavo assai utili.

Si marciava per due, io in testa e i sergenti in coda per sorvegliare che nessuno sfuggisse. La stradetta finì in un'altra tutta bloccata da un intricato convoglio di cannoni, di cavalli, di carriaggi. Qualche ufficiale a cavallo galoppava i campi laterali verso la testa del convoglio per vedere le cause dell'arresto. La colonna proseguiva per qualche metro, poi subito si fermava. La strada era stretta. Allora entrammo nei prati e si poté proseguire presto. Il romano disse: "Siamo alle Capannelle." Questa sua immagine mi riconciliò con lui, difatti i prati si distendevano ampi come in un ippodromo, percorsi dalle fugaci galoppate degli ufficiali.

Col sopraggiungere della notte incominciò a piovere. Prima sottile, poi a scroscio, insistente e camminammo ancora fino al primo paese di poche case dove nel buio ci si scontrava con soldati che erravano come storditi in cerca di riparo. L'acqua invadeva la strada e i cortili. Trovai una casa occupata solo da un ufficiale medico il quale stava accanto al fuoco a conversare con una giovane donna. Subito l'ufficiale mi disse che non potevo sostare in quella casa perché era riservata a un ospedaletto. Ne rimasi dubbioso. Vi era piuttosto tutta l'apparenza che i due desiderassero rimanere indisturbati. "Va bene, intanto, fino a quando non avrai installato l'ospedaletto, io vi farò riposare i miei soldati," gli dissi e mi accomodai accanto al fuoco per togliermi le scarpe e le calze bagnate e ridotte agli estremi. Dissi alla donna di vendermi un paio delle sue calze, accondiscese senza parlare, ma quando ritornò, nel buttarmi le calze mi disse che facessi scendere i soldati dal granaio, perché lo avrebbero sfondato. Andai a vedere. Il granaio aveva un pavimento solidissimo. Nel rientrare in cucina trovai la donna che parlava con l'ufficiale medico come per prendere accordi contro di me. Allora dissi con sfida: "Mi pare non sia conveniente scherzare con noi che da tre giorni si marcia." "Chi vi ha detto di venire qua!" mi contraddisse la donna puntando i suoi occhi al mio volto e: "Vigliacchi," aggiunse con estro di sputarci addosso. Ma quando mi intese chiamare il mio attendente, perché mi portasse la pistola, la vidi farsi dietro all'ufficiale medico come in cerca di protezione.

Egli mi si fece incontro tutto buono chiedendomi scusa per lei che non sapeva quello che diceva, perché i soldati che da due giorni passavano le avevano rubato ogni cosa. Non volevo intendere e sedendomi accanto al fuoco gli feci gesto che ne sapevo abbastanza. "Sì, sì, caro collega, va' a piantare il tuo ospedaletto altrove. E non vi è bisogno di difendere chi oltraggia i soldati."

Presi la pistola e la deposi sulla sedia a portata di mano mentre tutti e due se n'andarono convinti che non era da insistere.

Il paesetto dove avevamo pernottato si chiamava Fagagna. L'alba era umida, la strada fangosa, ma non pioveva. Il nostro passo si risvegliò sulla strada con un'energia che non ci doveva mancare. Si andava verso Bonzicco per passare il Tagliamento. La strada era deserta, da prima se ne ebbe piacere perché si poteva camminare spediti, poi si finì coll'impressionarci. Nessun soldato, nessun carro per la strada diritta fiancheggiata da acacie, tutta arata dalle ruote dei carriaggi. Nella notte mentre noi si dormiva, tutti se n'erano andati. Si pensava d'avere troppo ritardato, così da essere proprio gli ultimi di tutto l'esercito in ritirata. Non avevamo armi, eravamo in pochi e nell'apparire dietro di noi delle prime pattuglie nemiche non potevamo che arrenderci. Ognuno doveva essere dominato da questo stesso pensiero, ma nessuno osava comunicarlo, il passo dei miei soldati sul fango lamentoso si era fatto agitato, per dare la calma scesi dal mulo e marciai con loro. Indispettito contro quel fango più non sentivo l'acqua entrarmi per le suole consumate. Se volgevo lo sguardo verso i miei soldati, era anche per guardare in fondo alla strada deserta se apparisse qualcuno e al mio insistere, anche qualche altro si voltava a guardare. La luce bieca e la terra disfatta dall'autunno non potevano essere più favorevoli a un episodio di arresa o di sterminio, ma al prossimo paese le donne che portavano il latte dalle stalle a una fabbrica di burro, ci tolsero ogni ansia.

Si seppe che il ponte di Bonzicco era crollato nella notte trascinato dalla piena: per questo nessuno percorreva quella strada. Ci rimaneva allora solo da puntare verso Codroipo per passare il Tagliamento sul ponte della Delizia. Presa una piccola strada, si camminò a lungo nel livido della giornata senza sole, asciandoci abbandonare a un passo dolce. La distanza non era grande, ma assecondati dalla buona strada si percorse di certo una deviazione immensa, perché solo verso sera si arrivò in vista del Tagliamento e ancora distanti una decina di chilometri dal ponte.

Trovammo da poterci riposare in una casa assieme a un gruppo di allievi ufficiali, giovanissimi e distinti. Se ne andavano beati alla ventura. I contadini ci fecero la polenta, avevo il burro comperato al paese attraversato nella mattina e i miei soldati si arrangiarono coi polli rubati. Dormimmo nella stalla e alla mattina, dal mio giaciglio, scorsi gli allievi ufficiali, reclinate le teste leggere nel respiro dell'ultimo sonno. L'alba illuminava, tra la camicia aperta, il loro petto bianchissimo. Le voci allarmate dei miei soldati, dal cortile, li destarono. Si diceva che gli austriaci fossero arrivati con gli autocannoni a Bonzicco. Verso le montagne il cannone sparava lento, pesante e tetro. Il ponte della Delizia non distava molto e ci mettemmo in cammino sicuri che al di là del Tagliamento si sarebbe finalmente terminato di marciare.

Un rumore continuo di motori, di carri, di voci e di passi si sentiva avvicinandoci al ponte. La strada era ingombra. Un cannone, sfasciata una ruota, ostruiva il passaggio. Molti, stanchi di attendere, abbandonavano gli autocarri e proseguivano a piedi: signore con poca roba assieme ai soldati, una fila di soldati ammanettati, con paia di scarpe nuove da borghese appese al collo, qualche ufficiale superiore solo con una valigetta, prigionieri austriaci che se n'andavano liberi. Tutti venivano svelti per passare il ponte. Si temeva di non riuscire e il terreno sul ponte era così consumato che già apparivano le travi. Il ponte vibrava al passaggio. Sotto, l'acqua tumultuava nella piena. Un aeroplano cadde sfracellandosi su d'un ghiaione. Una carretta davanti a noi con una ruota sterzata e immobilizzata proseguiva tuttavia scavando il fango. Il ponte vacillava. Non si credeva resistesse. Un cavallo, stramazzato a terra, più non si rialzava e venne buttato nel torrente. La ruota sterzata resisteva. Ancora pochi metri e poi si sarebbe arrivati sull'altra riva dove si riteneva di trovarci del tutto al sicuro. Il terreno più non vibrava sotto ai nostri piedi. Il ponte era finito.

Come un'altra aria era di là. Qualcuno fermo ci guardava arrivare e sorrideva. I campi vicini erano invasi da soldati che accendevano fuochi. Uno s'era messo a radere barbe all'aperto. Altri tiravano su da un fosso un cavallo morto e già preparavano le baionette per dividerselo. Ritrovammo il nostro carrozzino e subito ci rifornimmo. Gli altri soldati, vedendo la nostra abbondanza, venivano a domandarmi di aggregarsi alla mia compagnia.

Si cercò una casa dove passare la notte e, poco lontano dal ponte, trovammo in fondo a una stradetta una grande casa di contadini. Il cortile era pieno di soldati, altri apparivano nella cucina, alle finestre, nella stalla, al di là della siepe nei campi. Alcune donne molto calme pensavano a procurarci qualunque cosa si chiedesse. Per nulla si preoccupavano alle innumerevoli richieste. Parevano abituate a servire molta gente. Volevamo una grande pentola per cucinarvi galline, conigli, carne delle scatolette e anche un piccolo maiale. Alcuni già si erano disposti a spennacchiare, a spelare, a scuoiare e a tagliare a pezzi. Altri presero un grande carro piatto per usare come tavola e vi portarono le stoviglie e il vino. Il fuoco fu acceso sotto alla pentola. Molti venivano a guardare più che curiosi e allora parve necessario farci tutti vicini alla pentola pronti a difenderla. Specialmente alcuni soldati napoletani insistevano ad annusare l'odore dell'intingolo, ma dai napoletani del mio plotone e specialmente da un sergente che aveva una voce dolcemente modulata vennero consigliati di girare al largo. Al cominciare della sera s'attaccò a cenare, qualcuno disse che non si vedeva, allora si chiese alle donne un paio di candele e si ebbe anche queste.

Dai campi vicini veniva il grande brusio degli accampati, sovente si accendevano risse e scoppiavano bombe lanciate per spaventare i contadini e potere rubare galline, se ancora ve n'erano.

Dopo cena andammo a dormire in un grande fienile vicino alla casa quasi col pensiero che non ci si sarebbe mossi per un bel pezzo. Altri soldati dormivano affondati nel fieno e bisognava stare attenti a non pestarli, qualcuno accendeva un cerino e subito si gridava di non fare fuoco. Altri continuavano ad arrivare, molti a coppia, di armi diverse, neanche compaesani, compagni di viaggio e di ventura incontratisi sulla stessa strada, decisi ad arrangiarsi assieme, presi da inattesa simpatia. Il sergente napoletano era venuto a dormire vicino a me quasi nella stessa buca e mi sarebbe piaciuto andare con lui, così come quelli che sopraggiungevano, preso dall'incanto della sua voce sommersa come in un vago rancore e parlante di più nell'eco che suscitava attorno ai suoi occhi.

All'alba, mentre gli altri si rialzavano per partire, dal cortile gridarono di sloggiare presto, perché si stava per fare saltare il ponte. Si diceva che gli austriaci fossero arrivati sulla riva opposta e avessero iniziato scariche di mitragliatrice. Tutti si precipitarono sulla strada, una colonna d'artiglieria stava ferma senza potere proseguire. Pareva tutti avessero riposato molto bene, gli ufficiali a cavallo andavano su e giù presi dal piacere del sole che li avvolgeva sull'alto delle loro selle. Uno gridò a un soldato: "Torna all'albergo che vi ho dimenticato il frustino nella mia camera."

A stento si riuscì a passare ed eravamo già avanti sulla strada quando dietro a noi s'intese il fragore delle mine che rompevano il ponte. Si arrivò a Pordenone, qualche bandiera smorta pendeva dalle finestre chiuse delle prime case del paese. Come fosse mercato le strade erano affollate di donne che avevano ritrovato tra i soldati i loro mariti o parenti e di soldati che insistevano nei caffè e nelle botteghe a ricercare qualcosa da mangiare. Davanti a un negozio di pizzicagnolo, dove non vi era più niente, un soldato, rotto col calcio del fucile un vetro che copriva un breve strato di pasta messo per mostra, raspava con le mani nere e mangiava quella roba cruda e insecchita dal sole. Altri cercavano in grandi vasi di peperoni, ma nulla riuscivano a pescare nella brodaglia, che poi qualcuno osò bere. Un gruppo di carabinieri armati e furibondi si fece largo tra la folla, trainando un carretto pieno di sacchi di pane. Avevano prelevato questo pane per loro dai magazzini della stazione. Si tenevano pronti alla difesa e mai erano apparsi minacciosi a tale punto. Minacciavano come uomini e come carabinieri. E se la folla li lasciava passare, poi però li inseguiva con urla: "Voi sì, camorristi, avete avuto il pane!" "Venduti, sempre ingrassati!" Anche le donne gridavano e mostravano i pugni, fiere di avere trovato i loro uomini, che presto si portavano a casa per vestirli subito da borghesi. Un soldato della mia compagnia che ci aveva preceduti ed era di quel paese, lo ritrovai vestito così. Era padrone d'un caffè e nella retrobottega ci offerse, a bicchieri da vino, un dolcissimo liquore ricostituente. Tutti ne riempimmo le borracce. Mi assicurava che appena messa a posto la famiglia, ripresa la divisa, ci avrebbe subito raggiunti e mi regalò una bella bottiglia di liquore che infilai nella tasca del cappotto. Per le strade era l'inferno e si continuò a marciare.

Abbandonato il mulo perché ormai ero così allenato che il camminare riusciva un piacere, aprivo il passo alla mia colonna, col cappotto sulle spalle, rasente agli alti platani, che raggiunti uno alla volta nella loro regolare distanza, davano con soddisfazione la misura del cammino percorso. La strada si era fatta più larga e i carriaggi disnodati dall'incaglio si muovevano meno lenti. Ogni tanto, deposti ai grossi tronchi dei platani, si trovavano fucili o qualche mitragliatrice. Si andava rapidi, presi da un vigore mai avuto, che in fine ci rallegrava. Poco dopo volendo dare un sorso alla bottiglia, m'accorsi che mi era sparita. Dietro di me venivano i miei soldati e i più vicini erano proprio i meno simpatici. Non ne sapevano niente e le loro facce assumevano falsi aspetti di rincrescimento. Sospettai me l'avessero presa e allegramente bevuta dietro alle mie spalle mentre tutto mi distraeva il piacere del buon passo. Frugai nei loro tascapani inutilmente, si offesero del mio sospetto con tono così esagerato che mi rendeva maggiormente convinto. Volevano sostenere che l'avevo perduta. Da Pordenone avevano sempre camminato dietro di me. Anche se la bottiglia mi fosse caduta, sarebbe passata sotto ai loro occhi. Mi riprendeva la nausea per questa gente: "Siete una massa di lazzeroni, a nulla serve affaticarsi per voi. Ingrati e villani: arrangiatevi da soli." E passato dall'altra parte della strada, camminai solo come tanti altri ufficiali. Ma, nell'attraversare un piccolo paese disabitato, sentii dietro di me una voce nota: "Signor tenente, venga qui vicino che vi è una casa senza padroni, e se lei vuole, vi è anche un bel letto per dormire." Era il sergente napoletano.

"Non stia arrabbiato con noi, signor tenente, io le posso giurare che nessuno di noi le ha rubato la bottiglia." Era proprio l'intermediario che ci voleva e a lui credevo veramente.

La casa era poco lontana dalla strada. Una piccola casa, quasi un villino. I soldati stavano tutti intenti a frugare nei cassetti e nelle dispense. Sulla tavola vi erano piatti e bicchieri sporchi come se i padroni prima di partire avessero mangiato. Un piccolo tinello con cartoline illustrate e fotografie alle pareti e fiori di carta nei vasi. Di sopra, due stanze da letto, una matrimoniale e l'altra con un lettino, gli armadi erano aperti con poca roba dentro. I soldati frugavano e ridevano. In una dispensa avevano trovato del lardo e, presa una pentola, si erano messi a cuocere due grossi conigli. Ma questi conigli non potevano bastare per tutti. Scatolette di carne, non ne avevamo più. Qualcuno venne a dirmi: "Come si fa, signor tenente?" Ma io alzai le spalle. Pertanto attratto dal letto matrimoniale, andai a prenderne possesso. E come al solito, ogni volta che riposavo, pareva si divertissero a trovare un pretesto per venirmi a disturbare. Uno venne a svegliarmi: "Signor tenente, se lei ci firma un buono possiamo avere un bue, che si ammazza per cena." Era uno dei famosi ladri di polli, dalla faccia rossa e schiacciata e rideva come per dirmi: "Vede, sono capace anche di questo." Il risveglio non mi riuscì sgradito. "Un bue non lo puoi nascondere sotto alla giacca, benissimo, ti occorre quindi un buono, eccotelo." E, fiero di contribuire a un atto di così alta potenza, scrissi: “Buono di requisizione d’un bue,” con firma, grado e specificazione del reparto, tutto scritto in forma ampia e violenta.

Poco dopo attraverso le finestre aperte intesi uno schiamazzo, conducevano il bue e si apprestavano ad ammazzarlo. Era già oscuro, per tutti i campi ardevano i falò degli accampamenti improvvisati, al barlume d’una lampada, messa su una finestra di sotto, biancheggiava la massa del bue. Contrastavano sul modo di finirlo, chi voleva sgozzarlo, chi percuoterlo al capo con una mazza. “Con la mazza, se l’avete,” intervenni a gridare. “Sì, l’abbiamo.” “E allora giù!” Fu il romano pauroso che si assunse l’incarico, alzò le braccia e picchiò, una, due volte sulla testa del bue che stramazzò agitando le zampe. La figura agile del teppista milanese si precipitò con un pugnale che aveva e curvo, facendo forza col peso del suo corpo, rimase fermo ad affondarlo. Poi disse: “Non arrivo al cuore, datemi una baionetta.” Qualcuno gliela offerse. Pregustavo l’idea d’un bel pezzo di carne fresca e l’operazione dello scuoiamento, dello sventrare e dello squartare fu così piacevole che non seppi trattenermi dall’ordinare: “Per me un pezzo di coscia.” Più voci mi risposero dal basso: “Lasci fare a noi, signor tenente, vedrà che cena da grande albergo.” Tardi nella notte vennero a togliermi dal sonno che mi aveva ripreso annunciandomi che era pronto. E il grosso blocco di carne che mi venne messo innanzi, era facile al morso e delizioso di gusto, e la mancanza di pane parve favorevole a meglio godere del sapore.

Il giorno dopo si giunse a Sacile sulla sera. Sotto ai lunghi portici della piazza i soldati dormivano a mucchi, le case ne erano piene e solo dopo molte ricerche mi fu possibile accomodare i miei soldati negli anditi della casa di una signora a cui tenni questo discorso: "Forse, signora, lei dovrà abbandonare la sua casa tra giorni, perché qui non si sa più dove si vada a finire. E allora, se lei avrà da passare per Treviso, cerchi della mia e chieda che le sia ceduto il mio letto, ma lei per questa notte mi dia almeno una sedia." Ebbi un materasso, lo distesi per terra e potei chiamarmi fortunato.

Il giorno dopo proseguimmo il cammino. Oltrepassato un torrentello mi accorsi che i contadini non parlavano più friulano. Ci si avvicinava al mio paese e promettevo ai miei soldati la più grande ospitalità nella mia casa. A sera si giunse a San Vendemiano. E presa una stradicciola trovammo d'accomodarci presso una famiglia: "Ma a un patto, signor tenente," disse la donna, "che lei mi garantisca che i suoi soldati non mi toccheranno un piccolo maiale: sapesse quanto mi è costato allevarlo!" Ordinai a un soldato di montare di guardia al porcile con la baionetta inastata. La donna ne fu felice e mise a nostra disposizione stanze e cucina. Sulla tavola venivano deposti per la cena pezzi di carne d'ogni specie: di bue, di gallina, di coniglio e anche di maiale. La donna guardava e pareva pensasse di essere caduta in mani di ladri. Qualcuno le disse spavaldo: "Non pensi male di noi, signora, è tutta roba che abbiamo comperato da contadini che stavano per abbandonarla nella fuga." La cena fu suntuosissima. Un intingolo di bue, di gallina, di coniglio e di maiale con buona polenta fresca preparata dalla donna. Poi qualcuno disse: "Bisogna dare la razione anche a quello che è di guardia," e uno andò a chiamarlo. Il soldato venne e rimase con noi il tempo per prendere la sua parte, poi di ritorno al porcile, lo sentimmo gridare. Accorsi a vedere: il maiale era stato rubato. La donna piangeva e smaniava, ella mi ripeteva tutte le cure avute per allevarlo e le spese. Questo furto mi indispettiva. Presi con me il sergente napoletano e attraversando le siepi penetrammo in tutti i campi vicini dove soldati accendevano fuochi. Uno ci disse di avere visto alcuni artiglieri armati di pistole che giravano minacciosi, ma non fu possibile imbatterci in questa squadra. A ogni fuoco acceso, si sospettava trovarvi il maiale infilzato pronto ad arrostirsi, ma vi erano solo volti e mani illuminati dalla fiamma. Ritornammo alla casa, ma il piacere della cena era rovinato del tutto, la donna era in lamenti, non si volle quietare neanche a un mio dono di denaro e alla promessa che il mattino dopo sarei andato a Conegliano a denunciare il furto.

I soldati andarono a dormire sul granaio e sul fienile, io ebbi una bella stanza con un grande letto. Il sergente napoletano mi accompagnò, si cercava di calmare la donna coll'indagare le circostanze del furto: "Si vede che essi stavano in agguato dietro alla siepe, appena hanno visto la nostra sentinella allontanarsi devono avere gettato un sacco sul maiale. Ma non lo si è sentito neanche strillare. E allora probabilmente devono averlo tramortito con una pietra." La donna piangeva e io avevo sonno: "Non disperate, domattina andrò io a Conegliano dal comandante della piazza a mettere a posto le cose." Il letto era meraviglioso e il sergente mi guardava. "E tu hai trovato da dormire?" "No, signor tenente." "Sei molto stanco?" "Lo può credere." Allora lo invitai ad accomodarsi vicino a me, la donna ci guardava, stretto il suo volto in un fazzoletto nero che la rendeva ancora più triste, ci augurò la buona notte. Il sonno ci prese col piacere dei materassi in cui s'affondava. Non so dopo quanto tempo, ci svegliammo contemporaneamente.

Egli sospirava. “A che pensi?” gli chiesi. “A niente, signor tenente,” e la sua voce nel buio era roca, deformata dal sonno. “Cosa farai quando ritornerai a Napoli?” “Bisogna che prima vi ritorni, signor tenente.” Il sonno ci riprese poi ci destammo al rumore di passi dietro alla porta. Entrò la donna con una candela seguita da un maresciallo dei carabinieri. Volevano facessi una deposizione sul furto. E allora, rimanendo sempre supino, mi divertii a dettare meticoloso come sapevo sarebbe piaciuto al maresciallo: “... Misi una sentinella di guardia al suddetto maiale, ma nel frattempo che questa venne a prendersi il rancio...” La stanchezza mi chiudeva gli occhi e il maresciallo appoggiato a un mobile, con grande compiacenza, scriveva, rischiarato dalla luce.

Il mattino dopo, seguito dal sergente, raggiunsi i soldati che mi aspettavano sullo spiazzo abbagliante del giuoco delle bocce d’un’osteria vicina. Come uno sgradevole saluto, subito mi dissero che era arrivato il nostro comandante di compagnia. Si trovava nell’osteria a ricercare sigarette. Non lo rivedevo dal giorno prima della battaglia. Il suo aspetto era riposato come se la ritirata l’avesse fatta molto più comodo di me.

Difatti aveva viaggiato in autocarro col generale. Gli feci la consegna dei trenta uomini che avevo tenuto riuniti, dei due muli, di dieci telefoni e del carrozzino e questo parve fargli piacere, ma non mi disse neanche grazie. Il comando era a Vittorio Veneto e bisognava raggiungerlo subito.

Quando ero nella zona di Gorizia, in una notte calda col colera già diffuso nel nostro accantonamento sognai o pensai, non so, d’avere fatto ritorno a piedi alla mia città natale. Dopo una lunga marcia, ansioso di rivedere la mia casa, mi ero trovato alle porte della città chiuse e sbarrate da soldati armati che non mi lasciavano entrare. Attesi tutta una notte e solo all'alba venne aperto, ma invece di trovare parenti e amici felici di rivedermi, quelli erano assenti e questi, irritati contro di me, non mi volevano guardare in faccia. Il sogno o la fantasia si realizzò dopo la battaglia di Caporetto. Arrivato a piedi a Treviso, davanti alla porta di San Tommaso trovai un drappello di cavalleria, che impediva di entrare a tutti quelli che provenivano dal fronte. Non mi fu difficile scavalcare le mura in un punto che conoscevo e subito corsi a casa. Suonai più volte, tutte le imposte erano chiuse, i miei erano partiti. La maggiore parte degli abitanti era stata allontanata. Alla stazione l'ultimo convoglio era stato quello dei pazzi. Le strade erano deserte, i negozi chiusi. Qualche borghese passava frettoloso e spaurito. In piazza trovai un mio amico, inabile a fare il soldato, sgomento, come appena uscito dal sonno, che camminava a braccio di una ragazza che conoscevo. Al mio saluto cordiale mi risposero ostili: "Perché siete scappati dal fronte?" "Le cause sono state molte..." Ma non mi lasciarono continuare, mi volsero le spalle adirati e irriconoscibili.

Volevo per quella notte dormire assolutamente a casa mia, scavalcai i muretti di certi orti, arrivai nel mio giardino e scardinata un'imposta entrai in casa. L'aria era chiusa e tutto era in ordine nelle stanze abbandonate. In cucina, la tavola con la tovaglia e alcuni piatti sporchi indicarono che mio padre e mia madre avevano mangiato prima di partire. Toccai le bucce d'una mela come qualcosa di loro. Le stanze mi parevano piccole dopo tanta strada all'aria aperta. Da per tutto nelle credenze vi erano grandi provviste di viveri: grossi pezzi di formaggio, pasta, frutta, zucchero, caffè, olio. Prevedendo una carestia mia madre s'era provveduta di ogni necessario. Ritornai fuori, nel vicino albergo aveva preso alloggio il comando della nostra divisione e pensai di mettere a casa mia quello della mia compagnia. Il mio comandante, il tenente napoletano, accettò volentieri.

Nell'albergo trovai alcuni borghesi che conoscevo i quali mi assicurarono che la mia famiglia era partita il giorno prima per Firenze. Pranzai in compagnia di costoro, si parlò poco, ma dopo la frutta uno che sapevo molto ricco e non si capiva perché, giovane e forte, non fosse sotto alle armi, mi chiese le cause della nostra ritirata. Mi stava seduto di fronte. "I gas asfissianti hanno annientato tutta la prima linea." "Eppure i francesi hanno resistito a questi gas," egli mi interruppe con freddezza. L'ira mi accaniva: "I francesi? Perché non è venuto lei a provare se si poteva resistere?"

Già la mensa della divisione funzionava e alla sera cenai con gli altri ufficiali. Il generale era molto triste e nessuno parlava. Avevamo vini buonissimi ma non vi era la certezza di poterci fermare. Qualcuno diceva che ci si sarebbe ritirati al di là del Po. Dopo cena, passai a rivedere il caffè attiguo, vecchio ritrovo della austera borghesia della mia città e trovai attendenti e portaordini che vi avevano fatto la loro camerata. Dormivano sui divani di velluto rosso e, appena entrai, alcuni mi vennero incontro offrendomi da bere liquori squisiti che avevano trovato nella cantina.

Un tenente dei carabinieri della divisione m'invitò a fare una passeggiata per la città per vedere se vi era gente che circolasse, contrariamente alle disposizioni di tenersi in casa dopo il tramonto. Venne anche il mio comandante di compagnia. Le strade oscure e deserte mi diedero un piacevole orgasmo. Sentivo il nuovo e ne godevo. Dalla parte del Piave nel silenzio si distingueva netto lo sparo delle mitragliatrici.

Il tenente dei carabinieri mi disse che nella mattinata, all'ippodromo, erano stati fucilati alcuni soldati che avevano saccheggiato le case abbandonate. Rasentammo un corso d'acqua e poi passammo sotto a bassi portici. D'un tratto da una casa all'angolo d'uno stretto vicolo, sentimmo provenire voci e il vibrare di bicchieri nell'atto di toccarsi per un brindisi. Poi si tacquero e allora cominciò la musica lenta e leggera. La luce trapelava dalle imposte. Erano voci allegre di donne, bussammo alla porta. Una vecchia ci aprì e subito ci lasciò entrare. In una piccola stanza vi erano due donne e un ufficiale. Le donne erano della città e le conoscevo e l'ufficiale pure. Sulla tavola vi erano bottiglie e un organetto che suonava da solo. Una di queste donne si chiamava Tea, aveva una voce grossa, ma sempre con una cadenza infantile. Appena ci vide da sotto a un cuscino tirò fuori una pistola grandissima di vecchio stampo e la puntò contro di noi: "Se mi volete arrestare, badate bene che mi difendo," disse in dialetto e faceva ridere. Invitai tutti a cena a casa mia per la sera dopo e la vecchia s'incaricò di farci da cuoca.

Nella mia casa, oltre ai viveri trovai anche molte bottiglie. Due cameriere di un mio zio, fuggito coi miei genitori, erano arrivate da Firenze per salvare qualcosa. Le ospitai nella mia casa, così nella sera si ebbe una donna per ognuno. Si prepararono due piccole tavole riservate nascoste con paraventi e con comodi divani per mangiare distesi. Ci servivano i nostri attendenti e la vecchia sudava attorno al fuoco togliendo dalla cucina tutta la tristezza che vi avevo trovato al mio arrivo. Dal sottoscala feci portare ceste di bottiglie e, non avendo pazienza di sturarle col levatappi, si faceva saltare il collo a colpi di baionetta. Il vino spumava fino a chiazzare le pareti del tinello e le bottiglie vuote le gettavamo dalla finestra sui tetti delle case vicine. Le camere erano a completa disposizione dei miei colleghi e tutta la casa si trasformò in un albergo di infimo ordine. Gli attendenti bevevano e mangiavano ridendo con la vecchia. Portai Tea nella camera dove avevo dormito da ragazzo. Ella teneva denari riposti nelle calze e prima d'addormentarsi si divertì a raccontarmi i suoi più lontani ricordi d'infanzia, tra i quali quello della voluttà che provava nell'andare in bicicletta. Quasi ogni sera si continuò a banchettare in casa mia.

Il comando teneva due autocarri pronti nella piazzetta attigua all'albergo, perché si attendeva sempre di ricevere ordine di partire. Dal fronte le notizie erano incerte. Un giorno alcuni colpi di cannone arrivarono sul sobborgo della città e le cameriere di mio zio scapparono a Firenze. In casa mia vi erano oggetti di un certo valore, preoccupato che gli austriaci potessero avanzare cercai di nasconderli il meglio possibile. Col mio attendente e con quello del mio comandante di compagnia si cominciò a imballare le stoviglie e stivarle in grandi casse. Dopo le stoviglie si nascose le pentole di rame e biancheria. Tutto feci trasportare in una camera un poco recondita della casa. Materassi, coperte, quadri e specchi accumulai e accatastai in questa camera, poi chiusa la porta vi posi contro un armadio, ma l'attendente del mio comandante mi disse non avrebbe servito a nascondere la porta perché si vedeva che era un mobile fuori posto. Allora, decisi di fare murare la porta. I due attendenti lavorarono tutta una giornata, nella notte diedero la malta e il giorno dopo appena asciutta vi passarono sopra la calce. Si vedeva il segno della porta, ma pensavo che gli austriaci nella smania frettolosa di un saccheggio non si sarebbero accorti.

Felice di avere messo in salvo quella roba, preso dal sentimento di non rivedere forse più la mia città, andai a camminare per le strade deserte inebriandomi a guardare l'aspetto strano di tutte le case con le imposte chiuse in pieno giorno. Ma ogni tanto dall'ultimo piano di qualche palazzo mi toccava intendere il pispiglio d'un richiamo e scorgere tra le imposte socchiuse una testa di donna e una mano che invitava a salire. Lungo al fiume gli alberi avevano assunto nelle ultime foglie un colore intenso che illuminava la bruma. La mia città deserta appariva a momenti d'una bellezza che mai avrei potuto immaginare. Dove le strade svoltavano in direzione del Piave subito si sentiva portato dall'aria più libera il fragore secco e continuo delle mitragliatrici. Fuori delle mura trovai un gruppo di prigionieri austriaci arrivati dalla linea, scortati da alcuni soldati a cavallo. Sostarono davanti a un'osteria e vennero rinchiusi nella sala da ballo, dove si andava con gli amici a festeggiare l'ultimo giorno di scuola.

Una sera, mentre eravamo a mensa, arrivò la notizia che le nostre truppe si erano consolidate sul Piave. Nella conca di Alano erano stati vittoriosamente respinti tutti gli attacchi sferrati dal nemico che voleva scendere nella pianura. Dopo più d'un mese, erano le prime buone notizie, il generale volle venisse portato lo spumante e brindammo alla vittoria. Andai col mio comandante a prendere la Tea e la sua amica e le portammo a casa per strade secondarie, nascondendole sotto ai nostri mantelli. La mattina dopo trovai il mio comandante col suo attendente indaffarati a preparare i bagagli perché si doveva partire. Anch'io feci i miei e, chiusa la casa, alla sera partimmo con tutta la divisione per Bassano.

1918

Per alcuni giorni si rimase in un paesetto poco fuori di Bassano. Noi ufficiali ebbimo un villino e i soldati dormivano nelle case dei contadini. Una mattina entrai nella stanza del mio comandante per informarlo su certi lavori eseguiti e lo trovai che stava facendosi radere la barba dal suo attendente. Parlavano in napoletano tra loro, a momenti egli lo sgridava con esagerazione come per farmi vedere che per quanto fossero dello stesso paese non gli risparmiava i rimproveri. Osservando il tavolino davanti lo specchio, mi accorsi di qualche cosa che mi pareva d'avere già visto in altro luogo, ma per di più mi dava un'impressione gradita di tempi lontani. Era uno spruzzetto per profumi che apparteneva a mia madre, la spazzola per i capelli era pure di casa mia e perfino la scatola di celluloide per la cipria.

"Queste cose sono mie," dissi. L'altro con tutta indifferenza rispose: "È stato questo fesso di Michele che le ha prese per sbaglio." Ma non aveva finito che scorsi sul suo letto una coperta di lana rossa a righe nere, una famosa coperta che mi era stata particolarmente cara in tutto il periodo della mia adolescenza e la tolsi con violenza: "Anche questa è stata portata via per sbaglio?" Con la faccia mezza insaponata, il mio comandante mi guardava cercando di fare l'innocente. "Che vuoi ne sappia io, è stato lui che l'ha messa sul mio letto," e indicava l'attendente, il quale con doppio sguardo negli occhi a me dimostrava stupore e al suo compaesano l'intesa di attribuire pure a lui tutta la colpa. Scattai invelenito: "Io ti ho ospitato in casa mia e tu ti sei comportato così?" L'attendente replicò sostenendo che la coperta gli era stata regalata da un soldato d'artiglieria francese, che i soldati dell'artiglieria francese avevano coperte di quella specie, che io mi ingannavo. "Ma non sapete che io la posso riconoscere all'odore? Vi ho dormito sotto per anni." "Ma no, signor tenente, voi vi ingannate," mi diceva con accento napoletano e l'odio cresceva: "Mi metterò a rapporto col generale e vi farò andare sotto processo." E uscii furente portandomi via ogni cosa. Nella mia camera fremevo di rabbia: "Ecco dove sono i nemici," mi dicevo. "Altro che gli austriaci." La guerra mi pareva stupida e ridicola. Poi, guardando quegli oggetti che attorno a loro portavano l'aria delle stanze di casa mia, mi calmai. Il rosso della coperta attraeva beatamente il mio sguardo. A guardarla mi sentivo come indietro nel tempo: ragazzo e altrove. Era un piacere avere quelle cose di casa mia, in attesa di salire sul Grappa. Le avrei portate con me sempre. Fu bussato alla porta, era il mio comandante che aveva finito di radersi. Veniva a chiedermi scusa per il suo attendente. "Per una coperta tu lo farai condannare, lo manderanno in trincea, pensa che ha moglie e figli. Datti pace e lascia fare a me, per darti soddisfazione, gli darò io quattro stangate che gli faranno passare la voglia di non rispettare la roba altrui." Si faceva untuoso e mi ridestava il dispetto. Non volevo mi guastasse il piacere che la presenza di quelle cose già avevano cominciato a darmi e, perché se ne andasse al più presto, gli dissi reciso: “Non te ne incaricare, gli ho già perdonato.” Capì che non vi era bisogno d'insistere più, ma nell'atto di aprire la porta, volle dirmi: “Appena si aprono le licenze, se vuoi mandare il tuo attendente, non hai che da dirmelo...”

“Grazie, ma non ho alcuna ragione di premiarlo,” gli replicai e allora disparve del tutto, dopo avermi mostrato nel volto sbalordito la chiara espressione di un profondo timore.

La nostra divisione si stabilì sulla sinistra del Grappa, verso la vallata del Brenta, sulla linea di Col Moschin e dell'Asolone. Il comando era a ridosso di una cima spoglia, si abitava in baracche, si dormiva nei sacchi a pelo, vi era la neve, ma di giorno un bel sole ci riscaldava. La guerra si era rallentata con l'inverno, vi erano solo azioni di pattuglie e duelli di artiglieria. Un giorno il generale Bencivenga, che comandava la brigata che teneva l'Asolone, mi mandò a chiamare per urgenti lavori.

Nella baracca del comando, il generale stava con un colonnello, che aveva la sua truppa in linea e gli diceva: “Prima dell'azione è importante fare prigionieri, è positivo che scarseggiano di viveri, per attrarli si potrebbe dalla nostra trincea mostrare belle pagnotte infilzate alle baionette, provi, provi.” Poi avvicinatosi a una carta topografica appesa alla parete, proseguì: “Vede questa valletta che porta alla cima, di qui: niente, ne succederebbe un macello, invece bisogna tentare a sinistra, sorpassare d'un balzo il crinale e subito ci si trova di là, questa è la via, sono stato vicino a studiarla, fa voglia di avanzare. Il punto è defilato ai tiri delle medie artiglierie. Fa voglia di avanzare.” Il colonnello alto e bonario taceva, mentre l'altro grifagno voleva suggestionarlo con le sue parole, appena questi si accorse di me che lo guardavo avidamente chiese seccato al suo aiutante chi fossi. Mi disse con violenza di aspettare di fuori il colonnello che mi avrebbe dato gli ordini. Venne poco dopo, era pensieroso e contrariato, fu molto gentile con me, volle sapere di dove ero, risposi che potevo vedere il mio paese di lassù, trasse un sospiro, camminava lento, mentre ci s'avvicinava alla linea. A un certo punto mi mostrò un costone del monte: "Vede," mi disse, "quel dorso, la linea è sotto, gli austriaci sono al di là, io vorrei avere la comunicazione coi miei reparti anche durante l'azione, come si deve fare?" Gli spiegai non era possibile che una linea telefonica potesse rimanere intatta durante tutta l'azione e solo gli eliografi avrebbero potuto assicurare la stabilità delle comunicazioni. "E se non vi sarà il sole?" mi chiese fermandosi con un sorriso pesante. Gli spiegai che avrebbero funzionato ugualmente ad acetilene. Sorrise ancora e mi disse: "Sì, è vero, se sapesse quanti pensieri ho per la testa, ma allora è inutile che lei venga fino lassù, mi mandi gli eliografi." Ci salutammo mentre sul costone nel livido della sera si accendevano gli scoppi di alcune granate.

"Sembra che lo abbiano già saputo, altro che mostrare le pagnotte," mi disse ancora e proseguì solo sorridendo con tristezza.

Pochi giorni dopo si fece il combattimento, venne sorpassato il costone, ma quando i nostri furono dall'altra parte il tiro delle artiglierie fu così intenso che dovettero ritornare donde erano partiti. Vidi scendere alcuni prigionieri, un ufficiale era in testa e aveva magnifici gambali gialli.

Il generale, al telefono, aveva dato personalmente notizie dell'azione al comando dell'Armata che era in una bella villa giù vicino a Bassano. Poi volle parlare anche con un giornalista. Ero al centralino e lo intesi dire: "Scriva, scriva come le ho detto io e non dimentichi di dire che sono stati i fanti dalle mostrine rosse e nere. In quanto alla sua proposta per la medaglia, è già passata, presto le verrà la notizia. Mi raccomando non dimentichi le mostrine rosse e nere." Il sole fortissimo della montagna nei punti più riparati aveva disciolto la neve e subito dopo ne erano fiorite le primule, avevo portato una di queste pianticelle nella mia baracca ed era un piacere vederla. La stufa riscaldava la baracca con le pareti foderate di coperte, non vi era molto da fare, passavo lunghe ore a leggere rintanato nel mio sacco a pelo. Già l'inverno stava per andarsene ed era venuta una burrasca di neve accompagnata da un vento impetuoso: si sentiva essere l'ultima e quel vento come un preludio di quelli primaverili. Col cannocchiale spiavo la pianura che già verdeggiava, chi aveva avuto l'occasione di scendere diceva che sugli alberi vi erano le prime foglie e a vedere le donne ricurve sui campi a lavorare era da perdere la testa. Un altro giorno mi arrivò un fonogramma con l'ordine di andare al comando dell'altra brigata, perché il generale Garibaldi voleva parlarmi. Aspettai la notte per muovermi, perché, tra le cime spoglie del Grappa, solo col buio era possibile fare qualsiasi movimento.

Le baracche del comando di brigata erano a ridosso di una cima e dissi a un piantone di avvertire l'ufficiale di servizio che ero arrivato. Attesi in una di quelle stanzette destinate a ufficio in guerra, dove, con un certo fastidio, predominavano le coperte da campo, distese alle pareti, sui tavoli e perfino messe come cuscino sulle sedie, poi la porta si aprì. Entrò un generale a capo scoperto, con una larga sciarpa di lana verde, attorno al collo, in una mano teneva un orologio da tavolo e tendendomi l'altra mi disse con evocazione: "Garibaldi." In posizione di saluto, strinsi la sua mano pronunciando il mio grado e il mio nome. Lo guardai nel volto allungato e rasato; gli occhi cerulei, leggermente biondo nei capelli assai ravviati per scoprire la fronte alta.

Capii subito che quel nipote ultimo di Giuseppe Garibaldi, teneva assai a quella fronte, che era forse il più vivo punto in comune. Ma anche la larga sciarpa di lana verde, attorno al collo, gli stava come un frammento del mantello abituale dell'avo. Un generale di eccezione come questi non mi dava molta tranquillità. Difatti mi disse che avrei dovuto ispezionare subito tutta la sua zona fino alla prima linea, per stabilirgli in modo sicuro le comunicazioni telefoniche. A un Garibaldi non potevo contraddire che la prima linea non era di mia competenza, arrivando il mio servizio fino ai comandi di reggimento, dovetti invece rispondere che stava bene, ma gli chiesi che mi facesse accompagnare da qualcuno. Chiamò un maggiore e gli diede ordine di accompagnarmi in linea con una motocarrozzella a tre ruote. Mi porse ancora la mano e con l'altra depose l'orologio sulla tavola guardando l'ora.

Fuori la notte era limpidamente stellata: una stupenda notte di montagna ai primi freddi. Il maggiore mi attendeva colla carrozzella di cui prese il comando. Anche questo era eccezionale, sia che un maggiore facesse da motociclista a me, tenente, sia che si andasse in prima linea con quel mezzo che faceva un grande fracasso che veniva riecheggiato tra le cime. Alla prima fermata mi accorsi che anche quel maggiore non aveva alcuna voglia di farsi mitragliare nella notte e disse che era prudente, per un tratto, proseguire spingendo a mano la carrozzella. A una svolta ci mettemmo a fumare seduti dietro ad alcune rocce. Vedevo le cime delle montagne attorno nereggiare sotto al cielo scintillante di stelle. Vicino vi era una grande buca piena d'acqua, di quelle dove il bestiame al tempo dei pascoli andava ad abbeverarsi e rispecchiava il cielo stellato. Mi ricordai di una notte quando da ragazzo ero andato con alcuni compagni di scuola tra quegli stessi monti e avevo visto le stelle specchiarsi nitide così. Dissi, come parlando a me stesso, quello che mi era passato nel ricordo, anche il maggiore ricordò di avere visto da ragazzo quei monti, da Venezia, dov'era andato per i bagni. Si riviveva insieme, pure in silenzio, nel ricordo di quei tempi lontani. Infine egli trovò perfettamente inutile si andasse in prima linea come voleva il generale Garibaldi: nella notte non vi sarebbe stato nulla da vedere e, rivoltata la carrozzella, ritornammo felicemente indietro, come ragazzi fuggiti di scuola.

Un prurito cominciò a tormentarmi per tutto il corpo. Il mio comandante doveva andare in licenza, prima che partisse chiamai l'ufficiale medico, napoletano come lui, e questi dopo avermi visitato disse: "È una cosa da niente, una scabbietta." Pochi giorni dopo i carabinieri avevano fermato un soldato che vagava per i monti e non sapeva dare spiegazioni tanto era inebetito. Portato al comando si erano accorti che era pieno di pidocchi, venne spogliato e deposto ignudo su di un telo da tenda, mentre accanto sulla neve si bruciavano i suoi indumenti. Il corpo pallido ed estenuato era tutto striato di piaghe dove formicolavano i pidocchi. Si stava tutti attorno a guardare quell'essere mezzo svenuto che solo il tormento delle piaghe sembrava tenere in vita. Sentivo il mio prurito farsi incessante, rientrai nella mia baracca e spogliatomi credevo me pure ricoperto di piaghe. Nel mio sacco a pelo avevo covato una scabbia che si era diffusa per tutto il corpo. Ritornai dal medico, volevo subito mi curasse, mi diede qualcosa per ungermi. Stava perplesso coi suoi occhi da furbo, capivo che sarebbe stato suo dovere mandarmi subito all'ospedale, invece d'accordo con l'altro che voleva partire in licenza e non essendovi alcuno che potesse sostituirmi, continuava a dire che era cosa da nulla. Così dovetti aspettare che il comandante ritornasse dalla sua Napoli. Ritornò una settimana dopo con la valigia colma di belle arance e solo allora potei discendere dal Grappa per entrare in un ospedale vicino a Castelfranco. Fui assegnato al reparto degli scabbiosi, condividevo una stanza con altri due ufficiali, due piccole finestre si aprivano quasi sul livello della strada e la stanza era sotterranea, come una cantina, così per guardare fuori bisognava salire su di una sedia.

Un giorno si intese un canto accompagnato dal rullo dei tamburi, un canto che non avevo mai sentito, salii su di una sedia e vidi sulla strada i soldati francesi nelle loro divise violette che avanzavano cantando:

Un grenadier qui retourne de Fiandre...

I tamburi rullavano allegramente, ritornavano quei soldati in Francia, perché era incominciata la battaglia di Verdun.

La nostra divisione, appena scesa dal Grappa, ebbe ordine di trasferirsi verso il Piave, a Riese, un paesetto poco distante dalla mia città natale. Avevano mandato alla mia compagnia altri ufficiali. Il tenente napoletano che la comandava era stato sostituito con un capitano siciliano, che da borghese faceva il professore e ci considerava un poco tutti, ufficiali e soldati, come suoi scolari. Eravamo infatti tutti giovani della stessa età, mentre a lui imbiancavano i capelli a contrasto col bruno della sua pelle meridionale e col nero dei suoi occhi.

Per evitare un'altra ritirata la pianura attorno era stata tagliata da profondi camminamenti e da trincee che lasciavano vedere il bel colore rossastro della terra. I soldati oppressi dal caldo stavano negli accantonamenti distesi nelle brande o con le giubbe sbottonate giravano pei campi in cerca di qualche corso d'acqua per bagnarsi. Il rigoglio della mia terra e il panorama dei monti, noto fino dall'infanzia, riportandomi alla vita di un tempo, mi davano l'estro di potere fare quello che volevo. Non mi occupavo dei miei soldati, rimanevo a letto fino a mezzogiorno, vedevo il capitano soltanto a mensa, nel tinello ceduto dalla famiglia che ci ospitava. Seccato di trovarmi con gli altri ufficiali, mangiavo cupamente la solita pasta asciutta e la solita carne con certa tristissima insalata. Da ultimo comparivano in tavola meravigliose arance e prima di sbucciare la mia mi divertivo a farla girare tra il pollice e il medio figurandomi fosse la terra da cui per un attimo mi avveniva di sentirmi come al di fuori. Finito l'obbligo del pasto in comune, me ne andavo a camminare per i campi.

Attraversato il paese, rasentavo il cimitero ed entravo nella campagna dove un leggero vento insisteva nella caldura. Camminando mi spogliavo e arrivavo ignudo a un terreno arso e selvaggio dove tra pochi alberi stagnava una breve pozza di acqua piena di fermenti e di erbe. Tra un albero e l'altro le libellule volavano rapide e sicure per scendere a riposarsi sull'erbe galleggianti. Dietro all'acqua grassa e giallastra scorgevo altri insetti muoversi lenti sul fondo e scomparire nella melma. Rimanevo come trasognato, fino a quando l'aria diventava fresca e veniva ad avvertirmi che il sole era vicino a scendere dietro ai monti. A cena il capitano pareva più annoiato di me e a momenti si vedeva incerto tra il trattarmi con severità o il fare alleanza con la mia musoneria. La cena finiva presto, prendevo allora una bicicletta e me ne andavo per strade secondarie di campagna.

Una sera m'incontrai con un contadino intento a buttare ghiaia che, guardatomi fisso, disse il mio nome e, scagliato via il badile, venne a stringermi la mano. Era un contadino di Onigo di Piave, che dipendeva dal vecchio amico della mia famiglia. Da lui seppi che questi era morto sotto alle macerie della sua villa, perché non aveva voluto fuggire, credendo che la guerra fosse ancora come quelle del 1848. Tutte le loro case erano state distrutte, tutti i raccolti erano perduti e i suoi figli, i miei compagni di giuochi erano soldati e stavano bene. Abitava con le donne in una località vicina e per vivere doveva fare lo stradino. Andai a trovare la sua famiglia ed entrando nel cortile le donne mi vennero incontro facendomi grandi feste come quando arrivavo a Onigo con mia madre per le vacanze di Pasqua o d'autunno e i ragazzi della mia età mi chiedevano con impazienza di giuocare alla guerra sul Piave. Ora non ritrovavo che i vecchi e le donne. I miei compagni erano o alpini o granatieri e le sorelle mi mostrarono le loro fotografie ma solo dagli occhi avrei potuto riconoscerli: tutto il loro corpo era cresciuto con rapida violenza tramutandoli in altri.

Un giorno il capitano mi mandò a chiamare. Ordinò al furiere di uscire e con tutta segretezza mi comunicò che era prevista imminente una grande offensiva nemica. Noi ci si trovava a Riese appunto per essere pronti ad accorrere di rincalzo verso Bassano, se fossero riusciti a scendere per la valle del Brenta, o verso il Piave, se avessero invaso la zona tra Pederobba e il Montello. Dovevamo preparare subito le comunicazioni. Per la testa di ponte di Bassano già tutto era stato eseguito da altro reparto, per l'altra zona dovevamo provvedere noi. Ai soldati non bisognava dire nulla. La sua fiducia in me mi lusingava, ma più ero animato dal pensiero che quella terra che mi era cara fino da bambino dovesse rischiare d'essere perduta. I lavori vennero eseguiti in pochi giorni perché m'ero scelto una buona squadra e con l'autocarro si andava rapidi da una parte all'altra.

Una mattina presto, venni risvegliato dal telefono che tenevo accanto al letto. Era il telefonista romano che con voce preoccupatissima mi avvertiva che da un'ora era incominciata l'offensiva austriaca. Rimasi a guardare le finestre aperte nel buio e intesi il rombo delle artiglierie continuo, sommerso e reso lontano dall'aria pesante. Tutta la divisione ebbe ordine di tenersi pronta per partire. Il capitano col cappello sugli occhi e le mani in tasca stava infastidito e non poteva dominare certi scatti di malcontento verso gli altri ufficiali che non si curavano di preparare il proprio plotone per il meglio. Qualcuno s'accorgeva solo allora che i propri soldati mancavano di maschere contro i gas.

Nel pomeriggio, mentre si stava in un cortile in attesa di partire, egli mi trasse in disparte e, su di una carta topografica, tracciato con l'unghia un segno tra Ciano e Volpago mi disse: "Questo pezzo del Montello se lo sono già preso, caro mio, presto si prenderanno anche la tua Treviso..." Lo sgomento che provai per un attimo finì coll'esaltarmi. Ero pronto a fare quanto m'avesse ordinato, smaniavo di partire. La vita toccava ancora limiti estremi e decisivi. Già le due brigate di fanteria della nostra divisione erano in marcia verso il Montello e due plotoni della nostra compagnia erano partiti con quelle. Il capitano partì alla sera col comando della divisione. Io avrei seguito il reggimento d'artiglieria da campagna. Questo reggimento si schierò sulla strada e vegliai coi miei soldati sotto al portico d'una casa di contadini cercando di imprimermi bene il temperamento di ciascuno. A momenti, nel parlare con loro mi abbandonavo a un'affabilità che meritavano: molti avevano lavorato con me alla battaglia di Caporetto, ma d'improvviso tra di noi s'interponeva il pensiero del combattimento prossimo, della facoltà che avevo di comandare a loro e dell'obbligo che essi avevano di ubbidire e allora succedevano pause di silenzio un poco torvo. Però mi ricordavo d'essere stato soldato e, pure di sentirli affiatati con me, non avrei desistito dall'eseguire assieme a loro l'ordine che io stesso avrei dato.

Partimmo all'alba e nell'autocarro feci caricare pane, scatolette di carne e due barili di vino. Nessuno degli altri ufficiali si era preoccupato di prendere questi rifornimenti e mi accorsi che i miei soldati mi guardavano con sicurezza. Era domenica e avvicinandosi al Montello si scorgeva dappertutto una grande calma. La campagna era umida e rigogliosa. Dal campanile di Caerano sparava una mitragliatrice contro un aeroplano, ma dalla chiesa le donne che erano andate a messa prima, uscivano tranquille col velo nero in testa, a gruppetti, prese per braccio. A Montebelluna nell'attraversare la piazza deserta vedemmo un soldato in bicicletta con la maschera per il gas al volto. Uno disse allarmato che dovevano avere sparato a gas; stavo seduto davanti con il conducente e a queste parole subito mi rivolsi per minacciare con lo sguardo, in quel momento intesi il fragore d'alcuni scoppi vicini. Tiravano sulla stazione. Alcune case attorno erano già state colpite. I soldati tutti rannicchiati gli uni addosso agli altri, si tenevano riparati dietro alla fiancata dell'autocarro.

"Avanti!" dissi al conducente che mi pareva indeciso.

"Non sentite che sono colpi in partenza?" "Partono dalla stazione di Conegliano e arrivano a quella di Montebelluna senza un minuto di ritardo..." soggiunse la voce calma di uno dei miei vecchi soldati e mi volsi a sorridergli. In quello un colpo arrivò sulla stazione spazzando via il tetto. La macchina corse per la strada in discesa tra ville abbandonate coi giardini pieni di fiori. Poi percorremmo un viale folto di alberi, ogni tanto qualcuno sradicato ostruiva il passaggio con tutto il suo fogliame. La strada era battuta ma ombrosa, fresca e piena di verde straordinario. Sul Montello vicino, si vedevano formarsi piccole nuvole di proiettili che esplodevano e s'intendeva lo scoppio secco subito diffuso dei sibili delle pallottole, come se nel bosco vi si facesse una partita di caccia. Imboccammo una stradetta e presto arrivammo ai piedi del Montello presso la strada quindici, dove avrei trovato il capitano. Poco distante, nascosti in mezzo ai campi, vi erano cannoni che sparavano. Da sotto a un albero sentivo dare ordini per telefono e subito dopo i colpi partivano. Feci scendere i soldati, erano sbalorditi e mi diedi a risvegliarli con parole animose e allegre, ne scelsi cinque e con questi proseguii a piedi verso una casa dove era il comando.

Ero felice. Una felicità tutta generata da sensazioni suscitate in coincidenze incredibili: estate, domenica, sul Montello. Di estate, di domenica, quando ero ragazzo, coi miei compagni di scuola e col professore di storia naturale si andava sul Montello per fare una gita istruttiva. Si partiva da Treviso col primo treno e si arrivava in quel luogo a quella stessa ora. Con quello stesso passo, a gruppi, si saliva su per le stradette di terra rossastra tra il folto delle acacie, avidi di campagna dopo tanti mesi di scuola e di città, pronti a correre su per le rive affannando il respiro, mentre il professore ci richiamava per osservare le doline o per parlarci della vipera del Montello. Mi sentivo come allora e i miei soldati mi parevano i miei compagni di scuola. Correvo inebriato e i soldati che non ne comprendevano la ragione si facevano ombrosi sospettando volessi impegnarli in lavori pazzeschi.

In una grande casa colonica trovai il comando di divisione. La nostra divisione si era sovrapposta ai residui di un'altra che era stata mezza distrutta sulla linea del Piave. In una grande stanza alcuni ufficiali di stato maggiore parlavano tra loro, guardando le carte topografiche appese alle pareti. Per un corridoio, ogni tanto, passava o un portaordini rosso in volto e svelto nel passo o un cameriere in giubba bianca che portava piatti di frittata. D'improvviso quegli ufficiali si animarono parlando tutti assieme a voce alta. Avevano saputo che pattuglie austriache riuscite a penetrare al di qua della linea, vestite con la nostra divisa e nascoste nei campi, sparavano sui nostri soldati isolati. Un ufficiale s'affacciò alla finestra e fece chiamare il capitano che comandava lo squadrone di cavalleria della divisione. Sulla strada passavano alcune batterie da campagna, gli artiglieri armati e con le maschere per i gas al volto, le scortavano a piedi.

Le batterie discendevano dalla linea, forse per prendere migliore posizione altrove, ma per qualche momento ebbi intensa e tetra l'impressione che si ritirassero. Vedevo in quei soldati di cui non potevo scorgere il volto mascherato tutta una espressione di fierezza data dalle spalle e dalla testa tenute diritte. Invece poi mi accorsi che tale espressione era determinata dal loro passo sul terreno in discesa, per essere obbligati a fare da freno col peso del corpo e trattenere i pezzi che minacciavano di andare sulle gambe dei cavalli. Da dietro alla casa colonica sbucarono alcune pattuglie di cavalleria che subito si slanciarono per direzioni opposte entrando nei campi di frumento.

Ritrovai il mio capitano pallido e stanco che usciva da una specie di rifugio sotterraneo. Mi prese sottobraccio, mi portò a sedere sull'erba e m'informò che nel comando regnava la più grande confusione. Una delle brigate era in marcia e non sapevano dove fosse. I reparti della nostra divisione si trovavano frammischiati a quelli d'un'altra. Aveva una fame che non ne poteva più, allora tolsi dal mio tascapane una scatoletta di carne, uova, pane e vino e divisi con lui. Poi mi accompagnò nel rifugio dov'era l'ufficio telefonico. Qualche candela accesa sotto alla volta terrosa dava al luogo un'apparenza di presepio. Un capitano di stato maggiore spiegava a un altro il piano dell'azione imminente: "Ora tu comprendi benissimo che il generale Bencivenga facendo perno a Colesel di Val dell'Acqua ha tutto buon giuoco di svolgere la sua brigata come un ventaglio, così da ributtare infallibilmente il nemico al Piave." E, tenendo fermo il pollice su di una carta topografica, girava la mano dischiudendo le dita a raggiera.

"Aggiungi che abbiamo notizie positive che il nemico manca assolutamente di viveri e di munizioni e solo nella notte potrebbe essere rifornito." "Ma allora che cosa si aspetta per attaccare?" chiese l'altro con animosità. "Si aspetta che le batterie abbiano preso posizione." La sua calma e chiarezza di voce erano così perfette da fare pensare recitasse a memoria. Un telefonista lo avvertì che era richiesto al telefono e allora riprese a parlare con la voce ancora più chiara e più calma.

Ritornammo all'aperto. Sulla strada, seduto al volante di una piccola automobile, in atto di partire era un maggiore della divisione che mi conosceva e, appena mi vide, mi disse: "Appunto lei che è di questi paesi, venga con me che ho bisogno di una guida." Mi posi al suo fianco e partimmo. Discesi dal Montello, prendemmo la strada alberata di Volpago, ma dovemmo rallentare, perché vi era un reggimento di cavalleria. I soldati scesi di sella tenevano per le briglie i cavalli che s'impazientivano. Il maggiore mi disse che quel reggimento si teneva pronto per caricare se il nemico fosse entrato nella pianura. Attraversammo Volpago, qualche casa era crollata, ma altre erano ancora abitate dai contadini. In un cortile un pezzo d'artiglieria da campagna sparava piazzato dietro un muricciolo. Saltava indietro a ogni colpo ed era tutto un continuo sparare. Attorno i ragazzi si divertivano a guardare, tra le grida dei comandi, i soldati caricavano e sparavano ridendo come eseguissero un giuoco. Ci portammo su d'una strada che costeggiava il Montello, un reggimento di fanteria andava a prendere posizione in linea. Erano tutti soldati giovani e vestiti quasi con eleganza, camminavano con passo svelto e leggero. Non portavano lo zaino e inebriava vederli marciare così disinvolti per andare in trincea. Alcune donne lavavano i panni a un canale, lungo la strada, senza badare ai soldati che rivolgevano inviti allegri. La linea non doveva essere molto distante. I contadini lavoravano nei campi non per coraggio, ma per una sorda convinzione di avere nulla in comune coi soldati e con la battaglia. Tuttavia questo serviva a dare una grande sicurezza ai soldati.

Vicino alla chiesa di Giavera, ci si fermò a una casa dov'era il comando d'una delle brigate della divisione. Il cortile era pieno di soldati con biciclette, un capitano congestionato e senza cappello ordinava gridando a un soldato di partire subito e di fare presto. Il generale Bencivenga se ne stava in una stanzetta vicino alla cucina. Rosso in volto e fermo negli occhi, seduto a un tavolo pareva tenesse i suoi ufficiali sotto a una costante minaccia di mandarli in prima linea. Tutti stavano occupati a fare qualcosa: scrivere, inchiodare una carta topografica alla parete, dare ordini, e ognuno con tale cura come per dimostrare di essere i soli capaci. Nella cucina accanto al fuoco due soldati preparavano lo zabaione per il generale e disputavano tra loro sul modo di farlo. Intervenne il capitano che era nel cortile, si fece cedere il frullino, si affaccendò egli stesso per fare levare bene la spuma e appena pronto lo portò al generale. L'ufficiale della mia compagnia addetto a quella brigata mi indicò la chiesa vicina dietro alla quale era la prima linea e mi fece vedere sul muro della casa i segni della fucileria. Non mangiava da ventiquattro ore, non sapeva dove fossero i suoi soldati e non poteva spiegarsi perché dovesse stare lì senza fare niente. Il maggiore, risalito in automobile, con un cenno della testa m'invitò a seguirlo. Il mio collega mi guardava con invidia.

Passammo vicino alla chiesa, ma invece di ritornare per dove eravamo venuti, tirò diritto su per una strada che saliva sul Montello. L'automobile leggera correva veloce anche in salita. La strada era sgombera di soldati e si andava benissimo. Le acacie erano alte da una parte e dall'altra. Ogni tanto si vedeva il terreno sprofondarsi in avvallamenti boscosi. L'aria era piacevole, tiepida e a volte fresca, sotto alle frondi. Ci fermammo per togliere dalla strada un'acacia abbattuta che ostruiva il passaggio. Il fogliame era leggero come piume. Un grande silenzio era attorno. Pareva di essere in una zona abbandonata. Si riprendeva la corsa, si correva deliziosamente per salite e discese. A una svolta dovemmo ancora fermarci perché un grosso albero sradicato attraversava la strada. Al di là v'era gente. Scendemmo, distesi per terra come per riposarsi tutto lungo alla siepe, stavano soldati di fanteria, uno accanto all'altro col fucile tra le mani. Ci guardavano come seccati. Un ufficiale venne a pregarci sottovoce di fermare il motore, perché entro cinque minuti doveva incominciare l'attacco. Era la nostra prima linea. Voltammo la macchina a braccia. Il maggiore salì lesto, fece un cenno affettuoso di saluto e approfittando della discesa partimmo a motore spento. Già dietro di noi sentivamo le fucilate crepitare in più parti e le granate passavano sibilando senza si potesse intendere dove andavano a scoppiare. Il maggiore sorrideva allungando il mento.

In breve ritornammo vicino alla chiesa di Giavera. Un'autoblindo stava ferma sul crocicchio con le mitragliatrici puntate in direzione della chiesa, ma dalla strada gruppetti di soldati scendevano di corsa verso noi. Mi accorsi che un angolo della casa del comando di brigata era stato completamente abbattuto. Il generale seguito da alcuni ufficiali veniva verso l'autoblindo e quando fu a pochi passi, agitando un grosso bastone da montagna, gridò: "Sparate lì, sparate lì, per dio! non vedete quei vigliacchi che scappano?"

Egli stesso si fece a loro incontro, con aria quasi distratta, senza parlare, ma d'improvviso alzato il bastone che aveva tenuto nascosto dietro alle schiena prese a batterli sulle spalle e sull'elmetto e poi maneggiandolo come una spada cercava di colpirli al collo come per tagliare a loro la testa. Alcuni si lasciavano colpire, altri sviavano di traverso per risalire verso la strada. Gli ufficiali assecondavano il generale, gridando aspramente: "Ritornate al vostro posto!" e se qualcuno capitava vicino lo prendevano a pedate. Il maggiore sorrise ancora e mise a tutta velocità la macchina per la strada che si era fatta piana. Voleva trovare una sede per il comando di divisione, ma aveva sbagliato strada.

Il mio capitano si era messo a posto a Volpago coi soldati. Il comando si sistemò in un villino poco distante. Verso sera si ebbe notizia che la nostra azione non era riuscita. Nell'avanzare le truppe si erano sperdute nel terreno difficile, fitto di boschi e tutto valloncelli. Nella notte verso Nervesa fu un continuo accendersi di razzi bianchi e le ragazze dalle finestre guardavano e dicevano che a Nervesa vi era la sagra.

Il giorno dopo, il colonnello d'artiglieria della divisione, un piemontese espansivo dopo avermi indicato sulla carta la posizione dei due gruppi di batterie divisionali, mi ordinò di stabilire subito le comunicazioni telefoniche. Il lavoro venne eseguito molto presto, ma, appena un'ora dopo, tutti e due i gruppi si spostarono e dovemmo ritornare a prolungare le linee. Subito individuate dagli osservatori nemici le batterie dovevano saltare avanti e indietro come cavallette. Tutta la notte e tutto il giorno dopo, con la mia squadra fummo in continuo lavoro. Infine mi accorsi che questi gruppi si spostavano non più in là della strada nove, né più in qua della quattordici (strade che tagliano parallele il Montello) e allora pensai di stendere una linea per ogni strada raccordandole tutte a una principale lungo la strada pedemontana fino al comando. In questo modo a ogni spostamento i gruppi trovavano la comunicazione subito pronta. I due maggiori d'artiglieria non sapevano spiegarsi tanta mia sveltezza e se ne dimostravano contentissimi, ma più contenti erano i miei soldati che vedevano risparmiata molta fatica. Alla sera si mangiava tutti assieme al capitano, distesi su di un prato e, incominciando a imbrunire, qualche soldato cantava come per farci piacere. Ancora il colonnello d'artiglieria parlandomi mezzo in piemontese, mi disse che da due giorni non riusciva ad avere notizie di una batteria da montagna e posandomi una mano sulla spalla soggiunse: "Lei che sa fare le cose così presto, veda se può stabilirmi la comunicazione." Mi diede indicazioni approssimative e dovevo cercarla da me. Il lavoro mi lusingava, partii in autocarro con la mia squadra, nel salire il Montello i proiettili scoppiavano alti sopra di noi, vibrando come campane e si sentivano le pallottole affondare nelle siepi. Prima di arrivare alla strada militare che segue scoperta tutto il dorso del Montello, ordinai di fermare. Feci nascondere l'autocarro dietro agli alberi e dissi ai soldati di tenersi riparati in un fosso, poi preso con me un caporale andai alla ricerca della batteria. Sul crocicchio vi era un cimitero militare con poche tombe, di dove si vedeva il Piave verso Vidor e tutte le colline di Valdobbiadene, dov'erano annidate le batterie che sparavano sulla nostra zona. Le strade erano tutte crivellate di colpi, il luogo era deserto, pieno di sole, esposto a tutti gli osservatori nemici: lo attraversai con ebbrezza.

Dopo avere girato da una parte all'altra in fine scorgemmo sul ciglione d'una grande dolina, alcuni soldati accovacciati per terra. Gridai chiedendo se sapevano dove fosse la batteria che si cercava. Dopo poco una voce rispose: "Qui."

Scendemmo allora nel fondo della dolina e risalimmo verso il ciglione. Ci chiesero che cosa si volesse. Un ufficiale senza muoversi dalla sua tana mi disse che non aveva alcun bisogno della comunicazione telefonica. "Del resto," soggiunse, "questo è un posticino così delicato che non credo sia possibile resistere a lungo." Una granata sibilò rasente alle nostre teste e andò a scoppiare sulla strada che avevamo percorso poco prima. I soldati avevano gli occhi come ingranditi dallo sforzo di guardare intorno senza muovere il capo. Il fumo si diradava dalla siepe.

"Sono tre giorni che ci battono, ma vanno sempre a scoppiare sulla strada," mi disse l'ufficiale. "Devi dire piuttosto al comando, che ci hanno individuato come una mosca nel latte e sarebbe ora ci spostassero." Un'altra granata sibilò e cadde nel fondo della dolina, ma non scoppiò perché il terreno era umido. Un'altra seguì subito dopo e scoppiò sulla strada. Uno disse: "Minchia, come sono arrabbiati." Dalle colline al di là del Piave ci dovevano vedere a occhio nudo.

Segnai sulla carta la posizione della batteria e, visto che nulla era da fare, salutai quegli artiglieri e discesi giù di corsa per il pendio. Attraversato il fondo della dolina, subito mi diressi per salire verso un punto della strada che non era stato ancora battuto. Il caporale mi seguiva da vicino e appena posammo il piede sul ciglio della strada, un sibilo c'investì e ci trovammo buttati per terra. Vedevo davanti a me una breve franatura di terra rossastra dove la granata era penetrata e attendevo lo scoppio, ma quella terra era talmente grassa da impedirlo. Il caporale mi aveva preso per mano e con grande dolcezza mi pregava di andare via. Ai primi passi sentivo la gioia di essere ancora in vita. Gli artiglieri ci gridavano infastiditi. Arrivammo al crocicchio e con stupore non vi si trovò più il piccolo cimitero, allora pensai d'avere sbagliato strada, non si poteva insistere e presi la prima che scendeva. Il caporale era tutto felice, gentile e semplice di parole. Avevo sete, ancora non si ritrovava il nostro autocarro e cominciammo a chiamare.

Dal fondo d'una valletta qualcuno ci rispose. Vi erano alcuni cavalli legati agli alberi e da sotto a uno strapiombo del terreno saliva un fumo, un soldato preparava il rancio per la batteria e alla nostra richiesta di un poco d'acqua volle invece insistere perché prendessimo un brodo appena tolto dal fuoco. Tagliò alcune fette di pane nelle zuppiere di ferro e vi versò il brodo, ma era bollente e il caldo si trasmetteva alla zuppiera così da non poterla reggere con le mani. Intanto vicino incominciarono ad arrivare certi colpi che affondando tra le acacie avvolgevano di fumo le frondi. I cavalli imbizzarriti ruppero le cavezze e se ne scapparono al galoppo roteando nel fondo della valletta come fossero in un maneggio. Pareva che quella zuppa aumentasse sempre più di calore. Il tiro continuava irritante. Ci si sentiva in una trappola. Rinunziai alla zuppa e salutato il cuciniere ritornammo sulla strada. Un autocarro saliva per una strada parallela, attraversammo alcuni campi e fu raggiunto: era il nostro. Ai primi spari se ne erano andati e ora ritornavano a cercarci. "Se non siamo morti stavolta non moriremo più," disse a loro il caporale, asciugandosi il sudore del volto.

Nel ritornare, la facile corsa della macchina in discesa, il ventilare dell'aria, tutto riposava e inebriava. Appena arrivati giù dal Montello, visto un albero pieno di ciliege, dissi a un soldato di salirvi sopra. Si stava mangiando le frutta che questi ci buttava dall'alto, quando da dietro a un filare di viti si presentò un contadino imbronciato, che ci chiese perché si prendesse quella roba che non era nostra. "Ma non sapete che noi siamo stati fino adesso sotto alle granate per difendere i vostri campi," gli gridai con bile. "Per i miei campi sono qui io a difenderli," rispose e veniva voglia di bastonarlo, ma, prese alcune monete, gliele scagliai contro e ce ne andammo.

Vi fu un giorno di sosta. Un giorno di bel sole, caldo di giugno, sui campi pieni di frumento maturo e sulle siepi traboccanti di foglie. Assieme a un altro ufficiale, intontiti da quest'aria di mattina estiva, si andò con la bicicletta per le piccole strade cantando felici. Ci fermammo a una villa coperta di rose ed entrammo per prenderne. La custodiva un ragazzo biondo, carnoso, rosso in volto, pareva egli stesso una rosa e indossava un vestito da soldato inglese con tutta la baionetta dorata e lucente, estatico come la terra e quel sole. Ci lasciò entrare, nel tinello vi era un pianoforte e il mio compagno incominciò a suonare stornelli, si cantava e dalla finestra aperta veniva il profumo delle rose, quando nel giardino sentimmo voci di soldati. Erano gli attendenti di alcuni ufficiali che si trovavano in linea e affannati e sudanti ci dissero non avevano potuto portare a loro da mangiare, perché era incominciato un bombardamento intensissimo sulla strada, segno sicuro che i combattimenti erano stati ripresi. Deposero sul pianoforte i tegami che contenevano bellissimi asparagi e uova sode, fu facile accordarsi e ci mettemmo a tavola come fossimo i padroni della villa, serviti dal ragazzo biondo.

Il cannone si sentiva invero intenso e vicino, e accese le sigarette si ripartì in volata. Salimmo in una casa abbastanza alta per vedere dove cadevano i colpi, la casa era abbandonata col granaio pieno di bozzoli, ma non si riusciva a vedere bene. Allora si salì sul campanile di una chiesa vicina e col cannocchiale del mio compagno dopo avere guardato il dorsale del Montello mi rivolsi verso la pianura e lontano vidi le torri e le cupole delle chiese della mia città, nel pieno sole. Laggiù era la mia casa e il cannone continuava a rombare come un tuono, senza si potesse capire se dalla nostra parte o dalla loro.

Nel cimitero accanto alla chiesa alcuni soldati scavavano buche e quando scendemmo ci dissero che non erano per i morti in combattimento, ma per altri che dovevano essere fucilati per avere abbandonato la linea. Riprese le biciclette si corse subito alla nostra compagnia dove il capitano era seccato, perché aveva bisogno di noi e non sapeva dove fossimo andati a finire.

La mia barba era cresciuta in quei giorni e non vi era modo di farmela. Il nemico pareva paralizzato nelle sue posizioni. Stormi di nostri aeroplani erano tutto un continuo bombardare i ponti di barche sul Piave. Una notte cadde abbondante la pioggia e le acque s'ingrossarono. Passarono per Volpago prigionieri e le donne uscivano dalle case perché volevano vedere come erano fatti.

Da sei giorni durava la battaglia quando arrivò di rinforzo un intero Corpo d'armata. I reggimenti giunsero in autocarro e le artiglierie pure e subito incominciarono l'attacco. Notizie sicure davano il nemico ridotto agli estremi e, se ogni tanto attaccava, lo faceva per mascherare la sua debolezza. Le batterie della nostra divisione si erano portate quasi tutte in prima linea e non volevano saperne di comunicazioni. Alla sera del sesto giorno si era avanzato su tutta la zona. L'attacco continuò il giorno dopo, vennero impiegati anche i battaglioni del genio, il nemico si difendeva con nidi di mitragliatrici che venivano distrutti con concentramenti d'artiglieria.

Nel pomeriggio me ne stavo in attesa di ordini sulla porta del villino dov'era il comando di divisione e, impaziente di muovermi, guardavo passare i barconi del genio pontieri, quando arrivò in automobile il colonnello di stato maggiore e, come se avesse trovato l'uomo che gli occorreva, mi fece salire sulla sua macchina, perché andassi subito al comando del Corpo d'armata venuto di rinforzo, per portare le ultime notizie della nostra divisione.

Il comando era vicino alla strada otto, intanato in un valloncello, per il sentiero scendevano portaordini dal passo svelto. Il comando stava in una baracca sotto a un grande velario, sostenuto da pali, verde e rossiccio come la terra circostante, per nascondere dall'alto l'assembramento di gente che vi era. Ufficiali, soldati, erano tutto un andare e venire e altri soldati, forse attendenti, forse portaordini, stavano fermi e leggermente estatici. Di una bellezza ed eleganza che obbligavano a fermarsi per guardarli. E subito davano un incoraggiamento e un entusiasmo straordinari con la loro floridezza immobile, in mezzo all'affaccendarsi irrequieto degli altri, convincevano di essere esemplari di altre grandi riserve di uomini pronte ad arrivare in caso di bisogno.

Sulla porta della baracca riconobbi il generale Bonali della mia stessa città e amico di mio padre. Comandava l'artiglieria di quel Corpo d'armata. Alto nella figura e rosso nel volto sporgente, stava arrabbiandosi con un capitano perché non aveva preso posizione con la sua batteria. Mi riconobbe subito e mi diede un'occhiata d'intesa. Appena finì, mi feci avanti e abbreviando il saluto, subito gli comunicai le notizie della mia divisione. "Due batterie riprese, duecento e cinquanta prigionieri, le strade sette e sei completamente occupate, fino alla strada militare." Il generale tratteneva la gioia nei suoi occhi e parlando in dialetto pareva pensasse alla nostra città vicina. Si volse verso l'interno della baracca e si diede a gridare agli ufficiali presenti le notizie che avevo portato. Esultava e pareva subito volesse imprimere la sua allegrezza in ogni ordine che dava ad altri ufficiali che sopraggiungevano.

Il nemico cedeva su tutta la linea e nella notte ripassò il Piave. Al mattino mi trovai con la mia compagnia nelle zone riconquistate per portare le comunicazioni in avanti. Il tempo era umido, grandi nubi di esplosioni gravavano sul Piave che si vedeva vicino. Pattuglie di fanteria si irradiavano per tutte le parti con l'ordine di prendere posizione sul Piave. Piccole pattuglie comandate da un sergente o da un aspirante e qualche volta da un caporale asciutto e intrepido. Decisi, stretti, col fucile in pugno, pestando con forza il terreno come volessero assicurarsi della sua consistenza, marciavano mirando diritti, tra le frondi delle acacie pregne d'acqua abbassate sulle stradette sconquassate e disseminate d'armi.

Ogni tanto si trovavano morti gonfi e anneriti con la divisa dei nostri soldati, ma deformati come appartenenti a un'altra razza. Si lavorava di corsa attraverso il terreno sbranato, quando un galoppo ci raggiunse, due venivano a cavallo diritti e quasi ambiziosi. Era il colonnello di artiglieria della mia divisione, col suo berretto in parte e schiacciato, acconcio alla maniera del vecchio esercito italiano, lo seguiva un maresciallo maggiore. Appena mi vide mi salutò con la mano: "Cerea!" e disse il mio nome. Cercava di trattenere il sorriso stringendo la bocca, si vedeva che era sodisfatto. Ma quel saluto in piemontese, i cavalli sul campo di battaglia, la giornata umida e il cannone che oramai batteva lontano sugli austriaci che si ritiravano, m'ingannarono nella sensazione del tempo. Noi si riconquistava il Veneto coi piemontesi, come al tempo del mio vecchio zio che avevo lasciato a Firenze, ciò mi affermava nella vita, e senza frenare le lagrime ripresi a correre coi miei soldati per raggiungere il Piave.

Dopo la battaglia del Montello la mia divisione era ritornata sul Grappa dove si stava come a riposo.

Finito il mio turno di linea, scesi a Crespano dove la compagnia teneva i carriaggi. Mangiavo alla mensa degli ufficiali bombardieri. Il direttore della mensa, cordiale e allegro come fosse stato il padrone d'una trattoria, vi portava tutti gli ufficiali di passaggio, così certe volte a una tavola preparata per sette si finiva col trovarci in una quindicina. I piatti e le posate non bastavano e toccava mangiare in due allo stesso piatto. Si gridava, si discuteva, ci si tirava dietro il pane e le ossa della frutta e poi si giuocava a carte mangiandoci mezzo stipendio.

Avevo solo una ventina d'uomini da comandare, dovevo mandare i viveri per quelli ch'erano in linea, su coi muli e nient'altro. L'autunno si avvicinava e tutta quella zona vicina ai monti, coperta di alti castagni si faceva meravigliosa. Andavo a passeggiare per i colli di dove vedevo dischiudersi, tra le grandi frondi tondeggianti, tutto il panorama della valle verso il Piave, fino a Onigo chiaramente visibile in ogni sua casa crollata dove ogni tanto s'alzava il fumo dei colpi in arrivo. E oltre al Piave, ai piedi dell'Endimione, si vedeva tutto il caseggiato di Valdobbiadene nel tepore del sole. L'occhio arrivava a sorpassare la linea e ci s'illudeva di essere a camminare per quelle strade definite dalla trasparenza dell'aria. L'autunno col liquidare molti degli aspetti dell'estate, talvolta da un giorno all'altro, faceva credere a qualche mutamento imminente anche per noi.

Ogni mattina mi risvegliava dalla strada un canto straordinario. Squadre di soldati col moschetto a tracolla in ordine sparso, ma con passo rapido cantando a voce viva e severa marciavano verso il sole appena sorto che illuminava d'oro le finestre.

E noi faremo scuola di pugnale a Cividale,
uno! due! Avanti, arditi, per la libertà!

Le parole erano semplici e parevano veramente composte durante la marcia dall'estro di quei soldati.

E noi faremo scuola di plotone a Monfalcone,
uno! due! Avanti, arditi, per la libertà!

E passavano bilanciando le braccia e facendo forza in quell'*uno, due*, aperta la giubba e un fez nero in testa da cui pendeva il fiocco che dondolava sulle spalle.

E noi faremo scuola di moschetto a Caporetto
uno! due!

E gli ultimi svoltavano all'angolo della piazza. Pareva non avessero ufficiali.

Questi arditi erano accampati vicino e fra tutti i soldati entusiasmavano veramente a vederli. Gli altri sotto ai loro panni si sentivano contadini, falegnami, muratori, impiegati od operai, ma negli arditi non era possibile riconoscere i segni di alcun mestiere. Parevano nati dalla guerra. Tremendi e selvaggi nell'assalto, avevano momenti di semplicità da ragazzetti. Un giorno in una breve spianata tra i boschi di castagni trovai alcuni plotoni che facevano istruzione. A un certo momento l'ufficiale disse a un sergente di fare cantare gli arditi di un plotone che stava fermo. Il sergente passò l'ordine, ma quelli, incrociate le braccia, non ubbidirono. Allora l'ufficiale a piccoli passi, si avvicinò al gruppo di testa che doveva essere il più fiero e volle sapere perché non volevano cantare. Una voce arrochita, come imbronciata rispose: "Ci faccia cantare tutti assieme agli altri plotoni, perché da soli ci si vergogna." E il coro dovette essere eseguito così.

Ottobre era verso la fine, i contadini andavano con le ceste sui campi per vendemmiare quel poco che i soldati vi avevano lasciato. Da qualche giorno su tutta la zona si era diffuso un silenzio enorme. Nessun colpo di cannone, né nostro né di loro e neanche gli aeroplani si facevano più vivi. Pareva che l'autunno con l'incanto della sua aria avesse preso il sopravvento sugli uomini facendo dimenticare di fare la guerra. Tutti ne erano impressionati e si cominciava a sussurrare che la guerra fosse finita. Anche nelle trincee si diffuse questa voce e per impedire che i soldati se ne andassero, i comandi furono costretti a ordinare grandi bombardamenti, ma il nemico non rispondeva.

Una sera alla nostra mensa vennero ospiti tutti gli ufficiali d'una compagnia di arditi. Entrarono nella sala uno dietro all'altro. Bruni, grossi, violenti e svelti nelle mosse, subito portarono il subbuglio tra noi. Non fu possibile cenare, portavano via la roba dal piatto degli altri, uno tentò il salto della tavola e finì col sedersi di sopra, i suoi piedi vennero proprio davanti a me. Mi sentivo triste, tutto questo mi dava noia e di scatto gettai il vino del mio bicchiere in faccia a quelli che mi erano vicini. L'ufficiale che stava seduto sulla tavola mi guardò sbalordito, tutto arrossato nel volto come insanguinato. Faceva orrore e pena e me ne andai fuori inseguito dalle loro grida e attirando dall'alto delle scale un getto di pezzi di pane.

Mi dava piacere camminare solo e discesi per la strada lungo le siepi che pareva odorassero di fiori. Non mi ero di molto allontanato dal paese, quando incontrai una colonna di autocarri pieni di alpini. La colonna era interminabile e non cessò di passare per tutta la notte. Il giorno dopo tutti gli arditi partirono per il Grappa. Anche i bombardieri ebbero l'ordine di portarsi in linea. Dall'alto la mia compagnia richiese d'urgenza tutto il filo telefonico che avevo a disposizione e glielo mandai con la teleferica. Altre truppe arrivarono in autocarri su dalla pianura fino ai piedi del monte, poi con la musica in testa marciavano su per le belle strade e la musica suonava:

> Ciento vasille damme ciento vasille a mme stanotte a Pieregrotta
> voglio ballà cu' tte.

E i reggimenti bellissimi, che non si sapeva da dove fossero venuti, marciavano leggeri.

La battaglia incominciò la notte seguente con una violenta preparazione di artiglieria, ma allo spuntare del sole i tiri si fecero più radi. Le fanterie erano uscite all'assalto e avanzavano. Nel pomeriggio andai alla teleferica per vedere s'era possibile spedire su altro materiale. La stazione di partenza era in una piccola valle folta di castagni e su di un prato vicino all'ombra degli alberi erano distesi i primi feriti. Dormivano e il sole nel passare tra i rami illuminava i loro volti risvegliandoli. Si stiracchiavano e si guardavano il braccio o la gamba feriti con stupore. Presi come da un benessere tutto carnale ritornavano a distendersi sull'erba più all'ombra, compiacendosi di sentire il loro corpo m ogni parte a contatto con la terra.

A sera le notizie sopraggiunsero una più straordinaria dell'altra. Le truppe avevano passato il Piave, preso Valdobbiadene e da tutti i punti si marciava in avanti. La mattina dopo, fatto attaccare il mulo a una vettura della compagnia, per Monfumo e Castelli andai a Onigo di Piave. Nell'avvicinarmi a quei luoghi, subito riconoscibili fino nei piccoli particolari d'un albero o d'un ponticello, mi si ridestava il ricordo del tempo della mia infanzia, passato assieme a mia madre ospiti del vecchio amico. Vicino a un colle dove solevo andare coi contadini a raccogliere il fieno, vidi una batteria di cannoni a lunga portata piazzata tra grandi mucchi di proiettili e ancora sparava al di là del Piave. Il bosco del Fagarè era intatto nella sua ombra, rividi il piccolo sentiero dove andavo a passeggiare con mia madre, trasformato in strada militare, ma forse la piccola fonte, dove mettevamo le frutta in fresco, era ancora là, limpida e dolce. Di continuo sarei sceso per correre a ricalcare ogni palmo del terreno. Dalla strada principale vidi le colline che circondavano la villa; le belle colline adorne di vigneti d'uva bianca a lunghi grappoli che adoravo come i, arrivando dalla città che mi annoiava. E la villa riapparve, come una volta. Tutta la stradetta, dove il cocchiere ch'era venuto a prenderci alla stazione metteva al galoppo la cavallina bizzosa, era sconnessa e sparsa di bombe e di fucili arrugginiti. Solo a pochi passi mi accorsi che la villa era sventrata, si riconoscevano le stanze dalle tinte delle pareti, rosa quella della nostra camera da letto, verde quella del tinello, le travi pendevano trattenute appena. La cucina sempre buia, ora era invasa dal sole, tra le macerie trovai alcune pentole, la saletta dove il vecchio ospite mi aveva abbracciato, quella, sera quando partii per il reggimento, quattro anni prima, conservava ancora la colonna che reggeva la scala e sulla parete contro cui egli soleva stare seduto alla sera, vi era ancora il segno lasciato dalla sua schiena ricurva. Nel giardino i fiori erano tutti come un tempo: la salvia, le violecciocche, i gigli, gli oleandri e certi fiorellini bianchi che crescevano tra gli interstizi del selciato lungo il muro.

L'albero alto da cui cantava la civetta era immutato e i rampicanti sulla rimessa rosseggiavano per l'autunno. Le case avevano le loro facciate, ma il cielo si vedeva attraverso il soffitto. Se guardavo il susseguirsi dei colli mi convincevo che nulla era cambiato da allora. Il soldato che mi accompagnava, vedendomi correre da un punto all'altro per toccare quelle mura espiarne l'intonaco per ritrovare i segni dei chiodi da cui pendevano i quadri, anch'egli mi imitava credendo scoprirvi quello che io vedevo apparire su da ogni piccolo segno rimasto. Sulla parete vicino le scale trovai ancora scritto da mia madre il mio nome e il peso del mio corpo che la buona aria accresceva.

Al ritorno, sull'imbrunire, su per una strada tra i colli, alcuni contadini accaniti e decisi spingevano una carretta piena di roba verso la loro casa crollata. E il cannone sparava ancora lenti colpi che parevano affaticati per giungere il più lontano possibile. Sul Grappa il nemico resisteva sugli ultimi capisaldi. A Crespano seppi da un ufficiale dei bombardieri che, nell'azione per prendere il monte Pertica, di quegli ufficiali degli arditi venuti alla nostra mensa quella sera, solo uno era rimasto vivo: lo aveva visto in un ospedaletto da campo, e riconoscibile solo perché accanto vi era scritto il suo nome. Era quello che si era seduto sopra alla tavola e al quale avevo scagliato il vino sul volto, arrossandolo come di sangue. Passarono due giorni e poi anche sul Grappa le nostre truppe avanzarono.

Ebbi notizia che il comando di divisione con la mia compagnia, scavalcate le montagne, si trovava nella valle di Schievenin e preparate provviste di viveri, decisi di raggiungerlo coll'autocarro. Dall'ufficio telegrafico venne di corsa un mio soldato pallido e quasi incapace di parlare per farmi leggere un telegramma arrivato in quel momento: la guerra era finita. La notizia si diffuse in tutte le case, in tutti gli accantonamenti e i soldati si agglomerarono sulla piccola piazza. La notte scendeva e da per tutto nella campagna si accendevano fuochi. Sull'alto dei monti un poco alla volta, come la notizia si diffondeva, si vedevano razzi innalzarsi nel cielo e grandi fiammate come se gli artiglieri bruciassero la balistite e dalla pianura i riflettori tagliavano pazzamente la notte. Nella piazzetta alcuni trombettieri tentarono d'intonare una marcia patriottica. Un soldato di sanità lesse il bollettino e pareva volesse fare un discorso, ma l'ebbrezza e il frastuono ebbero il sopravvento.

Partii con l'autocarro, ci volle tutta la notte e il giorno dopo per arrivare fino a Fener, tanto la strada era ingombra di carriaggi e di truppa in marcia. Di qui proseguii a piedi per Schievenin. La strada era distrutta dai tiri e ostruita da case crollate. Trovavo batterie abbandonate e armi d'ogni genere. Arrivai a Schievenin che incominciava la notte tra le cupe montagne irte di cime. Vi erano baracche illuminate e tutto attorno i falò degli accampamenti. Gli ufficiali del comando stavano a mensa in una baracca. Consegnai il bollettino a un ufficiale dello stato maggiore che appena lo lesse si rivolse come impazzito verso gli altri gridando: "Viva l'Italia! Viva il Re!" E subito lesse ad alta voce. Vennero portate bottiglie di vino abbandonate dagli austriaci, eravamo nella mensa della divisione che stava contro di noi, una bella baracca di tavole grosse cinque centimetri e tutte le pareti erano coperte di giornali tedeschi con caricature dell'esercito italiano. Uno disse di leggere il bollettino alle truppe accampate di fuori. Lo stesso ufficiale si fece sulla porta e gridò nel buio: "Truppe della cinquantesima divisione, attente che vi devo dare una notizia che v'interessa."

"Sì, avanti," qualcuno rispose. L'ufficiale vi metteva tutta la sua voce, urlava le parole e quando finì, un grido solo riecheggiò da ogni parte nella valle e prima radi, poi fitti, incominciarono gli spari e i fuochi si moltiplicarono con vampate di balistite. Noi si rideva, eravamo come ubriachi e veramente si beveva con avidità il vino lasciato dal nemico. La divisione il giorno dopo sarebbe entrata in Feltre e dovetti ritornare a Crespano per trasportare tutti i carriaggi in avanti. Avvicinandomi alla pianura, si sentiva diffondersi tra le colline e il Grappa un suono di campane che proveniva da tutti i paesi che ancora avevano in piedi il loro campanile. Un suono vasto, fuso, come un fremito dell'aria suscitato da un vento incessante. Riusciva piacevole e stupiva, poi ci si accorse che dal principio della guerra non sentivamo le campane. Dall'alba al tramonto per giorni di seguito, quei paesi non si stancarono di suscitare questo suono diverso dall'altro delle artiglierie che tanto aveva predominato e vi si sentiva quasi un'ostinazione a invadere e riconquistare il cielo.

Alcuni soldati della mia compagnia, quelli che più avevano lavorato, stanchi e feriti leggeri, non potendo seguirla nella marcia in avanti, erano scesi a Crespano. Neri, come di fumo, sporchi, stracciati, con fasciature spicciative alle mani o alla testa, sfiniti nel volto, ma accesi di sangue alle labbra e di vita negli occhi, cercai imprimerli nella memoria, perché ormai ero certo che aspetti simili non sarebbe stato possibile rivedere più. Pareva avessero impegnata tutta la loro forza per fare all'amore o per una corsa accanita e sorridevano pesantemente come non sapessero essi stessi cosa avessero fatto e perché.

La radice quadrata della vita
Postfazione di Benedetta Centovalli

Giovanni Comisso saliva sul ciliegio,
l'ilare sangue ne gustava a sazietà:
di Giovanni e del ciliegio il privilegio
lascia ad ogni vivente, o umanità.

Andrea Zanzotto, *(Che sotto l'alta guida)*

Una questione di grazia

Giorni di guerra, pubblicato nel 1930, è il libro a cui Comisso si è sempre dichiarato più affezionato, in queste pagine si era fatto scrittore. "Uno dei suoi libri più belli, forse il più bello in assoluto", scrive Mario Soldati e "uno dei più bei 'libri di guerra' della letteratura del Novecento", lo definisce Mario Isnenghi. Le prime carte risalgono al 1919, come dichiara lo stesso autore ne *Le mie stagioni*: "Ripensando alla guerra vissuta, oramai staccata da me e affidata alla tempra del tempo, incominciai da allora a tracciarne i primi ricordi che dovevano poi formare il mio libro: *Giorni di guerra*".

Comisso vive la sua giovinezza catapultato dentro il primo conflitto mondiale, bocciato agli esami di maturità classica in latino, decide di arruolarsi come volontario, ha diciannove anni e la prospettiva di fare un anno di vita militare. Farà invece quattro anni di guerra, presto caporale, poi allievo ufficiale, poi sottotenente e infine tenente.

A Treviso, mentre frequenta il liceo classico Canova, ha conosciuto Arturo Martini, di sei anni più grande, il suo maestro prediletto, il fratello maggiore, un geniale autodidatta votato alla religione dell'arte, che lo guida alla lettura di Rimbaud, Baudelaire e Nietzsche. Con lui Comisso compie i primi passi determinanti per il suo apprendistato letterario e comincia a delineare il perimetro del suo pensiero.

Giorni di guerra si apre proprio nel dicembre del 1914, quando un telegramma del padre lo richiama a Treviso da Onigo di Piave per raggiungere il reggimento a cui era stato destinato, il 3° Genio Telegrafisti. L'entrata in guerra dell'Italia lo trova a Firenze e nel maggio del 1915 il suo reparto viene trasferito a Carpeneto in Friuli, poi a Cormons: "accolsi la Grande Guerra con la gioia di liberare non Trento e Trieste, ma me stesso verso una vita che vale sempre di essere goduta in pieno" (*Il censore ipocrita*, "Il Borghese", 9 febbraio 1961).

Ragazzo suggestionato da voraci letture, senza una solida cultura umanistica, nutrito di paesaggio e di mondo popolare veneto, gli anni della guerra diventano per lui anni di scuola di vita e di osservazione puntuale e tragica degli effetti della Storia sugli individui. I giovani soldati delle trincee come poi i marinai e i pescatori dell'Adriatico gli offrono materia vivente per il suo racconto, e gli permettono di superare l'orizzonte borghese in cui era cresciuto in famiglia e a Treviso. La maturazione umana di Comisso procede di pari passo con quella letteraria, la rivelazione della forza della natura e della sensualità dei corpi sulle rive prima del Piave e poi del Natisone condurranno alla consapevole accettazione dell'omosessualità che insieme all'esperienza tragica della guerra gli forniranno la base per la costruzione del proprio mondo poetico.

Pietro Pancrazi, in una recensione del 1930, scrive della grazia di Comisso: "Che cosa sia poi la grazia, questo è più facile intenderlo che dirlo. C'è una felicità di accostarsi alle cose del mondo, di intonarsi prontamente agli uomini, di godere la cangiante natura, di cambiare umore secondo il luogo e il tempo pur restando se stessi, e un accennar sicuro della parola, una baldanza leggiera come chi parlando già stia per cantare; – forse questa per uno scrittore è la grazia. A vent'anni chi non s'illuse d'averla? Ebbene, a dispetto del calendario, Comisso ha continuato ad avere vent'anni".

La grazia di Comisso sta proprio qui, la sua formazione di scrittore non coincide con la costruzione di teorie o con il richiamarsi a principi, e tantomeno a un sentire libresco, tutto viene ricondotto alla linea terrestre della vita ("Lo stile di Comisso importa invero una trascrizione dei fatti, una riduzione della materia sopra un'unica superficie senz'altre dimensioni, talché il 'fisico' e il 'morale' affiorano insieme e confluiscono, prima d'una coscienza distintiva", G. Contini), tutto si basa sulla capacità pittorica e plastica delle parole, tutto appartiene alla metamorfosi continua e all'essere mutevole dell'età giovane che macina e rinnova la visione delle cose ("Io sono rondine").

Dotato di un infallibile istinto e di un forte attaccamento alle sue radici venete, al territorio dell'amata-odiata Treviso, proprio nella sua terra madre trova una bussola sicura. Nutrito di tarda civiltà contadina e di cultura borghese, questo suo ambiente di provenienza gli offre nel pieno della formazione e nei momenti di crisi gli anticorpi necessari per attraversare in modo del tutto originale un secolo segnato dal tramonto del mondo borghese e da due guerre mondiali che ne determinano la progressiva e inesorabile disgregazione.

La Prima guerra mondiale è per Comisso il momento della presa di coscienza ("La Grande Guerra non fu che un delitto borghese in grande", da un appunto inedito) e, nell'avventura dannunziana di Fiume, Comisso brucia tutti i residui di un vitalismo segnato anche da derive politiche. La Seconda guerra mondiale e l'impiego della bomba atomica rappresenteranno poi la cesura definitiva nella storia dell'umanità per la prima volta in grado di autoestinguersi come specie.

E Comisso mette a punto la sua speciale filosofia di vita proprio nel laboratorio di *Giorni di guerra*, filosofia che si incarnerà nel Piave, nel mare di Chioggia, nella campagna trevigiana di Conche di Zero Branco, dove proprio nel 1930 Comisso acquista un podere di sette ettari e mezzo per circa centomila lire guadagnate con i reportage giornalistici in Oriente. La sua letteratura ci restituisce la realtà attraverso il filtro di una visione naturale in una sorta di sinfonia agreste priva di elementi logico-razionali o riflessioni socioculturali. Così l'invenzione formale di Comisso genera testi che, eludendo la cronaca dei fatti, accrescono la nostra comprensione della realtà, quello che rimane è pura sostanza di felicità e di dolore. Questa è la grazia di Comisso: "Oggi è una giornata di primavera e me la sono goduta tutta sui colli vicini che rintronano tutti per il bombardamento che dura da tre giorni" (ai genitori, 15 marzo 1916); "Figuratevi, col cannocchiale vedo la terra tutta in fiore ed invece mi trovo qua tra la nebbia e i sassi di questo accidente che è il Grappa. [...] Ora sono come la stagione, pieno di incertezze e di temporali di spirito, ma aspetto un pò di calma come nel mezzogiorno d'estate per scrivere un libro con tutte cose vissute" (ai genitori, marzo 1918).

Una visione asintattica

"Il modo di vedere il mondo di Comisso è asintattico. La vita ch'egli guarda è un mare di cose, che si sommano e elencano, coordinate l'una con l'altra, non subordinate una all'altra. Bisogna andare adagio prima di fare un'equazione tra questo suo lasciarsi vivere, tra questo accompagnarsi, che lo distingue, da sensazione a sensazione, da sentimento a sentimento, e il disinteresse morale. Certo, se per morale si intende morale politica, e giudizio sul mondo dall'angolo di un'idea politica, Comisso ne è mancante" scrive Guido Piovene.

Anche Andrea Zanzotto parla della sintassi di Comisso come di una continua violazione del sistema, una violazione biologica della sintassi, cioè, spiega, "tutti i codici linguistici nascono da situazioni socio-psico-biologiche, ma un po' alla volta si irrigidiscono e diventano concrezioni durissime che reggono culture sclerotizzate". Violare la sintassi è la risposta della vita che rinasce contro la cultura diventata calco. Comisso si fabbrica una lingua a suo uso e consumo, rigorosamente paratattica, sincopata, priva di congiunzioni, piuttosto fatta per giustapposizioni, regolata da virgole o da punti fermi, al di fuori di ogni sintassi della narrazione o di pensiero, di ogni tentazione retorica o funeraria, di ogni monumentalismo, tutta in favore di un'immediatezza, di una vitalità contagiosa, di un italiano musicale. Questa sua forma – così radicata nella lingua da risultare più vicino alla poesia che alla prosa – crea un realismo sensuale di pura visività: "Egli vede 'dall'interno', e parla seguendo i ritmi stessi del reale, del 'bios'" (Zanzotto).

Come per la lingua, anche sul piano narrativo Comisso non architetta strutture romanzesche, ma procede per quadri, racconti, frammenti, immagini, tratti per lo più dalla realtà veneta catturata nei suoi momenti di grazia tra gli anni venti e i sessanta. Veneto come origine, esistenza, "fatto di natura, paesaggio esterno ed interiore", dove riconoscere momenti e personaggi universali, lontano dal venetismo più corrivo dominato dallo "spettro di un cattolicesimo fermo sulla soglia del suo sepolcro" (Piovene) e dal sentimento morboso della vita.

La poesia che Zanzotto gli dedica in *Il Galateo in Bosco*, dal titolo *(Che sotto l'alta guida)*, condensa in quattro quartine il senso pieno della scrittura di *Giorni di guerra*. Facendo riferimento all'episodio dell'albero delle ciliegie narrato verso la fine de *La battaglia del Montello* (p. 164) – che non si era proprio svolto così, "anche se sostanzialmente il fatto rimane" – basta citare le ultime due strofe per mettere a fuoco "il dono di Comisso":

> Stava il ciliegio con le sue gocce rosse
> privilegiatamente dimenticato e dimentico
> tra piante qua e là per sbaglio ferite, tra fosse
> di granate e il bruum delle artiglierie ardenti.
>
> Giovanni Comisso saliva sul ciliegio,
> l'ilare sangue ne gustava a sazietà:

di Giovanni e del ciliegio il privilegio
lascia ad ogni vivente, o umanità.

Ma la *naturalezza* di Comisso è poi davvero naturale?

La Capria ha parlato proprio per Comisso dello stile dell'anatra, uno stile semplice dove tutte le possibili maschere dello scrivere sono nascoste: l'anatra che lascia del tutto invisibile il lavorio delle zampette palmate sotto il filo dell'acqua mentre procede in apparenza senza sforzo nel suo andare. Una tradizione letteraria che evapora reinventando un sistema nuovo secondo il sentimento del proprio tempo. Questa almeno l'idea di letteratura di Comisso, una voce restata per lo più isolata nel panorama letterario italiano pronto a salire sulla giostra del consumismo, una voce che non ha fatto scuola, se si esclude Goffredo Parise che ne raccoglie il testimone nei suoi *Sillabari.*

Quando Comisso comincia a pubblicare dalla terra desolata del dopoguerra, mentre maturavano i versi di Ungaretti e di Montale, scrivere doveva essergli sembrato il solo modo di mettere insieme i frammenti della propria esperienza per dargli un senso possibile, per contrastare la presenza continua della morte, per trovare un posto nel mondo: "Io diverrò grande in qualche modo è certo, perché troppe verità ò conosciute" (ai genitori, 12 giugno 1918). Consapevole della singolarità della propria voce, Comisso non rinuncia ad essere fino in fondo se stesso: "È sempre meglio in arte essere nella posizione dei pionieri, dei primitivi, degli esploratori, che non in quella degli evoluti. Meglio essere Giotto che un Tintoretto, un Brueghel che un Rembrandt" (24 luglio 1954, *Diario 1951-1964*).

Le lettere ai genitori 1914-1920

Lo sforzo maggiore che Comisso deve compiere nel mettere in ordine i ricordi relativi alla sua esperienza di guerra – come abbiamo già detto – è perfezionare il suo stile "asintattico" al ritmo e alla gravità dei fatti vissuti, in tono rapido e in apparenza leggero, "quasi a una cadenza di marcia". Non c'è spazio per l'invenzione, perché tutto quello che ha vissuto offre materia abbondante e la scelta della prima persona, di matrice autobiografica, da diario di guerra, denota lo scrupolo di testimoniare la propria esperienza e la fedeltà al proprio passato (così possiamo anche meglio comprendere la tentazione di volgere in terza persona la narrazione, che consente sia di premere il pedale dell'immaginazione, sia al contrario di oggettivarsi con scrupolo maggiore).

Le lettere ai genitori degli anni 1914-1920, ora nell'Archivio Giovanni Comisso, presso l'omonima Biblioteca, devono aver fornito un cospicuo materiale di prima mano (sono circa 500) e supporto prezioso per la stesura di *Giorni di guerra.* Nelle lettere sono stati anche evidenziati dall'autore lunghi brani, poi copiati in fogli dattiloscritti a parte, a sottolineare che questi materiali – in attesa di uno studio approfondito – sono rimasti a lungo al centro dell'attenzione di Comisso, maestro del riuso dei propri testi e della loro continua migrazione da un libro all'altro. Oltre alla corrispondenza dal fronte, Comisso teneva dei taccuini.

Ma che tipo di resoconto si accingeva a scrivere? Che libro è *Giorni di guerra*?

Più che un vero diario o un vero resoconto, *Giorni di guerra* è un romanzo iniziatico e di formazione, il documento della conquista del senso profondo dell'esistenza. Nella tragedia della guerra sono i luoghi, la lingua, gli affetti, i desideri che fanno radice, che offrono riparo e sostegno dalle avversità e dalla morte.

Quando Comisso si arruola, obbedisce a diverse spinte esistenziali, la prima delle quali è affrancarsi dalla tutela dei genitori conquistando una maggiore libertà che gli consenta di scegliere cosa fare della propria vita dopo l'esperienza militare. Dalla famiglia proviene l'invito a intraprendere la carriera di avvocato (si laureerà in legge senza entusiasmo) o quella diplomatica oppure la strada del commercio come il padre e il fratello. Ma dagli anni del liceo prende corpo l'alternativa dell'arte, rafforzata dalla pubblicazione nel 1916, in piena guerra, del volumetto *Poesie*, dagli apprezzamenti di Martini e De Pisis per i suoi testi, e dall'insofferenza verso le costrizioni di una vita borghese che lo portano sempre più a desiderare un'esistenza libera dai vincoli della carriera e del profitto: "Il 21 di marzo, in primavera, uscirà il mio libro di poesie, vi prego di accoglierlo come un fiore di primavera che si vede dopo un lungo inverno, per la prima volta sotto la siepe di un fosso" (8 marzo 1916); "quello che ò scritto è molto serio e forse è la parte più bella e più eterna di me. Credete, vi prego, alle mie parole coscienti della sofferenza della mia arte. Guardate un pò meglio le cose al di là dell'idea di ora e giorno, pensate all'eternità e infinito, solo allora comprenderete tutta la mia forza" (5 aprile 1916); "Attendo la fine della guerra per vivere la mia vita. Sarà emozionante e straordinaria. Attendete da me molte cose, che un pò alla volta me le concepisco ora, alla sera prima di riposare, come una preghiera. Infine la vita è la forma più religiosa e sacra di ogni altra inventata" (9 maggio 1916); "So oramai tutto d'una vita umana: cosa può fare, cosa può divenire. E non credo agli ideali. Io vivo solo per vivere come che sia. Troppo sento i mondi del cielo, proprio come verità. Troppo sento continuamente la felicità per le cose profonde e belle perché io abbia bisogno del lusso per vivere. Io sono così felice anche d'un povero albero o di un raggio di luce (che non mi costa niente) che mi sento superiore a tutte le altre necessità. Mangiare, vestirmi, dormire al coperto, ecco il mio indispensabile" (Fiume, 1 gennaio 1920).

La stesura di *Giorni di guerra* copre un decennio decisivo, dal 1919 al 1929, quando Comisso parte per l'Oriente. Sono gli anni della pubblicazione de *Il porto dell'amore* (1924), accresciuto ne *Al vento dell'Adriatico* (1928), dell'uscita di *Gente di mare* (1928), fino all'approdo compiuto di *Giorni di guerra* (1930), testi che mostrano il percorso fatto dall'autore, dove il vitalismo, l'egotismo e la componente narcisistica si sciolgono nell'inquietudine che avvolge la sua esistenza, dall'incertezza del lavoro al richiamo di terre lontane, dalla scelta della casa dove abitare alla costante ricerca della propria verità interiore. Un'inquietudine arricchita di gioia di vivere, di apprezzamento della vita, di cambiamento e di metamorfosi, antidoto per qualunque tentazione intellettualistica estetizzante o ideologica.

"La guerra mi pareva stupida e ridicola"

Comisso vive l'avventura della guerra mettendosi in gioco, vuole capire, essere libero, così scrive ai genitori: "Sai se non pensassi a voi, griderei ancora più forte che la guerra è bella, perché racchiude tante e tante emozioni e spettacoli che cento anni di vita in pace non ve li offre, è tutta movimento, energia, rumore, giovinezza, è insomma la radice quadrata della vita" (23 giugno 1915). Racconta delle prime battaglie vinte sul fronte di Gorizia: "sono stato su di un colle qui vicino di dove si vede tutto il campo di battaglia fin giù a Trieste. Si vedeva il mare e poi il golfo con Miramare e una macchia bianca di case, Trieste. E i cannoni tuonavano un pò dappertutto, e lontani si vedevano i lampi delle esplosioni a centinaia; come bagliori di specchio al sole" (4 luglio 1915). Pochi cenni della disastrosa disfatta di Caporetto, poi la ritirata sul Piave ("ritiratomi da Saga attraverso la Carnia dopo dodici giorni di marcia, son giunto a Vittorio", 4 novembre 1917), il ritorno a Treviso e a casa dopo il bombardamento della città, la resistenza sul Monte Grappa, la battaglia del Montello e la fine della guerra: "La guerra sta per finire. Ecco che anch'io finirò di scrivervi lettere, ciò che vado facendo da quattro anni. Io riprenderò i miei studi a Roma. Uscirò quello che uscirò, farò quello che farò, poco importa mi basta la mia anima sempre con gli occhi aperti nel mio mondo" (17 ottobre 1918); "Le finestre sono aperte e entrano le campane di Crespano, Paderno e dei paesi che ancora ànno il campanile, perché il prete in chiesa à annunciato l'armistizio" (4 novembre 1918).

Intanto nel corso dei quattro anni di vita militare assistiamo nelle lettere ai genitori alla maturazione della coscienza della tragica inutilità della guerra, della precarietà dell'esistenza, e questa consapevolezza diventerà il cuore di *Giorni di guerra.* Il racconto man mano si rapprende nella testimonianza a tratti irriverente e ironica di un enorme e insensato massacro, e della necessità per chi resta di dare un senso alla propria salvezza:

"Ammazzare oggi è la cosa più naturale. Pensare che per creare una vita occorre tanta fatica di anime e di passione e altrettanti si staccano da essa negli affetti. Ma gli uomini facciano pure quello che vogliono se sono pazzi! io mi sento nel mio intimo, quando parlo tra me e me, tanto diverso da loro e quindi calmo. Essi sono nervosi e quindi dei grandi peccatori" (Estate 1916); "Ma tutto questo mio dolore non sarà invano, perché mi tempra una voce per gridare quando la sarà finita e un cuore per lottare e camminare. Ho molte idee per la testa, fuori che quelle per una vita borghese e umile [...] la vita non è un adattamento pacifico al benessere o alla mediocrità di condizioni, ma una ribellione e una lotta. Una rivolta contro tutto ciò che è fissato, legge, imposto" (20 settembre 1916); "ecco finita anche questa guerra. È come se si fosse chiuso un libro [...] La guerra è stata per me come il Limbo: un periodo di sospensione. Ora occorre che io prenda il mio bastone e la mia via" (6 novembre 1918); "La guerra mi à fatto imparare il valore della vita, ed io alla vita mi sacrificherò tutto. Quello solo che vi prego è di *lasciarmi battere.* Lasciatemi le mie idee e i miei desideri" (14 novembre 1918).

Questa raggiunta coscienza dell'inutile orrore della guerra diventa l'accordatura consapevole di *Giorni di guerra.* Ma come rendere coerente e coeso il racconto della propria esperienza secondo questa nuova prospettiva?

Giorni di guerra

Giorni di guerra distilla la memoria depositata nelle lettere ai genitori e nei taccuini, in racconto aereo e disincarnato, accordato sulla visione della tragica follia della guerra. Le incertezze e i dubbi del giovane Comisso sul proprio futuro si sono dissolti, trovando nella scrittura quella centratura corteggiata negli anni della giovinezza: "Bisogna che gli uomini sappiano che essi non resistono al tempo per le guerre che ànno scatenato, per le rivoluzioni che ànno fatto, ma per essere stati affermati dalla *parola* che li à *narrati*" (13 maggio 1954), annota nel *Diario 1951-1964*. Mentre lavora ai primi abbozzi di *Giorni di guerra*, Comisso scrive a De Pisis: "Narro la mia vita tra il Cervantes e l'Omero negli anni della guerra. La mia superbia ti potrà parere che tocchi le stelle ma io non so se siano invece le stelle che mi toccano. Non mi pensare là dentro: battaglie, episodi, avvenimenti...".

Il racconto tanto più resta lontano dalla cronaca dei fatti storici, "favoloso e sognante" (Isnenghi), tanto più rende evidente la tragedia della guerra. E la guerra di retrovia di Comisso, più spettatore che soldato, gli offre la chiave formale della scrittura: "Da ultimo comparivano in tavola meravigliose arance e prima di sbucciare la mia mi divertivo a farla girare tra il pollice e il medio figurandomi fosse la terra da cui per un attimo mi avveniva di sentirmi come al di fuori" (p. 150). L'arancia-mondo è metafora perfetta di quel vivere e sentire a distanza, mettendo gli accadimenti in prospettiva. Comisso si fabbrica una vera e propria tecnica del racconto che predilige la veduta aerea, il rovesciamento a specchio e la modalità contrastiva tra realtà e natura. La visione dall'alto è visione d'insieme e grazie al binocolo-zoom dello sguardo anche visione del particolare che ne amplifica o inverte l'effetto tragico. Così dove la narrazione si inarca e si condensa intorno a grumi di felicità, di sensualità e di comunione con la natura, che sono l'esatto rovescio dell'orrore, mostra al lettore – come attraverso gli occhi di un bambino – una possibile via di scampo e rende indelebile e universale la tragedia della guerra. Ciliegie, lucciole, fiori color ametista e stelle sono il correlativo naturale di quello sguardo infantile, il suo perenne gioco d'infanzia. Così ne scrive Zanzotto: "*Giorni di guerra* resta un capolavoro perché in esso è l'occhio, è la bocca del bambino, dell'*enfant terrible*, che rivela tutto l'orrore della guerra e insieme tutto l'incanto di una giovinezza, che di questo orrore trionfa. // Comisso sembra manifestare, in *Giorni di guerra*, perfino una sua crudeltà che in altri autori stonerebbe. In lui no. Perché egli arriva a dire cose atroci come passando accanto ad esse con la forza di voltar pagina, di negare la morte nel momento stesso in cui si verifica, di testimoniare comunque per la vita, per il suo invincibile valore".

Facciamo degli esempi sull'uso della tecnica della giustapposizione e del rovesciamento speculare. Nella primavera 1915, avanzando verso l'Isonzo, a Dolegnano, nella bella villa dei Conti Trento, a fine giornata ufficiali e soldati stesi sul prato catturano con le mani le lucciole mentre altri intonano melanconici cori di "addio alla vita"; sul fronte dell'Isonzo, prima della battaglia: "sull'acqua di una buca scavata da un proiettile, una stella grandissima si specchiava e guardai il cielo: erano due stelle lucentissime e vicine a toccarsi. Tutti rimanemmo stupiti nel guardarle. Ogni tanto le batterie sparavano. Quel giorno era il 16 gennaio 1916 e dai giornali si seppe che era avvenuta la congiunzione di Venere e Giove" (p. 58).

Anche riguardo agli episodi di dichiarata sensualità, Comisso non manca di usare la stessa collaudata strategia di inversione a specchio, come nell'incontro con un soldato di Parma – "forte e sensuale nello stesso tempo, aveva occhi così azzurri, che mettevo in relazione con le violette famose che dalla sua città natale prendono nome" – con cui trascorre qualche ora al caffè di Cormons parlando d'amore davanti a una pubblicità francese che reclamizza "una donna di gomma a mezzo busto con mammelle, oppure solo il ventre *avec poils* e sempre con piccola pompa per poterla gonfiare". E ancora, al diffondersi della notizia dell'arrivo di un cannone da 305, "enorme e solenne", ma "coperto di stracci" e poi nascosto "come un rospo gigantesco", fa eco quella dell'apertura di un postribolo. E qui Comisso scrive un vero e proprio racconto nel racconto con la descrizione della visita al bordello insieme all'amico di Parma, della coda fatta tenendosi per mano sulla scala che conduce alle camere, con i soldati che salgono nella fila addossata al muro e quelli che scendono seguendo la balaustra, perché "è sempre meglio fare questa scala così che stare in trincea" (pp. 58-63; si tratta del capitolo *La casa bianca di Cormons*, inserito nell'edizione del 1952).

Molti sono gli episodi costruiti con la tecnica della veduta aerea come l'ascensione al Polunik a dorso di mulo (pp. 81-83). Sull'Alto Isonzo, alla fine del corso per allievi ufficiali, Comisso può godersi la montagna. In una baracca sulla cima del monte un ufficiale lo ospita con una "cortesia da religioso": "Pallido nel volto ovale, sereni e pacati gli occhi, seduto a una grossa tavola con le mani posate sopra un libro chiuso pareva fosse stato fino allora in preghiera". Comisso prosegue fino a un osservatorio, dove, spiegano alcuni ufficiali d'artiglieria, è in corso "la caccia all'uomo". Con un binocolo puntato sul fondo valle, al passaggio di un soldato su un ponte teso tra le due sponde, un ordine secco al telefono faceva esplodere il colpo. “La partita era davvero interessante sia per la precisione dei mezzi, sia per la posizione bizzarra dell’osservatorio fatto a modo d’un appostamento per la caccia al capriolo e soprattutto perché si vedeva l’effetto della nostra forza esercitata direttamente sul nemico”, commenta ironico Comisso. Sulla via del ritorno in groppa al mulo, è lui stesso a diventare oggetto di tiro al bersaglio, la guerra come inutile gioco al massacro, e qui gli echi letterari arrivano fino alla parodia.

Anche la lunga avventurosa scena del viaggio in teleferica sul monte Rombon è un altro significativo episodio costruito con la tecnica del racconto aereo: “Vidi le *gallinelle*, le stelle che per la prima volta, da bambino, mi furono insegnate da mia madre. Il salire così verso il cielo mi dava una malinconia protesa lontano verso la mia casa, mi disponeva al pianto. A quell’ora, a tavola, dopo cena, mio padre cercava la mia sorte nell’esito dei solitari e mia madre, intenta a me, scorreva le mani nel lavoro di maglia per i soldati. Ma stare così sospeso, in quella specie di cesta, mi ricordò le *Nuvole* di Aristofane, tradotte a scuola poco prima di partire per la guerra, e giunsi a gloriarmi di essere ridicolo come un discepolo di Socrate” (p. 87).

Prima della resa di Caporetto, Comisso racconta la condanna alla fucilazione di un soldato nell’esercito italiano con una specie di *mise en abîme* delle sue collaudate tecniche ottenendo un risultato davvero indelebile per forza di immagini (pp. 92-95): sdraiato in una radura chiusa tra piccole colline, cullato dalla musica della marcia dell’*Aida* strimpellata al di là dell’Isonzo, il narratore osserva dall’alto una grossa mosca caduta insieme alla cenere della sua sigaretta su una lunga carovana di formiche: "Subito mi accorsi d'avere spaventato le formiche come se un tiro d'artiglieria fosse stato concentrato su una colonna di soldati in marcia. Anzi una formica n'era stata scottata e si dibatteva raggomitolandosi negli spasimi della morte". Poco lontano si fa avanti un gruppo di soldati che portano come giocando a *seggiolina d'oro* un loro compagno per essere giustiziato. La scarica dei fucili rimbomba nella montagna più forte dell'*Aida* e raggiunge Comisso in fuga per non vedere e non sentire.

In *Giorni di guerra* Comisso ha cantato l'odissea di giovani soldati che con passo svelto e leggero, zaino in spalla, come brulicanti formiche di un funebre corteo, vanno a combattere in trincea, giovani come lui, inconsapevoli della loro sorte o votati al sacrificio. Sono quei giovani soldati con cui Comisso si sente legato in un sentimento di *filìa* (Damiani), con cui aveva condiviso, in una "allegria infantile", tornati ragazzi togliendosi la divisa militare, i bagni di sole e i tuffi sulle sponde del Natisone: "Solo qualcuno se ne stava isolato in disparte, disteso al sole osservando dal petto ai piedi il proprio corpo come per spiegarsi la causa del suo vivere sospeso, che a esso era legata" (p. 68).

Finita la guerra di quei giovani soldati, di quel "vivere sospeso", di cui Comisso ci ha offerto momenti memorabili, non restano che ombre infiammate da un incerto domani: "Neri, come di fumo, sporchi, stracciati, con fasciature spicciative alle mani o alla testa, sfiniti nel volto, ma accesi di sangue alle labbra e di vita negli occhi, cercai imprimerli nella memoria, perché ormai ero certo che aspetti simili non sarebbe stato possibile rivedere più. Pareva avessero impegnata tutta la loro forza per fare all'amore o per una corsa accanita e sorridevano pesantemente come non sapessero essi stessi cosa avessero fatto e perché" (p. 176). Quell'"ormai ero certo che aspetti simili non sarebbe stato possibile rivedere più" continua a risuonare inascoltato nella nostra memoria e nelle nostre coscienze.

Difficile, davvero difficile, non concordare sul fatto che Comisso abbia consegnato alle pagine di *Giorni di guerra* una cruda condanna della guerra, dell'inutile sacrificio di migliaia di giovani vite umane. Per essere poco agiografico, fu osteggiato dal regime fascista. Quando nel 1930 Mondadori lo pubblicò nella collana "I romanzi della guerra", cercò di mitigare il tono antiretorico e poco patriottico, mettendo in copertina il disegno novecentista del viso di profilo di un fante con elmetto, tutto in rosso su fondo grigio, ma non poteva bastare ad evitare le polemiche e l'accusa di disfattismo (Paolo Monelli e Ettore De Zuani).

La battuta finale del libro, "come non sapessero essi stessi cosa avessero fatto e perché", restituisce con pochi tocchi magistrali lo stordimento e il disorientamento davanti a una guerra inutile (ma ci sono poi guerre utili?): "se esiste uno scrittore tragico, di una tragedia fonda, esistenziale, priva di dialettica, questo è appunto Comisso" (Soldati), uno scrittore che riconosce solo il possibile riscatto dalla tragedia nella poesia delle piccole cose, nelle parole giuste e oneste, precise. Comisso sapeva bene che il compito di uno scrittore non è politico, sapeva bene che il compito di uno scrittore è raccontare e mentre racconta testimoniare la sua verità, aveva trovato la forma e lo stile per farlo, era stato un percorso di maturazione dentro la guerra a cui aveva sacrificato la sua giovinezza in cambio della possibilità di scriverne per le generazioni future. Proprio l'avere restituito i nudi fatti della nuda vita davanti alla nuda morte fa di *Giorni di guerra* il testo esemplare e senza tempo di uno scrittore primariamente morale.

Nota bibliografica dei testi citati di e su Giovanni Comisso

Le citazioni da *Giorni di guerra* e relativi numeri di pagina si riferiscono all'edizione qui pubblicata, fedele all'ultima del 1965. Per cronologia, bibliografia e testi di Comisso si fa riferimento a *Opere*, a cura di Rolando Damiani e Nico Naldini, Milano, Mondadori, 2002. Altre citazioni provengono da:
Diario 1951-1964, con un ricordo di Goffredo Parise, a cura di Nico Naldini, Milano, Longanesi, 1969;
Luigi Urettini, *Il giovane Comisso e le sue lettere a casa (1914-1920)*, prefazione di Silvio Guarnieri, Abano Terme (Padova), Francisci Editore, 1985.

Pietro Pancrazi, *Romanzi della guerra*, "Corriere della Sera", 17 novembre 1930 (riprodotto in appendice).
Gianfranco Contini, *Comisso romanziere (Storia di un patrimonio)* [1934], in *Esercizi di lettura. Nuova edizione aumentata di "Un anno di letteratura"*, Torino, Einaudi, 1974.
Guido Piovene, prefazione a *Un gatto attraversa la strada*, Milano, Club degli editori, 1969.
Andrea Zanzotto, *I. I cento metri* [1974] e *II. Comisso nella cultura letteraria del Novecento* [1976], in *Fantasie di avvicinamento.*

Le letture di un poeta, Milano, Mondadori, 1991; poi in *Scritti sulla letteratura*, a cura di Gian Mario Villalta, Milano, Mondadori, 2001 (2 voll.).
Mario Soldati, *Lo scrittore prediletto del Presidente Luigi Einaudi* [1979], in *Le sere*, Milano, Rizzoli, 1994.
Mario Isnenghi, introduzione a *Giorni di guerra*, Milano, Oscar Mondadori, 1980.
Raffaele La Capria, *Le maschere e lo stile dell'anatra*, in *Lo stile dell'anatra*, Milano, Mondadori, 2001.
Rolando Damiani, *Alla ventura della Grande Guerra*, in *Da Leopardi ad Artaud*, Ravenna, Longo, 2021.

Nota
di Giacomo Carlesso

Nell'antologia *Letteratura dell'Italia unita 1861-1968*, Gianfranco Contini sottolineava come le opere di Comisso presentassero "per disperazione del bibliografo [...] incessanti rimaneggiamenti strutturali" (p. 851). Lo stesso vale per *Giorni di guerra*, che dalla prima versione del 1930 all'ultima stesura del 1965, a cui si riferisce il testo qui stampato, subisce notevoli variazioni, comprese le aggiunte di brani, segnalati a suo tempo da Comisso nell'avvertenza all'edizione del 1961. Renato Bertacchini, per primo, nel saggio *Tre redazioni di Giorni di Guerra* (in AA.VV., *Giovanni Comisso*, Olschki, 1983, pp. 115-140), ha condotto alcuni sondaggi linguistico-filologici sulle prime tre redazioni di *Giorni di guerra*; mentre Rolando Damiani, nelle *Notizie sui testi*, in appendice al Meridiano Mondadori delle *Opere* (pp. 1647-1660), ha svolto un primo confronto delle varianti tra le versioni del 1961 e del 1965. A partire dagli studi citati, ripercorreremo in questa sede l'evoluzione compositiva e la storia editoriale del libro.

Nelle *Mie stagioni*, Comisso riconduce i primi abbozzi di *Giorni di guerra* al 1919: "Ripensando alla guerra vissuta, oramai staccata da me e affidata alla tempra del tempo, incominciai da allora a tracciarne i primi ricordi" (*Opere*, 2002, p. 1113). Il 4 maggio 1921, da Genova, informa i genitori di lavorare ogni sera al suo "libro di guerra", aggiungendo: "ne rivivo, oggi, dopo sei anni, le forti e divine emozioni di allora. Mi aiutano le canzoni che si cantavano nei giardini di Cormons alla sera, e che risento suonare nei vicoli del porto. Spero che la mia chiarezza nell'esprimere la vita vinca ogni indugio umano nel tributarmi quello che mi spetta".

Durante la guerra, l'esperienza bellica aveva già ispirato a Comisso alcuni scritti inclusi nella plaquette *Poesie*, pubblicata nel 1916 a cura di Arturo Martini, e *petits poèmes en prose*, buona parte dei quali confluiti, nel 1957, nella *Virtù leggendaria*. Non è possibile stabilire in che misura il carteggio scambiato con i genitori tra il 1914 e il 1918 (ora in *Il giovane Comisso e le sue lettere a casa (1914-1920)*, a cura di Luigi Urettini, Francisci editore, 1985) abbia influito sulla stesura di *Giorni di guerra*. Tuttavia, dalla busta 3 (unità archivistica 12) dell'Archivio Comisso, conservato presso l'omonima biblioteca di Treviso, emergono tre cartelle riunite dallo stesso autore sotto il titolo "Copie di mie lettere ai genitori", che comprendono altrettante copie di fogli dattiloscritti contenenti una selezione di frammenti di lettere inviate da Comisso ai genitori tra il 1914 e il 1929, corredate di brevi annotazioni e interventi autografi e trascritte con tutta probabilità negli anni Sessanta, come attesta una missiva del 22 novembre 1966, inserita nella stessa cartella, con la quale Claudio Barbati restituisce a Comisso i dattiloscritti glossati, in parte pubblicati il precedente 3 novembre su "La Fiera Letteraria".

In una lettera ai coniugi Mazzolà del 13 agosto 1928, Comisso nomina per la prima volta il titolo del libro. Rimane invece un proposito, espresso in un taccuino dello stesso anno e in una lettera a Ojetti del 27 dicembre, quello di volgere *Giorni di guerra* in terza persona "così da poterlo accrescere di cose più vive". In quegli anni, Comisso si pone spesso il problema di quale punto di vista adottare nella narrazione. Si pensi per esempio ai tre racconti siciliani pubblicati nel 1928 sul "Resto del Carlino" (*Viaggio verso il Sud*, uscito il 30 agosto; *Lungo il mare "canuto"*, il 9 settembre; e *Siracusa*, il 16 settembre), realizzati in terza persona e riportati in prima nove anni più tardi nell'*Italiano errante per l'Italia*. Viceversa, *Amori d'Oriente* viene inizialmente scritto in prima persona, come dimostrano nove degli undici capitoli apparsi tra il 1932 e il 1935 su "L'Italiano".

Nel 1930, Mondadori pubblica *Giorni di guerra* nella collana "I romanzi della guerra". Piero Gadda su "Domus" lo definisce piuttosto "una raccolta di ricordi di guerra, prettamente autobiografici senza alcuna trasfigurazione od oggettivazione". Giansiro Ferrata, a sua volta, lo presenta come un insieme "di prose di varia lunghezza". L'edizione del 1930 si configura dunque come una raccolta di racconti ripartita in cinque sezioni: *Entrata in guerra*, *Nella zona di guerra*, *La battaglia di Caporetto*, *La battaglia del Montello* e *L'ultima battaglia*. Di queste, la seconda contiene il brano *I galloni del caporale*; mentre la terza è suddivisa al suo interno in sei parti: *Una sera deliziosa*, *Una visita di dovere*, *Riposo su d'una collina*, *Giorno di battaglia*, *Dopo la battaglia* e *Ritorno a casa*. Il libro affianca a brani inediti, frammenti precedentemente pubblicati su giornali e riviste tra il 1926 e il 1929. Andando con ordine, una parte della prima sezione, intitolata *Partenza per la guerra*, appare il 27 giugno 1928 nell'articolo che segna per Comisso l'inizio della collaborazione con la "Gazzetta del Popolo"; dei sei brani che compongono *La battaglia di Caporetto*, *Una sera deliziosa* esce dapprima sul "Giornale del Veneto", il 27 marzo 1926, e poi il 15 febbraio 1927 sul "Convegno" di Ferrieri (n. 1-2, pp. 19-22), dove lo stesso anno vengono pubblicati *Giorno di battaglia* (25 aprile, n. 4, pp. 183-192), *Una visita di dovere* (25 agosto, n. 8, pp. 439-444) e *Dopo la battaglia* (25 settembre, n. 9, pp. 491-516), quest'ultimo riproposto parzialmente anche sull'"Italiano" di Longanesi (8 novembre, n. 14-15, p. 4); nel gennaio 1929, *Riposo su una collina* inaugura il primo numero della rivista "Pègaso" (n. 1, pp. 58-60), fondata e diretta da Ugo Ojetti, che, nel dicembre di quell'anno, ospita anche *Ritorno sul Montello* (n. 12, pp. 690-700), poi inserito in volume con il titolo *La battaglia del Montello*; lo stesso mese, esce invece su "Solaria" *Ritorno a casa* (n. 12, pp. 3-10), il brano che conclude la terza sezione, poi apparso nel giugno 1930 sulla rivista "This Quarter" nella traduzione inglese di Samuel Beckett.

Tra la prima e la seconda edizione di *Giorni di guerra* intercorrono ventidue anni, durante i quali Comisso propone più volte alla Mondadori la ristampa del libro. In un biglietto autografo del 25 novembre 1936, Comisso annota: "Scritto a Mondadori proponendo la ristampa di *Giorni di guerra* riveduto e accresciuto". Nonostante la trattativa appaia tramontata, in una lettera del 6 aprile 1943, scrive ad Alberto Mondadori:

> Ora io sono per proporti una cosa importante: la ristampa di *Giorni di guerra*, riveduta assai, ma assai e accresciuta di quattro

capitoli: *La casa bianca di Cormons*, *San Giovanni di Manzano*, *Corsi allievi ufficiali*, *Sul Grappa*. Inoltre si potrebbe aggiungere tutto il grande pezzo di circa cento pagine dattilografate che fu pubblicato sull'"Italiano" a tratti col titolo di *Dopoguerra* e che comprende la mia vita di Fiume e il ritorno a casa, fino alla Marcia su Roma. [...]. Ora tu dirai l'argomento dell'altra guerra non potrà più interessare di fronte a questa, ma tu sai il giuoco dei confronti. Il nuovo titolo sarebbe: *Guerra e dopoguerra*. Il volume verrebbe quasi sulle 400 pagine, non si tratta delle solite ristampe che danneggiano gli scrittori più degli editori, ma di un'opera rinnovata e completata.

Il 12 aprile successivo, Mondadori accoglie la proposta, prospettando tuttavia a Comisso lunghi tempi di stampa; gli chiede inoltre di modificare il titolo, perché identico a quello di una raccolta di saggi di Ricciardetto pubblicata in quei giorni da Bompiani. Il 5 giugno, Comisso spedisce all'editore la versione riveduta e accresciuta del libro, annunciando il prossimo invio delle pagine di *Dopoguerra*, che destarono "un'attenzione formidabile" al momento dell'uscita su "L'Italiano", nel settembre 1937. Nella stessa lettera propone due nuovi titoli: *Una guerra e dopo* e *Sette anni di giovinezza*. A quest'ultimo va la preferenza di Mondadori. Ma la ristampa del libro non decolla. Trascorso più di un anno, l'11 novembre 1944, Comisso inoltra alla redazione della casa editrice un nuovo progetto: pubblicare "*Giorni di guerra* riveduto e accresciuto, mentre la parte *Fiume e dopoguerra* la unirei ad altro materiale che sto preparando in avanti nel tempo e formerei così un libro a sé: *Tra le due guerre*". Il 18 gennaio 1945 l'editore accetta la proposta e a dicembre

Comisso invia la bozza dei due libri. Per *Giorni di guerra* propone un nuovo titolo, *Istinto*, che Alberto Mondadori dimostra di gradire. Comisso chiede, ottenendo un riscontro positivo, che la pubblicazione di *Tra le due guerre* anticipi quella di *Istinto*. La percentuale sulle vendite proposta dall'editore non incontra tuttavia le pretese di Comisso, che decide così di pubblicare a proprie spese *Tra le due guerre*, divenuto ora *Vita nel tempo*. Il libro uscirà soltanto nel 1951 per le Edizioni di Treviso con il titolo *Le mie stagioni*, e *Dopoguerra* ne costituirà il primo capitolo, *1918*, e buona parte del secondo, *1919*.

Il 21 maggio del 1951, Arnoldo Mondadori comunica a Comisso la volontà di ristampare *Giorni di guerra* nella collana "La Medusa degli Italiani", che aveva già accolto, nel 1947, il romanzo *Capriccio e illusione*. Il libro viene dato alle stampe nel gennaio 1952. Rispetto alla prima edizione, la seconda non è ripartita in macrosequenze ma in semplici capitoli, e presenta l'aggiunta dei quattro nuovi brani annunciati da Comisso a Mondadori nel 1943: *La casa bianca di Cormons*, in precedenza proposto all'"Italiano", come si evince dalle bozze di stampa, con interventi autografi, presenti nell'Archivio Comisso (busta 16, u. a. 83); *San Giovanni di Manzano*, già apparso su "L'Italiano" nel maggio 1934 (n. 27, pp. 116-121); *Corsi per allievi ufficiali*, uscito sulla "Gazzetta del Popolo" l'11 gennaio 1934; e *Sul Grappa*, attinto parzialmente dall'articolo *Generali*, pubblicato il 18 dicembre 1950 sul quotidiano romano "Il Tempo" e incluso integralmente, nel 1952, nella raccolta *Capricci italiani* (*Due generali d'eccezione*, pp. 15-19).

Nella busta 16 dell'Archivio Comisso si trovano inoltre la versione manoscritta di alcuni frammenti dell'originario capitolo *Entrata in guerra*, presumibilmente antecedenti all'edizione del 1930, come dimostra una lettera del 18 novembre 1928, con la quale Ojetti ne declina la proposta di pubblicazione su "Pègaso"; dieci fogli manoscritti intitolati *S. Giovanni di Manzano*, che divergono molto per contenuto e forma dal racconto pubblicato inizialmente nel 1934 sull'"Italiano"; una copia di quest'ultimo, le cui postille autografe, come per le bozze de *La casa bianca di Cormons*, non risultano definitive rispetto all'edizione del 1952.

Nel 1961, la terza edizione di *Giorni di guerra* costituisce il primo volume dell'Opera Omnia pubblicata da Longanesi, perché – rivela Comisso in un'intervista apparsa su "Gente" il 25 maggio di quell'anno – "è il primo che scrissi anche se pubblicato dopo altri miei lavori" e "perché con esso creai il mio stile narrativo". La materia testuale che forma i capitoli dell'edizione 1952 viene ripartita in una scansione tematicamente annalistica: *Entrata in guerra* coincide con l'intero *1914* e parte del *1915*, che viene completato da *Nella zona di Gorizia*; *I galloni da caporale*, *La casa bianca di Cormons* e *S. Giovanni di Manzano* formano il *1916*; *Corso per allievi ufficiali*, *Una sera deliziosa*, *Una visita di dovere*, *Riposo su d'una collina*, *Giorno di battaglia*, *Dopo la battaglia* e la prima parte di *Ritorno a casa* diventano il *1917*; mentre la seconda parte di *Ritorno a casa, Sul Grappa* (con l'aggiunta di un secondo brano ricavato dall'articolo *Generali*), *La battaglia del Montello* e *L'ultima battaglia* costituiscono il *1918*. Una simile modifica della struttura risulta coerente con la svolta memorialistica degli anni Cinquanta, nella quale rientrano alcune delle opere più importanti del Comisso maturo come *Le mie stagioni*, *Mio sodalizio con de Pisis* e *La mia casa di campagna*.

Comisso interviene un'ultima volta sul testo in occasione della ristampa del 1965. Il 3 maggio di quell'anno, a ridosso dell'uscita, scrive a Naldini: "Ò riletto *Giorni di guerra*, è un canto felice, ò corretto per l'ultima volta il testo e ti darò questa copia, perché nel futuro se si ristamperà si tenga conto. Un libro simile va bene sia messo in estrema definitiva perché passerà ai posteri come la massima possibilità narrativa della nostra epoca".

Appendice critica

Romanzi della guerra[1]

di Giuseppe Ravegnani

Due scrittori giovani: Giovanni Comisso e Luigi Bartolini; e due libri: *Giorni di guerra* e *Il ritorno sul Carso*. Romanzi della guerra! Così infatti l'editore Mondadori intitola la sua nuova collezione di libri della guerra[2], nostri e stranieri. Segni e fortune delle mode e dei tempi! Oggi, sul gusto malizioso delle vite *romantiche*, e in omaggio all'abolizione dei generi letterari, ogni libro narrativo dev'essere romanzo. Se non lo è, poco o nulla importa. Sarà invece diario, confessione intima, materia per eccellenza autobiografica, e, nel caso nostro, appunti o impressioni di trincea, vita di reggimento, rievocazioni di battaglie, o tutt'al più racconto: lavoro di gente che sta preparandosi la mano al romanzo, – Comisso promette una *Storia d'un patrimonio*, e Bartolini *L'esperienza del mondo*, – ma che il romanzo ancora non riesce a metterlo assieme. A questo proposito, senza richiamarci addirittura al capitolo *L'autobiographie et le roman* del *Messages* del Fernandez, viene in mente la

[1] Articolo apparso su "La Stampa", 11 ottobre 1930.
[2] Luigi Bartolini: *Il ritorno sul Carso*, Milano, Mondadori, 1930, L.10.

distinzione che lo stesso Fernandez fa tra racconto e romanzo: "il racconto è la presentazione di avvenimenti già accaduti, la cui riproduzione è regolata dal narratore conforme alle leggi dell'esposizione o della persuasione; il romanzo è la rappresentazione di avvenimenti che accadono nel tempo, sottoposti alle condizioni di apparizione e di avviluppo di essi". Ora, o due termini di *presentazione* e di *rappresentazione* possono apparire troppo sottili, sfumati; tuttavia essi possono esserci utili, cioè indicare con sufficiente chiarezza la via che la nostra prosa sta percorrendo per passare da uno stadio edonistico e letterario (arte pura) a uno stadio d'esperienza umana e di tempo (il romanzo). è naturale che lungo le tappe del trapasso si lavori sopra una materia autobiografica, raramente distaccata dallo scrittore. Ed è giusto parlare allora di presentazione piuttosto che di rappresentazione, pretendendo quest'ultima soprattutto un'azione nel tempo e un crearsi autonomo della realtà. Ad ogni modo, l'attuale prosa narrativa al confronto di quella di dieci o di quindici anni fa, presenta in attivo la ricerca di un linguaggio obbiettivo, umile, concreto, fuori da ogni gusto estremamente vocale o musicale. Si bada a una arte, che, se non è ancora totalità, è però attenta a espressioni morali o non più grammaticali e nuove, come furono quelle dei frammentisti. Per ciò, i libri del Bartolini e del Comisso non sono, né possono esserlo, dei romanzi. Pur frammentari nell'architettura – e più quello di Bartolini che quello del Comisso, – valgono principalmente come apporto alla chiarificazione di una prosa narrativa alimentata da cose. Lento e guardingo ritorno quindi, pur tenendo conto delle esigenze delle nuove estetiche, a quel *realismo* che fu base sostanziale della miglior prosa italiana o del nostro romanzo ottocentesco. Bartolini e Comisso, come altri scrittori giovani, dànno appunto nuovo valore alle qualità più naturali della nostra prosa come rivelatrice di temperamento, di razza, di caratteri nativi. Così, anche se oggi la parola tradizione incute spavento, o per lo meno, specialmente in fatto di romanzi, lascia perplessa la critica o qualsiasi *liseur de romans*, l'arte di Comisso o di Bartolini può trovare esempi di gusto e di linguaggio consimili in scrittori del 1850. [... nella prosa] di Comisso, c'è in più una luce chiara di grazia, una leggiera luminosità quasi tremante, che è il tono proprio dello scrittore. La prosa di Comisso, ai tempi non troppo lontani del primo libro fiumano, sembra lievemente atteggiata al guasto di una decadenza fermentata sotto cieli di eccezione. Cioè, appariva incrinata da sottigliezze e morbidità letterarie, da piaceri formali. Poi, con *Gente di mare*, la qualità sua migliore o nostrana s'accentuò, prese a camminare senza impacci. Noi, sin d'allora, la fissammo in un nuovo realismo, più fresco, che riportava la parola fuori dalla letteratura. Questi *Giorni di guerra* ci dànno piena ragione. Siamo anche qui al diario, ma in pagine più ampie, più distese, in capitoli che assumono spesso l'andatura del racconto, che ne hanno un po' l'architettura, e più ancora la saldezza. Come fattura di libro, *La guerra* del Renn non si cita a sproposito. Il modo arido, staccato, del raccontare non è dissimile nei due libri, come non è dissimile il gusto di calarsi interi nelle cose, nella realtà obbiettiva. Ma, al confronto dello scrittore tedesco, Comisso è più poeta, meno tagliente, miglior artista. La sua prosa, pur realistica, splende di colorazioni di fiaba, è meglio articolata, sfuma in chiarore. È la sua sigla. Basta un inciso, una saldatura, un finale, un aggettivo, per sentirne la frescura, la forza trasfigurativa. Arte è appunto trasfigurazione: quel quid impalpabile che dà come un senso di favola alla vita, una lontananza luminosa, un alone che non si sa donde nasca, come si formi. Chiamiamola codesta qualità tocco, discretezza, misura; termini approssimativi; si sa soltanto che in ciò sta il miracolo dell'arte. Prendiamo, ad esempio, il racconto di Comisso, *Viaggio in Toscana*, che "Pègaso" proprio oggi pubblica; e leggiamo assieme l'ultima frase, l'acuto finale. "Egli scappò via e ci salutò dal cortile con la mano *alta* nell'aria." Un solo aggettivo; e la frase sulle prime sembra nuda, inerte. Poi, questa nudità prende vita proprio dal fatto che un unico aggettivo è lì a indicare il moto della sensazione. Alta: e la visione s'allarga, si fa intensa, è già vita autonoma. Noi lo vediamo codesto giovane agitare la mano, salutare diritto, nel cortile. Soltanto codesta mano è nell'aria; ed è tutto; un mondo intero, conchiuso. Questa, signori, è la grazia di Comisso. In arte, le cose che sembrano più facili, quasi le più sciatte, sono le più difficili; e son quelle che dànno la misura della personalità dello scrittore.

Giovanni Comisso, *Giorni di guerra*[1]
di Enrico Emanuelli

Non è qui il luogo di dire quale differenza radicale passi tra il nostro libro di guerra e quello straniero (il francese indebolito da false pose prettamente letterarie, il tedesco esageratamente realista ed unilaterale); ma basta ripensare a *Nostro Purgatorio* del Baldini, a *Kobilek* del Soffici, che son forse i migliori dell'immediato dopo guerra, per convincersi di come lo spirito italiano poco varii di fronte al fenomeno della guerra. Tanto al Baldini, al Soffici ed al Comisso non interessa dare una propria personale interpretazione della guerra, perché esista, quando cesserà ecc., né i tre autori ricordati fanno sfoggio di quel falso tono epico od eroico che a molti altri tanto piacque. Tutt'altro: il Comisso – per parlare qui solamente di lui – non ha fatto che ripensare a quei fortunosi anni che vanno dal '14 al '18, e valersi poi delle sue doti di rievocatore, tra le quali primeggiano una sensibilità pronta a cogliere i più piccoli fatti ed ambientarli in vaste cornici di luoghi e di tempo, ed una sicurezza nello stringere e spezzettare l'or-

1 Articolo apparso su "Leonardo", novembre 1930.

dine della vicenda in modo da renderla non solo concisa e marcata, ma anche viva, aderente al vero. Aggiungete che la pacatezza della scrittura – un tono sovente discorsivo – e anche una voluta semplicità formale, gli servono per giungere a quella immediatezza che altri cercò d'attingere attraverso una mal calcolata serie di immagini e di situazioni che, se hanno a prima vista tutta l'evidenza della sincerità, mostrano poi, sotto sotto, su quale equivoco prettamente letterario essi poggiano. Racconto quindi, questo del Comisso, impiantato alla buona maniera dei nostri narratori, con quegli inizi ampi e decisi, con quel fare largo e signorile col quale si prende a narrare solo le cose di grande importanza. "Verso la fine del 1914 me ne stavo in campagna ad Onigo di Piave, ospite d'un amico della mia famiglia." Oppure: "Finito il mio turno di linea, scesi dal Grappa a Crespano dove la mia compagnia teneva i carriaggi." L'incanto forse sta sopra tutto nella sicurezza colla quale il Comisso "attacca" un racconto; sin dalle prime parole ci si sente subito affiatati; e si è già convinti che quello che verrà dopo avrà sempre la freschezza di queste prime battute. Il libro è formato da cinque capitoli ed ognuno di questi più che concorrere alla formazione di un assieme continuato (vi si notano, infatti, nelle narrazione, salti di tempo), resta e segna un particolar stato d'animo: infatti dal ragazzone che vediamo sorpreso dalla guerra nella patriarcale villa, all'uomo che ritroviamo alla fine, dopo parecchi anni, quale cambiamento! Il passaggio è graduale, parabolico e potrebbe avere come colmo della curva quel ritorno nella città natale e quel ritrovare la casa paterna spopolata e chiusa. È in questo periodo che il Comisso ha saputo ritrovare nella sua anima candide commozioni e quella sensibilità di cui dicevamo in principio. Sia che narri d'una sosta in una comoda e ben riparata zona di comando, o che rievochi la turbinosa ritirata di Caporetto, sa sempre trovare un fulcro, magari impercettibile, ma così significativo e messo così a tempo, che tutta un'intera azione ne riceve sostegno e forza, acquistando in snellezza e precisione. Per il primo caso valga la meditazione fatta sulla collina in un'ora di riposo, e la descrizione del lavorio delle formiche, la morte della mosca; per il secondo quella indimenticabile figura di napoletano che ostinatamente si trascina il suo prezioso formato da scarpe d'ogni colore e qualità. Particolari, inezie, cose appena segnate nel rapido scorrere d'una pagina, o, semplicemente, di un periodo, ma che pure risaltano, dànno colore come un sapiente tocco di rosso in una distesa di verde ravviva tutto un quadro. E proprio pare che il merito primo di questo libro sia quello di accennare ad una varietà infinita di motivi, subito abbandonati, ma che a lettura finita ritornano alla mente con una sensazione di riposo, con una visione intera e chiara, dove tutto rivive su uno stesso piano, con la naturalezza delle cose veramente vissute.

Giorni di guerra[1]
di Ezio Raimondi

Le prime volte che qualcuna di queste pagine di Comisso comparve in una rivista letteraria chi ha la testa da capire capì, e avvertì odor di novità: – la novità, molto semplice ma difficile per i letterati, consisteva in una immediatezza, in un franco atteggiamento di uno che scrive come sente, senza trattenere l'impressione fino alla riflessione, e scrive tutto ciò che vede perché tutto lo attira e lo impressiona in egual misura. Una sorta di sano naturalismo, istintivo, tutto in rigoglio e vitalità, come un'ispirazione sempre accesa, sempre sollecitata e spronata dal temperamento, caldo ma pacato, come certo carattere della pittura veneta, ma fatto così senza volere, senza una speciale ricerca estetica. Temperamento pieno, espansivo, disposto a godere di tutto e di tutti, comprensivo, avido e giocondo. Desideroso di vivere, ma anche di *veder* vivere: una disposizione a osservare la vita, divenuta meno paziente in questo libro di guerra (*Giorni di guerra*, Mondadori Editore, 1930), così ricco, stipato di fatti visti e trascrit-

[1] Articolo apparso su "L'Italia letteraria", 2 novembre 1930.

ti, di impressioni, di sensazioni urgenti, improvvise, traboccanti. Nelle cronache della letteratura italiana, dove Danilo Bartoli e Pietro Giordani hanno lasciato una profonda traccia, questo fatto non doveva mancare di far scandalo. Difatti Comisso non è, dirò meglio, non era fino a ieri, nel libro degli stilisti nostrani. Gli scoprivano un fondo dannunziano. Basta aprire uno dei suoi libri, questo, oppure *Gente di mare* per accorgersi del contrario. Il fondo è di uno schietto realismo: è un uomo che guarda, osserva, guidato da un buon senso tutto popolare, che s'infiltra anche nelle sue righe più liriche, dove è la pienezza stessa dell'osservazione, la gioia di veder tutto, che dànno alla narrazione quel tono che a qualcuno è parso dannunziano. C'era, per es. in *Al vento dell'Adriatico*, una pigrizia felice, quasi sensuale, nel comporre la impressione, nel tardare a chiarirla, che metteva nella frase un'indolenza musicale, e godeva del fatto d'esser pigra e di risolversi in cadenze musicali: "Le api ronzavano nel fondo dei nostri bicchieri, dove s'era deposto il miele che avevamo disciolto nell'acqua" (pag. 109). "Ci staccammo dal molo sul mezzogiorno, contenti che un venticello fosse disceso a promettere di portarci via dalla città di cui ormai eravamo stanchi. Volevamo cercare nuove terre e nuovi compagni", ecc (pag. 73). Sono i principii di due capitoli in cui si sente che l'anima dello scrittore è ancora molto attaccata alle forme e ai colori esterni delle cose: i suoi occhi guardano stupiti ed ammirati gli spettacoli della natura. Prova dell'affetto per il verde delle piante, ama il respiro del mare. La guerra, in un certo senso, rende meno poetico il suo stile, la fa cantare meno, anzi di rado, ma lo fa parlare, e raccontare con una voce calma, pacata, commossa solo nelle soste, non nelle parole. Anche in questo libro di guerra, i suoi occhi hanno visto tutto e bene: ci sono tramonti e albe meravigliose. Ma altre cose premono di più: discorsi di soldati, esclamazioni, fatiche, allegrie, sonni, disperazioni; e tutto ciò legato da un unico tono, che è quello che ho detto, pacato, affrettato talvolta per l'urgenza dei fatti, delle impressioni. La bellezza, l'importanza di certe frasi è nella loro più semplice e normale enunciazione: "Qualcuno tentò d'intonare un coro, ma nessuno aveva voglia di seguirlo. Distesi invece sull'erba fresca d'un campo, finimmo col radunarci tra compagni della stessa regione, non tanto per parlare, ma per stare così assieme e vicini fino all'ora del silenzio." La forza dello scrivere risulta dalla continuità dei fatti, dal seguirsi dei particolari ai particolari: un intarsio di fatti, stretti, senza commessure, e una scrittura egualmente compatta, solida, asciutta. L'effetto maggiore è ottenuto dalla maggiore semplicità dell'esposizione. Una modestia, una dimessità di tono che servono a moltiplicare l'importanza dei gesti, delle mezze parole, dei cenni. La notte della dichiarazione di guerra un capitano rivolge un breve discorso, poche parole ai suoi soldati. "Vi fu un lungo attimo di silenzio, poi uno dei furieri gridò: 'Viva l'Italia!' e tutti ci unimmo come per liberarci da un sentimento d'oppressione che ci aveva preso. Il capitano parve soddisfatto; allora diede un ordine secco e passammo per quattro in colonna. Ci venne accanto col cavallo e mentre andava per mettersi in testa, ci disse con soavità: "E adesso avanti in silenzio, ché in paese dormono." Lo spirito che domina nel libro di Comisso è questa semplicità, e una affabilità, una naturalezza e disinvoltura che arrivano persino a togliere il carattere eroico–giornalistico alle imprese di guerra. Una guerra fatta da gente del popolo, prudente, onesta, senza eccessivi slanci ma senza pentimenti, disposta sopratutto a "fare il proprio dovere". E tutto il mondo intorno, le campagne, la pienezza delle stagioni, i sentimenti degli uomini, le passioni palesi osservate e giudicate da una simile mentalità. Lo scrittore annota tutto, tutto gli par degno di essere narrato, ogni singolo fatto, persino le minuzie, perché tutto serve a creare la particolare atmosfera in cui la sua vita di soldato è trascorsa. In questo senso, si può dire che la guerra non ha prodotto, in Italia, nulla di più fedele e sincero di questo libro di Comisso, delle *Scarpe al sole* di Monelli e di talune belle pagine di D'Annunzio. *Giorni di guerra*, può esser paragonato tra i libri stranieri a *Krieg* di Ludwig Renn, libro di una potenza rappresentativa quale, in opere del genere, non era mai stata raggiunta che da Tolstoi nei tre racconti di Sebastopoli. La forza, la compiutezza e perfezione di questi libri sta forse in questo, che i loro autori e insieme protagonisti hanno compreso di dover interessarsi sopratutto agli uomini che li circondavano, li hanno osservati con una giustizia e serietà che solo il sentimento della morte prossima e incombente può dare. Ed essendone scampati, possono ricordare quello che nessuna altra esperienza od evenienza della vita mai ricorderà. Come le passioni tristi e condannabili, l'odio, il sospetto, la vendetta, la viltà, anche le migliori, la pietà, la generosità, l'umana compassione fatte vere, provate e sentite ad ogni ora. Che razza di occasione per un nuovo Pascal, per un peccatore redento! Nel libro di Comisso, è dato di commuoversi anche a chi non è solito intenerirsi alle vicende dei romanzi. Certe pagine, dei tratti, si leggono e si corre con la vista tra le righe, quasi vergognosi di un improvviso trasalimento. A pag. 36, ci sono delle compagnie di fanteria che s'incamminano verso le prime linee: "Alcuni miei compagni toscani stavano attenti, sicuri di poter riconoscere qualche compaesano. 'Di Lucca, nessuno?' chiese qualcuno a un gruppo che insisteva a guardarci. 'Terzo battaglione, più indietro,' rispose un sergente. 'Noi siamo di Firenze!' disse un altro. Passò la bandiera chiusa entro un fodero nero di tela cerata, scortata da due carabinieri a cavallo. Passò il terzo battaglione. 'Lucca, Lucca!' gridò il mio vicino. Un gruppo alzò il capo. 'Siamo di Viareggio, non vedi come ci si bagna... I miei compagni trovarono dei compaesani e uno, un suo amico. Si abbracciarono e si baciarono, piangendo e li accompagnarono portando loro il fucile. Andavano a Piava, per passare l'Isonzo.'" Il quadro è vero come di più non si può: e tutto il libro è condotto da un simile scrupolo, di verità, di completa verità; libro realista, spontaneo e documentario, scritto con celerità, con foga, come in un riaccendersi improvviso di un ricordo vivace della vita durata in guerra.

Romanzi della guerra[1]

di Pietro Pancrazi

La polemica sulla letteratura di guerra è appena di ieri. Perché i libri italiani di guerra hanno avuto (così pare) scarsa fortuna? Perché molti italiani preferiscono, ai propri, i racconti, i diari, i romanzi di guerra stranieri? È tutto malvolere, è soltanto snobismo? Oppure nei libri stranieri, e in particolare in quelli dei vinti tedeschi, i lettori italiani troverebbero qualcosa, i segni di una irritazione di un disagio di una polemica, che nei loro fortunatamente non può esserci e non c'è? E l'orecchio umano così è fatto: che gli piace tanto sentir sonare anche l'altra campana; magari una campana a morte, purché il funerale esca dalla casa del vicino. Sia come voglia, l'editore Mondadori ha risolto, per quel che lo riguardava, la polemica sulla letteratura di guerra nel modo migliore: ha alternato scrittori italiani e stranieri in una nuova collezione di libri, anzi (come vuole il gusto dell'ora) di "Romanzi di guerra". E ha scelto subito bene; il *Ritorno sul Carso* di Luigi Bartolini e i *Giorni di guerra* di Giovanni Comisso, per coraggio di vita e vigore d'arte, sono due libretti da reggere a molti confronti.

[1] Articolo apparso sul "Corriere della Sera", 17 novembre 1930.

***

Riunendo i capitoli che formano questi *Giorni di guerra*, credo che Giovanni Comisso abbia messo insieme il suo libro più bello. Vi splende quella che è la sua dote migliore: la grazia. Che cosa sia poi la grazia, questo è più facile intenderlo che dirlo. C'è una felicità di accostarsi alle cose del mondo, di intonarsi prontamente agli uomini, di godere la cangiante natura, di cambiare umore secondo il luogo e il tempo pur restando se stessi, e un accennar sicuro della parola, una baldanza leggiera come chi parlando già stia per cantare; – forse questa per uno scrittore è la grazia. A vent'anni chi non s'illuse d'averla? Ebbene, a dispetto del calendario, Comisso ha continuato ad avere vent'anni. Giunto all'età in cui altri si armano di teorie, o fan leva sulle rettoriche, o si richiamano ai principii, o riordinano la libreria, Comisso a questi passi ha detto no, s'è rifiutato. S'è tutto raccomandato all'istinto; s'è impegnato a restare nella prima grazia. Certo, la natura l'ha aiutato. Non so come, ma parlando di questo scrittore viene fatto di riferirsi prima a una qualità fisiologica, a un dono di gioventù protratta oltre il tempo, che a un carattere, a una dote, veramente letteraria. Un passo rapido, trascorrente, un occhio fresco, una mano agile: queste sono le doti sue. E meglio della penna gli si vede tra le dita, ad accennar le cose e a trascorrerle, una frasca, un rametto. Le pagine belle del libro riflettono questa gentilezza; e le pagine belle sono molte. A uno scrittore così, i paesi, gli uomini, gli incontri improvvisi, la vita all'aperto e insomma l'aria avventurosa della guerra dovevano dir molto. Una precedente raccolta di prose fiumane (il primo libro di Comisso) faceva temere per lui un certo pericolo estetizzante, come un vago dannunzianesimo. Ma questo libro di guerra, ben più impegnativo, ne è mondo. E pure essendo prevalentemente visivo, e paesista, e in certo modo sensuale, Comisso qui ci appare uomo tra gli uomini, scrittore simpatico. Nei peggiori momenti lo vediamo che indirizza e richiama e comanda i suoi soldati col vigore, la simpatia e magari l'allegria del buon figliolo. E anche questo piace. Una sua pagina che narra la fucilazione di un soldato, senza frasi, tocca l'orrore. Dovessi scegliere nel libro, preferirei i capitoli dove la narrazione di Comisso meglio si accentra in una giornata, in un fatto, in un episodio. (*La battaglia del Montello*, *Una visita di dovere*, *Riposa su d'una collina*). Il pericolo maggiore di questo scrittore (pericolo sensibile anche in questo libro; ma più in qualche scritto recente) è il disperdersi, quasi il dissolversi nei particolari. Molti suoi quadri, anche di vivo colore, restano senza limite, rifiutano la cornice. Il suo stile colante talora sembra un rastrello che afferri e si porti dietro quel che trova, senza scelta. Viene fatto allora di chiedersi se la pronta sensibilità di Comisso, quella che abbiamo detto essere la sua grazia, non dovrà finire anch'essa con l'armarsi, col farsi una logica. Provvederà il domani. Oggi ringraziamo Comisso di averci dato uno dei nostri più belli e umani libri di guerra. E una pagina almeno vogliamo rileggerla: quella che chiude la battaglia del Montello: "Il nemico cedeva su tutta la linea e nella notte ripassò il Piave. Al mattino mi trovai nella zona riconquistata, assieme alla mia squadra, per portare le comunicazioni in avanti. Il tempo era umido, grandi nubi d'esplosioni gravavano sul Piave che si vedeva vicino. Pattuglie di fanteria si irradiavano in tutti i sensi con l'ordine di prendere posizione sul Piave... Un galoppo ci raggiunse: due venivano a cavallo diritti e quasi ambiziosi. Era il colonnello di artiglieria della mia divisione col suo berretto in parte e schiacciato, acconcio un po' alla maniera del vecchio esercito italiano; lo seguiva un maresciallo maggiore. 'Cerea!' e disse il mio nome salutandomi con la mano appena mi vide. E cercava di trattenere il sorriso stringendo la bocca: si vedeva che era soddisfatto. Ma quel saluto in piemontese, i cavalli sul campo di battaglia, la giornata umida e il cannone che ormai batteva lontano sugli austriaci che si ritiravano m'ingannarono nella sensazione del tempo. Noi si riconquistava il Veneto coi piemontesi come al tempo del mio vecchio zio che avevo lasciato a Firenze; ciò mi affermava nella vita e senza frenare le lagrime ripresi a correre coi miei soldati, per raggiungere il Piave."

Giovanni Comisso, *Giorni di guerra*[1]

di Giuseppe De Robertis

Dal primo suo libro, anno 1924, *Il porto dell'amore*, Comisso si può dire non abbia lavorato che su un tema solo, spogliandolo a poco a poco del troppo, scarnendolo, e alla fine riuscendo ad arricchirlo. Avventure di terra e di mare, né grandi né nuove forse, ma narrate con spirito avventuroso, una facoltà inventiva, un senso giovanile di tutto, e l'arte, ora a complicare quel tema, ora a dargli risalto: ecco Comisso. A leggerli di seguito questi quattro libretti, *Il porto dell'amore* (1924), *Al vento dell'Adriatico* (1927), *Gente di mare* (1928), *Giorni di guerra* (1930), un progresso c'è; ma un progresso c'è anche nelle magre settanta pagine del primo. Così che un lettore, mettiamo il più avveduto, non fa in tempo, davanti a certe parti malate, corrotte, a adombrarsi, che già Comisso, per suo conto, ha provveduto a ridurgli al minimo il peso delle ragioni. Il libro, è vero, si chiude con un perduto rimpianto per la favola breve, alla quale Comisso aveva legato la giovinezza, e la sua fame d'avventure; ma è un rimpianto per il fatto in

[1] Articolo apparso su "Pègaso", dicembre 1930.

sé, spogliato quasi di scopo, trasportato nell'irreale; e poi, due, tre volte, il desiderio acutamente avvertito di liberarsi di tutto, d'uscir dal chiuso, da quel porto stagnante, dove un'impresa leggendaria soffocava nella piccola realtà, e in un mortificato abbandono. I ricordi di guerra, di un'altra guerra, si riaffacciano all'anima sazia, con forte richiamo, e la voglia di correre nel mare aperto, vivere e soffrire. Comunque, questo sentimento, questo giudizio balenato dalla stanchezza, non toccherebbe che il cuore, il cuore dell'uomo solo, e aprirebbe la via a scoprire il Comisso di domani, quello che scriverà *Gente di mare* e *Giorni di guerra*; e non s'è detto perché questo libro, pur così complicato e corroso, è già d'uno scrittore fatto. Io non sceglierei in lui delle pagine, dove il lavoro dell'arte abbia raggiunto più il segno; e forse non potrei. In Comisso c'è altro: non la pagina scritta, ma un bisogno che lo porta, direi lo trascina, a scrivere; quel suo trasferire in fantasia le cose che vuol narrare, come fosse un inventare dal principio, un inventar tutto. Gli aspetti dei suoi paesi, i colori e le luci dell'ore, i ricordi, anche quelli più umani, acquistano subito un'alacrità che viene da una forza vergine improvvisamente toccata e commossa. La sua "letteratura" non è molta, non sovrabbondano né perizia né gusto riflesso, e l'esperienza libresca non ha il più lontano sapore d'antico (anche la sua giovine persona ha un che di fermo, un'aria che il chiuso della scuola non ha turbato: se mai la vita solo l'ha fatta vibrante): pure tra rigo e rigo, anzi di rigo in rigo, che eccitamento nuovo! Non sarà uno scrivere, per disteso; è un annotare perpetuo, che dà a chi legge una febbre e sensi più pronti. E nascono le immagini belle, che son la somma di quel brulichio, di quella sensibilità svegliata dalle radici, nelle forme più affabili, consuete. Tu te ne senti preso, persuaso; torni indietro, e rifai la pagina con l'occhio fuggente, per veder prepararsi e nascere quel segno nuovo, quel punto di riconoscimento che è solo suo, inconfondibile. Anche da un periodo, a volte, è dato di ricavar questo piacere: un piacere, e prima un vago presentimento di esso, sospeso, come nell'aria, fuggevole. "...E le parlai di certi roseti sotto a Fiesole, di maggio, attraenti come carne, su da i muretti, dietro i cancelli delle ville, a siepi, a rampicanti, facili a disfarsi sotto il vento *simile a un montanaro giovinetto che balzi dal monte per far stormire gli ulivi sui pendii.*" Non so perché, ma mi vien voglia di continuare... "Affrico allegro ruscelletto...", che è nelle *Grazie*, all'inno secondo, e vi si canta di donne e di Fiesole. Comunque avete visto, dico visto, quel vento, quel "montanaro giovinetto" dominare e acquistar potenza in fondo a un periodo lento, esitante. Di simili immagini è pieno Comisso; e il raro della sua arte è, come s'è detto, suggerire avanti, con un continuo annotare inquieto, l'aria e l'ombra di quello che poi parlerà ai vostri occhi con segni scultorei. Ma non è per questo un ricopiare la scultura, ripeterne i mezzi: è, se mai, uno scoprirne l'anima. Al gesto, a certi atteggiamenti, in Comisso, si arriva dall'interno, sicché quel gesto e quegli atteggiamenti paiono ricreati nei modi più facili e naturali. In un ricordo di guerra riaffacciatosi in una stanca giornata di Fiume, gli torna viva alla memoria una donna "una buona donna," dice, "che si lasciava amare da noi soldati. I nostri volti incorniciati d'una pelurie da giovani pastori reclinavano sul suo petto affettuosamente, ed ella riesciva a socchiuderci gli occhi incantati dall'orgasmo della guerra"; e nell'ultimo libro "Hum era il nome di un gruppo di baracche. Una, piccola, era vuota, e vi feci entrare i miei soldati, che s'addossarono gli uni agli altri subito disponendosi al sonno. E quello stare così vicini, la testa posata sul petto dell'altro, confortava e doppiamente riposava." Ma non vorremmo, con questa voglia d'andar dietro alle nostre impressioni, far che il lettore ricavasse per suo conto un'idea falsa di Comisso, come d'un frammentista in ritardo; e noi ne abbiamo già spiegato bastantemente il carattere, e in quel gusto inventivo che risulta non dai contini stretti d'una pagina.

Al vento dell'Adriatico è il secondo libro di Comisso, e in gran parte una ristampa del primo. Vale per il titolo, che conferma nello scrittore un desiderio di libertà, e per due o tre capitoli, dove quel desiderio padroneggia in rappresentazioni di natura e di sensi felici. Nasce di qui *Gente di mare.* Con meno agrezza e novità di stile, c'è però una più libera composizione: e proprio per questo comporre franco, umano, è dato di trovare due racconti che al primo Comisso qualcosa aggiungono. *Contrabbando in una rada* è pieno di movimento e di figure, fuggevoli figure, ma che s'imprimono nella mente, e v'è, oltre il resto, un amoroso idillio, mestissimo; e *La morte di Angelo,* a parte una certa fretta di procedimento, un parlar sommario, un respiro ansioso, che par proprio di morte, tocca effetti di commozione vera, e chiude malinconicamente il libro e gli dà un senso. Messosi il Comisso in compagnia di povera gente, per cercarvi avventure, alla fine ne esce accresciuto, con una capacità di attenzione umana che prima non era né così forse né così nuda. Rimarrebbe solo da osservare che quel desiderio di nuovo da cui il libro dovrebbe prender vita e colore, si dimostra, nel tirar le somme, intimamente deluso. Quel mare, quei paesi, quegli avvenimenti, nel modo almeno come son sentiti e descritti, generano monotonia, e certo ci avvertono che lo scrittore è stanco. E lo stile, anche lo stile, che difficilmente in Comisso ha valore per sé, assume una coloritura sbiadita, lenta, dimentica, senza vibrazioni. Bisognava dunque arrivare all'ultimo libro, a questi *Giorni di guerra,* per vedere in pieno impegnato Comisso. La guerra, la vera guerra, ecco offrirgli campo alle sue qualità di scrittore, a quella sua facoltà di leggere negli umani istinti, più che nell'animo, all'amore per il nuovo, all'amorosa simpatia per tutto quello che è giovanile e forte, ma, prima d'ogni altro, giovanile, con pienezza d'abbandono. In guerra Comisso è sopra tutto un giovane. Pericoli o fatti grandi, vi si ritrova súbito a suo agio; e quando li narrerà, farà come si fa per le cose passate che si riaffaccino nuove alla memoria; senza il più piccolo cenno di cosa partita, come fosse d'altri; e alla scrittura darà calore più che un sentimento di gloria, un estro inventivo. Partito in guerra senza quasi peso d'affetti né di pensieri, giovane anche in questo, più che il volto e l'amore dei suoi, di sua madre e di suo padre, lo accompagna quello dei suoi anni primi, e non con malinconia, anzi con un invito, un invito solo azzardoso. Mette piede sul campo, e lo prende il più pericoloso dei gusti. Una sera, senz'obbligo comandato, sale in una teleferica. È felice, e ancóra un raggio ne splende sulla pagina d'oggi. Gli par di vivere in un sogno sognato da bambino; e il ricordo delle *Nuvole* d'Aristofane, a un tratto, sta a coprir di riso un ultimo resto di malinconia. Saliamo da questa pagina a un racconto intero; e, per rimanere a una realtà irreale, vista cioè con uno sguardo tutto nuovo, allucinativo, ecco *Riposo su una collina*, il più bello di tutti, il più complesso, il più rapido, il più inquietante. Alla fine, il colpo maestro, il segno di scrittore di razza, non è in una concordanza di motivi contrastanti, – la innocente felicità di quel giorno di riposo, e quel sognare come fosse un fanciullo, la marcia dell'*Aida* che riempie e ossessiona la valle, la fucilazione d'un soldato, – è questo sì, ma più è come vede quel soldato, con l'occhio d'uno che non sa che cosa è il male, ha messo piede in un altro regno, beato, guarda e si meraviglia. Portano un soldato a morte, una folla affannata lo regge, e lui non sente che quello sia affanno, lo portano non a morte, ma *a seggiolina d'oro*, come si fa tra bambini. Quella morte fermata così, trasportata lontana nel tempo e nella fantasia, noi non la dimenticheremo più; e il tragico diventa tanto più tragico in quanto lo scrittore ci ha macchiato di sangue un sogno, un gioco fanciullesco. Anche qui quell'immagine "a seggiolina d'oro", nata come tante altre di Comisso; ma che noi non vorremmo vedere scolpita, come l'altre, perché già di tra le parole troppo ci tormenta. Comisso ha guardato anche a questo. Perché? "Perché ormai ero certo che aspetti simili non sarebbe stato possibile rivedere più." Che spiega insieme l'attrazione e, a volte, la ripugnanza a quel che ha visto e oggi di sul libro della memoria ha trascritto, umanamente, e con discrezione somma.

Giovanni Comisso – *Giorni di guerra*[1]

di Giansiro Ferrata

Le prose di varia lunghezza che compongono il volume di Comisso, sono in gran parte note a chi abbia seguito, nel "Convegno", in "Pègaso", in questa stessa rivista la produzione recente dell'autore di *Gente di mare*. Una delle più rilevanti, *Dopo la battaglia*, uscita nel tempo in cui la critica s'occupava del primo libro del Comisso, fornì anzi già allora a più d'un recensore materia d'osservazione in margine. Ne traspariva la via almeno temporaneamente più bella per lo scrittore: l'aderenza incantata a un nutrito momento di realtà. C'era meno colore, meno "atmosfera" che nelle prose fiumane, ma in compenso più presa, e, sopratutto, lo stile, liberandosi da certe compiacenze che apparivano in *Al vento dell'Adriatico* una specie d'omaggio reso al *deus-ex-machina* degli avvenimenti narrati, arrivava a una veloce purezza tutta propria. Il volumetto premiato in Bagutta ci convinse definitivamente dell'alta tempra e ricchezza di questo stile; soltanto si continuò a guardare da molte parti a quel brano d'avventure guer-

[1] Articolo apparso su "Solaria", dicembre 1930.

resche e agli altri che presto seguirono come alla prova più decisiva, perché più difficile e profonda, che il Comisso avesse dato alle sue qualità.

Dopo la battaglia è ora il centro di *Giorni di guerra*. E le fan corona undici prose, d'alcune delle quali, come *Una visita di dovere*, *Riposo su d'una collina*, *La battaglia del Montello*, il titolo rievoca gioie di lettore fra le migliori che ci son state date in questi anni. Ma il libro, per fortuna, non è di quelli che persuadono il critico a far economia di tempo fidandosi delle sue impressioni primitive. Cominciarlo vuol dir leggerlo o rileggerlo d'un fiato. Il dono che il Pancrazi ha detto essenziale all'arte di Comisso – la grazia – non lascia tregua. A lettura finita, anche se l'apparente sviluppo cronologico non ci ha ingannati e se sentiamo che di sviluppo reale, di tempo narrativo, in *Giorni di guerra* non si può parlare (l'uomo delle ultime pagine è quello delle prime, il passato non conta, gli avvenimenti sono il bizzarro ambiente intorno a un'anima che crea dovunque il meraviglioso) non ci sorprende alcun senso di squilibrio. Benché il paragone sia un po' abusato, si può tuttavia confrontare questo libro con un affresco a molte stazioni, dove il pittore crea una storia umana senza inibirsi quei ritorni, quegli indugi dovuti ai desideri del pennello e che sarebbero, invece, fatali alla continuità di un *film*. Era la tecnica di *Al vento dell'Adriatico* e di *Gente di mare*, qui anche più libera, ma con un risultato che sembra anche migliore poiché migliore, più ricca è la materia. Ma il paragone dell'affresco sarebbe infelicissimo se potesse far pensare, una volta di più, a un Comisso puro visivo. Il fatto che questo scrittore non abbia voluto o potuto, finora, impegnarsi in una composizione organica, e che inoltre nelle sue prose, o nei pochissimi racconti che ha qua e là pubblicato, tutto si risolva quasi sempre in "cosa vista" (in passaggio rapido di luci ed ombre) non deve prenderci troppo; quel rapido passaggio, vale anche perché gioca su una sensibilità capace di reazioni importanti, se pur subito assorbite, e il senso della vita che Comisso esprime non è poi troppo semplice. La semplicità è nell'accettazione complessiva del vivere – non negli episodi che l'accentano. C'è anche in Comisso, come, per esempio, in Loria (tranne che meno trasposto e allegorico) un mondo di piccoli mostri familiari, un mondo d'analisi, trascinato dal piacere e dall'infinita capacità di raccontare. Si avvertono a tratti profonde scosse. E qualche volta – esempio bellissimo il *Riposo su d'un collina* – tali "scosse" arrivano a disciplinare intorno a sé il tessuto dei paesaggi e delle avventure. Mi venne fatto d'azzardare, due anni or sono, a proposito di *Al vento dell'Adriatico* il nome di Conrad. Imprudente evocazione perché se presa alla lettera ingiustificatissima: nessun elemento ci concede d'avvertire nel Comisso anche soltanto il nascere d'una retorica complesso, come quella che poté dar luogo, mettiamo, un *Lord Jim*. Ma anche in questa come forse in tutte le evocazioni sbagliate, un fondo a suo modo giusto esisteva. Volevo alludere, col nome di Conrad, alla doppia presenza nel nostro giovane scrittore d'una sensibilità analitica, e d'una disposizione alla fantasia integrale dove i sentimenti divengano umili modulazioni d'una gran sinfonia terrestre. Doppia presenza che Comisso ha risolto, finora, nelle forme più immediate e più istintive. Sarà possibile alla sua arte un'evoluzione intellettuale? In questo *Giorni di guerra* non ce ne sono segni ma non ce n'è, neppure, il tentativo; abbiamo detto come il tema "guerra" non sia qui – se non a sprazzi brevi – altro che un motivo a variazioni occasionali. Comisso ha toccato così la purificazione estrema del singolarissimo genere in cui s'è formato. L'annunciata *Storia d'un patrimonio* inizierà, forse, altre strade. Teniamoci intanto alla meravigliosa freschezza di tante pagine. "La luce s'illanguidiva. Il silenzio rendeva enorme il rumore dei sassi smossi dal nostro passo. Ma d'improvviso dalla costa del monte, dove c'era un bosco, un suono troppo chiaro ci fermò sorridenti: una scure veniva battuta. Poi uno schianto d'albero e voci d'uomini vibranti come parole affettuose. Gridammo e ogni rumore si tacque. Chiedemmo dove fossimo e la strada per un paese vicino. Ci fu risposto che eravamo nella valle di Musi e che vicino c'era Tanamea e dopo Topodlipo". Tanamea, Topodlipo. Sarà lontana Tahiti? Freschezza in cui più acri profumi passano come odorati in sogno.

Giorni di guerra di Giovanni Comisso[1]

di Piero Gadda

Raccogliendo le prose sparse ispirate dalle sue esperienze di guerra, Giovanni Comisso ci ha offerto il saggio più completo e genuino delle risorse e dei limiti della sua arte. Il volume del Comisso fa parte della collezione di Mondadori: "I romanzi della guerra", ma romanzo non è, né tanto né poco. È una raccolta di ricordi di guerra, prettamente autobiografici senza alcuna trasfigurazione od oggettivazione. Questo va detto fin da principio, perché, se la prosa del Comisso è spesso stupenda di istinti, di naturalezza, di genialità, bisogna però tener conto del fatto che gli impegni, le difficoltà, i rischi della costruzione narrativa distaccata non sono in queste pagine neppure accennati. Comisso è uno scrittore estremamente soggettivo: è un io sensibilissimo, anzi sensitivissimo, ricco di registrazioni olfattive, termiche, atmosferiche, acustiche, visive, sensuali, che i casi della vita immergono in un oceano di impressioni sempre giuste, fresche, originali. È autore dei meno libreschi e cartacei che si possano concepire; la sua opera è ricca di una forza poetica di natura elementare che, un po'

[1] Articolo apparso su "Domus", dicembre 1930.

alla spiccia, chiamerei fisiologica: ma poiché a questo mondo esistono anche sentimenti e pensieri, e non pare che la loro rappresentazione rientri per ora nelle possibilità del Comisso, dobbiamo concludere che, potentissima ed originale nel campo che le è adeguato, l'arte del Comisso, in quanto si desideri una completa rappresentazione di caratteri e casi narrativi, lascia adito a qualche insoddisfazione. L'atmosfera del Comisso è primordiale, in certo qual modo barbarica; gli "stati d'animo" sono piuttosto per lui degli "stati di corpo...". Gli stupori che rendono bella e nitida l'adolescenza in lui, oltre la trentina, si producono ancora. È, questo, un dono invidiabile, una specie di eterna giovinezza dei sensi. "A dispetto del calendario," come disse ottimamente il Pancrazi, "Comisso ha continuato ad avere vent'anni..." Ma forse il Pancrazi insiste un po' troppo sulla "gentilezza" dell'arte del Comisso: gentilezza mi dà l'idea di qualcosa di tenue, di "settecentesco" mentre la prosa del Comisso è talora sgarbata e corposa. Ora si capisce la felicità di questo volume – una successione di pagine riuscite e trionfanti come di rado accade di incontrare – quando si consideri che la vita di guerra è appunto una vita barbarica e primordiale, tuffata nelle sensazioni fisiche di stanchezza, di fame, di riposo: una vita, insomma, "alla Comisso". Quello che c'è di alogico, di disordinato ed abbandonato nel suo metodo di scrittore tutto affidato ad un istinto del resto formidabile, è anche l'atmosfera delle giornate di Caporetto: per ciò quando la lunga prosa *Dopo la battaglia*, divisa nel volume in due capitoli, uscì primamente sul "Convegno" di Enzo Ferrieri, tre anni or sono, apparve a tutti una delle più straordinarie testimonianze sulla nostra letteratura di guerra. Questa impressione di validità è ora confermata ed allargata dalle altre prose: Comisso e la guerra se l'intendevano. La fisionomia del libro non è né tragica né elegiaca; ben diversa quindi da quella dei volumi di Remarque, di Barbusse, ecc., nei quali uno spirito polemico è costantemente sottinteso. Si parla della guerra come di un fatto di natura che trascende il giudizio degli uomini e si manifesta sopratutto attraverso disagi ed orrori fisici; un misto di fame e di scorpacciate di freschi risvegli e di torpide stanchezze. Comisso alla vita di guerra ci ha preso gusto e le sue pagine ne sono insaporite da cima a fondo. Nessun giudizio morale o storico, nessuna "pensata" uscirà mai dalla sua penna; la retorica è ignorata totalmente, e non c'è che da rallegrarsene. Ma, anche senza retorica, si potrebbe forse esprimere qualche maggiore idealità, qualche finalismo, qualche scopo umano, patriottico, sociale: oltre agli atteggiamenti retorici ci sono i sentimenti sinceri, che spingono gli uomini ad agire, a penare, a sacrificare la loro vita. Questo lato è debole nel Comisso, e la guerra per lui serva fosse eccessivamente il carattere di una pericolosa scampagnata. Quanti alberi da frutta, nei suoi ricordi! Il Monelli ha garbatamente osservato che questo è piuttosto un libro di bivacchi e di retrovie, che di guerra combattuta: ed è vero. D'altra parte il Comisso ha fatto benissimo a non uscire dal seminato, a non gonfiare la voce, a non arrischiarsi sulle ali della fantasia arbitraria: le sue esperienze erano più di bivacco che di trincea, ed egli le ha rispecchiate quali erano. L'idea di posare ad eroe non viene al Comisso neppure per ischerzo; la sua situazione di fronte al pericolo è la più giusta, la più naturale: fa il suo dovere, il che non vuol dire che arda dal desiderio di farsi accoppare. Prende le cose come vengono, sconfitte e vittorie; le sue gioie i suoi dolori sono di dettaglio: e questa era presumibilmente la situazione dei singoli combattenti, i quali si accorgevano se mancava loro il rancio o se le calze di lana erano buone, ma ignoravano l'andamento generale della guerra. A chi si trova tuffato in un evento manca, è naturale, il senso della prospettiva, presupposto di ogni futuro giudizio storico. Ma verso la fine del libro, quando la vittoria è vicina, è come se il cielo si rischiarasse, se l'anima si ridestasse alle commozioni, agli affetti. La pagina si fa umida, luminosa, quasi brillasse di rugiada, le lacrime spuntano sulle ciglia dei soldati, ed il pensiero corre al passato, ai nonni garibaldini: "Noi si riconquistava il Veneto coi piemontesi, come al tempo del mio vecchio zio che avevo lasciato a Firenze; ciò mi affermava nella vita, e senza frenare le lacrime ripresi a correre coi miei soldati per raggiungere il Piave." Quando il Comisso arriva alla commozione, al patos – e gli capita di rado – il suo abituale ritegno è premiato ad usura: tanto meno il suo piano parlar vuol "fare effetto", tanto più gli riesce calzante, efficace, sicuro. Il libro si chiude sopra un ridestarsi di campane. "Noi si rideva, eravamo come ubriachi e veramente si beveva con avidità il vino lasciato dal nemico. Avvicinandomi alla pianura si sentiva diffondersi tra le colline ed il Grappa un suono di campane che proveniva da tutti i paesi che ancora avevano in piedi il loro campanile. Un suono vasto, fuso, come un fremito dell'aria suscitato da un vento incessante. Riesciva piacevole e stupiva; poi ci s'accorse ch'era dal principio della guerra che non sentivamo le campane. Dall'alba al tramonto, per giorni di seguito, quei paesi non si stancarono di suscitare questo suono e vi si sentiva quasi una ostinazione ad invadere e riconquistare il cielo."

Letteratura di guerra[1]

di Giovan Battista Angioletti

In questi giorni si è svolta in alcuni giornali una polemica sulla letteratura di guerra, polemica originata da un recente libro di Giovanni Comisso, al quale si rimprovera – specie da parte di Paolo Monelli e di Ettore De Zuani – di aver descritto certi episodi poco consolanti della ritirata di Caporetto, non solo, ma di averli descritti pur essendo stato, al fronte, un semplice ufficiale telefonista del Genio anziché un fante o un alpino. Gli attacchi di Monelli e De Zuani hanno trovato eco qua e là, anche per la forma suggestiva con la quale erano scritti; e Comisso – certo oltre l'intenzione degli iniziatori – sta ora prendendosi quella dose di male parole che, pare destino, ogni scrittore rispettabile deve sorbirsi almeno una volta nella propria vita. Infatti, a parte una coraggiosa difesa di Bruno Romani nell'*Assalto* di Bologna, le parole di Monelli e De Zuani sono state prese ovunque alla lettera, e il meno che ora capiti a Comisso è di sentirsi dare dell'imboscato e del disfattista. Non vogliamo entrare nei particolari della faccenda, ma ci pare giusto ed opportuno richia-

[1] Articolo apparso su "L'Italia letteraria", 8 febbraio 1931.

mare gli avversari di Comisso ad una più chiara visione della realtà. Ancora una volta – e sarà la milionesima della storia della letteratura – le ragioni dell'arte stanno per essere sacrificate ad altre ragioni non meno rispettabili ma, nel caso specifico, del tutto estranee. Se il libro di Comisso fosse falso sarebbe già bell'e giudicato, e nessuno di noi suoi amici ne vorrebbe prendere le difese. Ma chiunque abbia fatto la guerra con gli occhi aperti sa che nessun episodio di *Giorni di guerra* è meno che verosimile. Tutto quanto racconta Comisso è realmente avvenuto, non solo, *ma non è affatto disonorevole per gli Italiani che sia avvenuto.*

In guerra gli uomini non cessano di essere uomini; anzi, gli istinti e i sentimenti, messi a nudo e costantemente alla prova, diventano più potenti e robusti. Tutta la vanagloria di un chiacchierone può essere distrutta in un istante, sol che s'oda il sibilo di una granata in arrivo; tutta l'estasi apparentemente idiota di un montanaro può in un istante mutarsi in supremo eroismo, sol che balzi nella trincea un nemico. Di fronte alla morte certi pudori e certe tracotanze spariscono; e l'umanità di un esercito in guerra è infinitamente più intensa di quella d'un popolo pacifico. Abbiamo sentito contadini analfabeti dire cose profonde, d'una profondità senza limiti, che venivano non dalla loro testa, ma dal senso misterioso della morte che era entrato nell'animo loro. Ed abbiamo visto compiere azioni ai più arditi, anzi agli "arditi", che in pace avrebbero fatto inorridire ogni buon borghese, e che lassù erano perfino logiche, naturali, spontanee come la stessa vita. Niente di strano, dunque, che dei soldati rubassero qualche gallina o qualche bottiglia di liquore, niente di strano che, potendo, passassero la notte con qualche ragazza. Ma, si risponderà, quelle cose avvenivano, secondo Comisso, durante la ritirata. E che vuol dire? Mi sanno dire gli amici Monelli e De Zuani, quanti uomini hanno conosciuto, al fronte ed altrove, capaci di sopportare per più di un'ora, che dico, per più di dieci minuti l'intensità di un sentimento esasperato? Quanti, capaci di rimanere attori di una tragedia sempre pervasi dal medesimo orrore fino alla fine? Guai se l'animo del protagonista non fosse rapidamente mutevole! Non ci sarebbe possibilità di *recupero*, e il mondo perirebbe dopo un apocalittico naufragare di crisi in crisi, di disfatta in disfatta. Il soldato, e specie il soldato italiano, ha l'intuizione pronta, viva, e davanti all'irrimediabile il suo sconforto dura quanto è umano che duri, poi si traduce in rassegnazione; poi, specie se si è in molti e si è giovani, si sfoga in un po' di chiasso, in una specie di allegria inconscia, piena tuttavia di risentimenti e di reazioni; basta una parola, un esempio, il ricordo di un affetto indiscutibile, perché ognuno torni silenzioso e coraggioso al proprio posto; come tutti sono tornati, sul Piave. I particolari non danneggiano, anzi rompono la rigidità astratta degli avvenimenti presi nel loro complesso, li adattano alla natura umana, li trasformano e li rendono pronti ai più impensati mutamenti. Anche i miei soldati, durante la ritirata, catturarono un bue e me lo trascinarono davanti come una vittima, trionfanti e allegri sotto una pioggia terribile. Io risi, sì, risi di cuore, e ordinai che si ammazzasse il bue e che tutti se ne cibassero. Non mi pentii allora, né mi pentirò mai dell'arbitrio, perché quel soccorso ci diede animo, e sopportammo con maggiore fiducia il martirio della ritirata, ed anche per quel lieve benessere, fummo più pronti e contenti quando ci dissero di fermarci e di continuare a combattere. Se l'esercito avesse sempre pianto, invece che al Piave forse si sarebbe fermato al Po. Ebbene, si rimprovera a Comisso di ricordare questi ed altri particolari. Ma che vedemmo, noi, della guerra, se non dei particolari? Ogni combattente ricorda paesaggi, figurette, piccole scene, e la strategia la facevano i generali, l'oratoria, i poeti, la rettorica – necessaria, *allora*, anche quella – i giornalisti. Noialtri si coltivava, come tanti Candidi, il nostro piccolo giardino, che era un pezzo di trincea o una cannoniera o, perché no, un baracchino di telefonista. Del più grande bombardamento della nostra guerra, quello del giugno 1918, io ricordo certe buche enormi nei campi di grano maturo, il volo delle robinie in fiore, la voce chioccia del mio capitano, il comico spavento di un sergente, l'allegra pazzia di un soldato genovese, ed altri mille particolari che non fanno la storia ma sono tutti, e nessuno ve li può togliere, nella vita. In quelle giornate non ho sentito dai miei soldati un solo grido di esaltazione, nessuna parola grossa; eppure caddero molti nostri compagni eppure la nostra condotta non fu indegna, anzi giudicata meritevole di premio. Quegli stessi soldati che avevano catturato il bue, quegli stessi ufficiali che – come i compagni di Comisso – avevano spiato forme femminili nelle case trevigiane – compirono tutti il loro dovere; perché erano uomini, e non figure rettoriche, immagini astratte. Ora, un artista vede gli uomini, e ha tutto il diritto perciò di descriverli come sono; e per suo conto è tranquillo, perché sa, col suo felice istinto, che l'umanità non può tradire se stessa. Non si possono mutare gli occhi dell'artista; e se il lettore è proprio sincero, sincerissimo davanti alla propria coscienza, non può che dar ragione all'artista. Quanto poi al diritto di parlar della guerra, non so perché si debba negarlo a chi non è stato in permanenza nelle trincee. Tanto varrebbe negare il diritto di parlar del mare a chi vive la maggior parte dell'anno in un paese di montagna, o di parlar di matrimonio a chi non è sposato, o di ricchezza a chi è povero. Chi ha occhi immaginazione e sensibilità può dir tutto, anche se l'esperienza è stata breve, ed essere costantemente nel vero. Comisso non ha "parlato male" degli alpini o dei fanti, non ha preteso di giudicare cose a cui la sorte l'ha tenuto lontano, ma s'è limitato, con profonda onestà di scrittore, a raccontare ciò che ha visto lui, ciò che a lui è capitato; ed è riuscito a dare certi aspetti della guerra, ed anche delle retrovie, con assoluta evidenza. E che si vuole di più, da lui? Egli non ha scritto *Guerra e pace*, egli non ha espresso un mondo morale nel proprio racconto? Ma intanto, cari amici che ricordate a questo proposito Tolstoi, *Guerra e pace* è una condanna implacabile della guerra; e poi, son confronti da farsi, sono argomenti da portare ad uno scrittore giovane che non ha avuto nessuna pretesa di far grande, di fare immortale, e con tutto ciò, nei suoi limiti precisi, è rimasto nell'arte? Una cosa è certa, che scrivere guardando in faccia alle cose, e sforzandosi di renderne l'oscura poesia, è impresa sommamente impopolare. Si fa presto, perciò, ad additare un artista al pubblico disprezzo perché egli non usa artifici e maschere, perché sdegna di raggiungere l'effetto melodrammatico, perché, parlando di guerra, rifiuta tanto la tetra polemica di un Remarque quanto la fanfara dei manuali scolastici. Ma bisogna andar cauti, non confondere le carte in tavola. Quando uno scrittore ha fatto il suo dovere di soldato, ha fatto, egregiamente, anche il suo dovere di scrittore.

I giorni felici di Giovanni Comisso[1]

di Geno Pampaloni

Mi è capitato di recente di rileggere, dattiloscritto, il diario che un giovane ingegnere piemontese ha tenuto durante il suo periodo di servizio militare. Il racconto ha questo di singolare (e di fuori moda): che trascrive semplicemente esperienze del tutto normali, fondate su un equilibrio vitale e sulla buona salute. E direi che proprio codesto suo sfiorare l'ovvio (talora anche senza accorgersene) è sconcertante: noi apparteniamo ad un tempo che è stato condannato ad abbandonare al "fascismo", alla destra e ai retori più ottusi tutto ciò che è gioventù fisica, sanità, spontaneo splendore della forza, e le reazioni naturali di chi, in fondo, trova che al mondo non ci si sta così male. Si tratta di una fatalità storica, cui non era possibile sottrarsi; ma non si dirà mai abbastanza e con sufficiente rancore quanto irreparabile sia il furto che per diritto e per rovescio ci è stato fatto, di giovinezza, di verità di gusto del vivere, dalla sanguinosa e plumbea presenza dei mostri totalitari nella nostra vita; poiché essi ci hanno costretto sia a subire le viscide insinuazioni di una retorica odiosa, sia a sperperare le nostre energie per difendercene.

[1] Articolo apparso su "Epoca", 21 maggio 1961.

C'è una paginetta assai bella di Mario Soldati che rende come meglio non si potrebbe questo assurdo senso della libertà–felicità intesa come peccato, tipico del mondo totalitario: durante il ventennio, racconta, quando se ne veniva, mi sembra, giù per Via Veneto in bicicletta, ilare giovane e spensierato nel vento della corsa, il poliziotto lo sbirciava al passaggio con diffidenza e sospetto, perché in quella corsa, in quella giovanile spavalderia avvertiva qualche cosa di oscuramente ostile e pericoloso, un soffio di anarchia, un'irrisione "obiettiva" all'autorità. Non so se, riacquistata la libertà delle istituzioni, noi abbiamo fatto abbastanza per viverla con pienezza e apprezzarne sino in fondo il fresco senso vitale: quella confidenza nella vita, quel lievito di fiduciosa irresponsabilità, di imprevedibile e di lieve, per cui almeno in un punto libertà e giovinezza magicamente coincidono. Pensavo a queste cose rileggendo, nel volume con cui l'editore Longanesi inizia la ristampa di "tutte le opere", *Giorni di guerra* di Giovanni Comisso. La prima edizione del libro è del 1930, e trovò allora qualche nazionalista pronto a scandalizzarsi del fatto che lo scrittore aveva ridotto ad esperienza personale l'avventura dell'esercito in guerra. (Chi legga oggi, nei tipi dello stesso editore, *La lunga marcia*, ove Giancarlo Fusco racconta la tragedia del nostro corpo di spedizione in Russia durante la seconda guerra mondiale, dovrà forse osservare come quel tipo di racconto comissiano, che ha per tema la felicità del vivere anche se per ambiente il fronte del Carso, sarebbe inattuale, e impossibile, già per gli uomini della generazione immediatamente successiva alla sua.) Ma sono passati trent'anni, la cronaca dei fatti narrati si è allontanata, travolta da più tremende avventure, e l'interesse che ci lega al libro *Giorni di guerra* è di natura del tutto diversa, anche se non soltanto letteraria. Del Comisso 1930 si può affermare con certezza una cosa: che non era toccato neppure da lontano dagli incubi dell'"età schizofrenica". La sua prosa è insieme rapida e sinuosa, essenzialmente realistica e al tempo stesso accesa sensualmente per ogni apparenza vitale, simile al passo di un giovane bracco che segua per la campagna gli andirivieni delle eccitanti tracce della selvaggina. Il suo segreto sta in un'alternanza, in un ritmo gioioso e musicale per cui, all'immagine nitidamente isolata nel racconto, si affianca subito una pausa di assaporamento, quasi un felice brivido di compiacenza per la umida, fresca delizia del suo durare. Il d'Annunzio, certo, è stato importante per molti, e anche per il Comisso, come esempio di un atteggiamento e di un piglio possessivo verso la realtà: ma gli esiti stilistici sono assai diversi, e nel Comisso derivano direttamente, senza diaframmi e sovrastrutture ideologiche, dallo specchiarsi di un temperamento avido e attento nello splendore della realtà e dell'esperienza vissuta. L'attualità, l'immediata modernità di questa prosa deriva dalla semplicità dei suoi moduli stilistici, avvalorati dallo sviluppo della prosa giornalistica; sì che oggi noi non pensiamo al Comisso come ad un erede del d'Annunzio, ma, più concretamente, come a uno dei maestri del giornalismo italiano, Ecco due ufficiali in cima ad un osservatorio di montagna (e si noti come il dato realistico iniziale, intenso ed efficace anche se rapido come un appunto, si trasformi subito in una durevole, musicale immagine della voluttà): "I loro volti anneriti, aspri e avidi negli occhi, davano l'impressione di un accanimento sfrenato a godere nel fare la guerra." Ma ecco anche (e qui arriviamo al centro del fascino che ancora esercita su di noi lo scrittore Comisso) com'egli descrive se stesso e i suoi compagni ventenni: "Camminavamo ritmici nel passo, agili e belli così da attrarre tutti gli sguardi, sentivamo una compiacenza smodata per la nostra apparenza di suprema giovinezza *e come gelosi di essa*, quando alla sera si andava in libera uscita, rifiutavamo con sdegno le lusinghiere promesse rivolteci dalle donne di via Villalta che battevano i marciapiedi davanti al nostro accantonamento". Il lettore sente da sé che non si tratta qui di una sfilata di parà. La giovinezza non è qui un mito, ma una inebriante, irresistibile presenza fisica, che nella sua gagliarda grazia racchiude un elemento quasi misterioso di gentilezza e di incontaminato pudore. Forse la poesia di *Giorni di guerra*, accanto alla brillante evidenza narrativa, è tutta in questa vena sottile; ma non sembri poco.

Giorni di guerra di Giovanni Comisso[1]

di Giuseppe Ravegnani

Questi *Giorni di guerra*, dando l'avvio alla stampa dell'*opera omnia* di Giovanni Comisso (Milano, Longanesi, 1961), richiamano non soltanto un discorso sopra le qualità dello scrittore, ma anche sopra i significati che cotesto libro espresse sin dal 1930, cioè sin dai giorni della sua prima edizione. Noi non possiamo dimenticare come gli scrittori videro e sentirono la guerra del Carso: da una parte la parola eroica e letteraria di D'Annunzio, di Benelli, di Locchi, di Marinetti, di Beltramelli, dall'altra la parola più umile, più discreta, più umana, quasi aggiungerei più casalinga, di Baldini (*Nostro purgatorio*), di Soffici (*Kobilek* e *La ritirata del Friuli*), di Palazzeschi (*Due imperi mancati*), di Puccini (*Dal Carso al Piave*, *Davanti a Trieste*, *Come ho visto il Friuli*). Certo è che in quegli anni qualcosa di nuovo ferveva nell'animo della nostra letteratura: era un modo di guardare diverso, ed era anche un modo diverso di sentire la parola. Si era a un tempo dannunziani e antidannunziani, cioè, pur non potendo non ammirare D'Annunzio, specialmente il così detto

[1] Articolo apparso su "Il Giornale d'Italia", 27 giugno 1961.

D'Annunzio "notturno", alcuni nostri prosatori già si dimostravano lontani da lui, più aderenti ai sentimenti spontanei, anche Comisso, nonostante il parere di certi critici, i quali a torto lo giudicarono un dannunziano, sia per i primi libri, sia per questi *Giorni di guerra*. Conosco Comisso da moltissimi anni (mi pare dal 1924 o 1925), ma mai mi sono recato a Zero Branco, nei dintorni di Treviso, dove abitava, e dove di solito viveva, quando non era in viaggio (lunghi viaggi che lo portavano attraverso l'Europa, l'Africa, l'Asia). Da giovanotto egli fece un po' il guerriero, un po' il libraio, un po' l'avvocato, un po' il mercante di oggetti d'arte, ma soprattutto si dette al piccolo cabotaggio sui bragozzi chioggiotti. Uomo fatto, pure evadendo ogni tanto, piantò le tende in campagna, appunto a Zero Branco, dove viveva una vita più da mezzadro che da padrone di terre, ch'erano poche ma buone: badava alla semina, all'uva, all'orto, alla stalla; e alla sera andava all'osteria a giocare a carte con gente alla buona: contadini, operai, artigiani. Un suo biografo, veneto come lui, Giulio Alessi, ben ce lo descrisse in un libro di vent'anni fa (*Sette profili*): "A casa, sarà più facile trovarlo in cappellone di paglia e camicia messicana, nella stalla, fra le vacche dal nome umano che non al tavolino in cerca di commozioni da tradurre in parole. Al mattino si alza per tempo e corre ai campi, a mezzogiorno rientra stordito, va in bicicletta a fare le spese e si prepara il cibo. Se andrai a trovarlo verso sera potrà anche venirti incontro col secchio del latte o col cestino della verdura raccolta nell'orto." Queste sono cose, umili e pittoresche, che a me molto piacciono; ed è forse per loro virtù che Comisso è tanto più scrittore che letterato. Cioè è uomo, il quale, prima di mettersi allo scrittoio, ama di vivere e di guardare, stando con i piedi ben poggiati sulla terra, sia essa terra di guerra o di pace, o sul tavolato di un bragozzo. Io credo infatti che, per meglio comprendere la natura dello scrittore, il suo istinto, la qualità dei suoi libri, valga più un'occhiatina al suo orto o ai suoi bachi da seta o alle sue galline che alle scansie della sua biblioteca. Proprio per questo, sin dal 1927, parlando io del *Porto dell'amore*, e più tardi di *Gente di mare* e di *Giorni di guerra*, andai sostenendo e indicando come il suo modo di descrivere e di narrare si valesse di una istintiva "visività", e anche come il suo realismo, pur sensuale che fosse, niente avesse a che fare con il sensualismo dannunziano.

***

In quel tempo si parlava di Comisso "diarista", di Comisso "viaggiatore", tutt'al più di Comisso narratore dei primi racconti: il Comisso romanziere verrà dopo, da *Il delitto di Fausto Diamante* che è del 1933 a *Capriccio e illusione* che è del 1947. Ma il discorso che si fece in quei giorni non è per niente scaduto: anzi, rileggendo a distanza di tanti anni questa terza e riveduta e definitiva edizione di *Giorni di guerra*, quel discorso ritorna buono, anche se lo riferiamo, poco o molto, ai libri posteriori e ai libri d'oggi. La "storia" di Comisso prosatore comincia da *Il porto dell'amore*, lasciando da parte un libretto di poesie pubblicato a Treviso nel 1916. *Il porto dell'amore*, che anticipa *Giorni di guerra*, fu stampato a spese dell'autore in una piccola tipografia provinciale nel 1924. Era un libretto smilzo che raccontava le giornate di Fiume viste con gli occhi golosi di Giovanni Comisso. Riapparve nel 1928, nelle edizioni dei Fratelli Ribet di Torino, curate da Mario Gromo, col titolo *Al vento dell'Adriatico*, e accresciuto di tre capitoli: il sesto, il settimo e l'ultimo. Poi *Gente di mare*, pubblicato da Treves nel dicembre del 1928, e premiato un mese dopo a Bagutta (e allora di premi letterari non c'era l'attuale infausta abbondanza!). Poi ancora, nel 1930, la prima edizione di *Giorni di guerra*. Oggi, rileggendo questa nuova e ampliata edizione, avvertiamo subito che le positive qualità del libro appaiono come ferme nel tempo. Cioè sono ripetibili le parole, e i giudizi, e le lodi che si scrissero più che trent'anni fa, significando che, mentre per altri scrittori il giudizio, o per nostre inquietudini, o per smentite e deviazioni e prove disilludenti da parte dei giudicati, si è modificato, quello per Comisso resta tuttora valido e intatto, essendo valide e intatte le qualità e le novità delle pagine comissiane. Infatti, che cosa dovremmo cambiare delle parole d'allora, riconoscendo in *Giorni di guerra* uno dei più tipici e più fermi e più assoluti libri di Comisso?

***

Si può cominciare dal suo modo di veder le cose in rapporto alla concretezza dello stile. E anche aggiungerei in rapporto alla discretezza di esso. Prendiamo, ad esempio, in esame gli aggettivi; o mettiamo a confronto la cadenza e il tono della prosa di antichi diaristi e viaggiatori (Cellini, Magalotti, Redi, Guicciardini, Niccolò de' Conti) con la cadenza e il tono della prosa di Comisso. Noi subito ci accorgiamo che in Comisso la fantasia poco conta, e la letteratura meno che meno. Pure risultando la sua prosa per eccellenza visiva e sensuale, difficile è scoprirvi soprastrutture d'indole letteraria e ornativa. Qualcuno potrebbe farmi osservare che la secchezza e la perentorietà di cotesto modo di guardare e di riferire corrispondono alla qualità degli argomenti. L'osservazione potrebbe essere in parte giusta se riferita a *Gente di mare*. Non lo è se riferita a *Giorni di guerra*. Infatti, messo sulla bilancia il peso degli argomenti, sarebbe inesatto supporre che la guerra del Carso, per la sua presa umana, per il suo fervore patriottico, per i suoi eroismi e sacrifici e dolori, abbia suggerito o addirittura imposto a Comisso una voce diversa, e soprattutto un tono più alto e celebratorio. E invece così non è, pur toccando Comisso la stagione dolente e disillusa della ritirata di Caporetto, e soltanto nell'ultima parte del libro quella vittoriosa delle battaglie del Grappa, del Montello, del Piave. Tuttavia, anche se Comisso resta fedele ai suoi modi narrativi, alle sue parole schiette e quasi direi impoverite; anche se resiste il suo "tono basso" e referendario; quanta umanità e pietà in queste pagine, e colleganza di uomo a uomo; e per ciò quanta maggiore verità nel ridarci lo scenario e i gesti e i fatti di quegli anni di guerra e di combattimento. Quindi non può meravigliare se ricordo che nel 1930, all'apparire del libro, quando era ancora nell'aria e nei gusti molta rettorica letteraria e non letteraria, troppo non piacesse la antirettorica di Comisso. Una antirettorica però assai più creante sia sul piano della storia e sia sul piano della letteratura; ed è per questo che *Giorni di guerra* è libro tuttora vivo, come lo sarà tra dieci o vent'anni, poiché i suoi protagonisti, anche se vestono il grigioverde, restano uomini e soltanto uomini. Dunque, uno scrivere netto e schietto, un'aperta fuga da ogni romanticismo, una realistica visione di quelle ore di guerra, un sincero modo di sentire i sentimenti propri e degli altri, una lucida freschezza aggettivale, una realtà guardata con occhio umano, queste sono le più sicure virtù di Comisso scrittore. E sono virtù che si rivelano da sé, offerte da ogni episodio. Potrei citare la sosta a Hum, durante la ritirata di Caporetto, e gli occhi delle donne "belle e sole", e la magra gallina infilata nella baionetta e cotta al fuoco, mentre il cielo era bianco e le fucilate rintronavano secche. Potrei citare la calata dal Montello, mentre ardeva la battaglia, e la scoperta di un albero pieno di ciliegie, quasi un'apparizione miracolosa. Potrei citare una cena degli arditi, prima che partissero per il Grappa, o lo sgomento di Comisso quando la minaccia austriaca calava dal Montello verso la sua Treviso. Episodi, ma essi ci mostrano come lo scrittore sappia farci vivere entro le cose ed entro gli uomini e i momenti ch'egli descrive. È, questa, la sua prima virtù, rivelata a pieno in *Giorni di guerra*, e che possiamo ritrovare sempre intatta in altri suoi libri. Infatti, anche i libri di viaggio pronti a scoprire il mondo (e cito *Questa è Parigi*, *Cina–Giappone*, *Viaggi felici*); oppure i libri di viaggi più casalinghi (e cito *L'italiano errante per l'Italia*, *Avventure terrene*, *Capricci italiani*), tutti esistono in quell'aria chiara, di cui ho tentato di riferire qui le qualità e i caratteri. Perciò non vi è dubbio che, ieri come oggi, la saldezza della pagina comissiana nasce da natura, e più anche dal pronto animo a sentire e a cogliere il vero nella sua più genuina e più umana manifestazione. Se Comisso volesse sforzare se stesso, cioè se l'ascolto di sé non fosse istintivo, egli non si salverebbe da qualche vizio letterario o da qualche belluria di maniera. La sua ricchezza di prosatore e di narratore, e il fascino di essa, si chiamano semplicità; e il suo modo di sentire altro non è che quello di un fanciullo (ma assai lontano dal "fanciullo" pascoliano), sempre curioso e sempre goloso. Le filosofie, i perché, le alte idee non lo interessano, o lo interessano poco; lo attirano le cose e gli uomini nella loro elementare verità. Non cerca di spiegarci il mondo, ma, guardandolo con occhi veramente umani, fuori da ogni insistente tautologia, egli riesce a vederne con stupore la grazia, la bellezza, il sorriso, ma anche il pianto e il dolore: grazia, bellezza, sorriso, pianto e dolore che sulla sua pagina si fanno poesia.

Finito di stampare
nel mese di giugno 2024
presso
Puntoweb S.r.l.
Ariccia (RM)

Printed in Italy